ASEA 培训与考试指定参考丛书

自动化系统项目管理

中国自动化学会 ASEA 办公室　组编

周东红　主编

机 械 工 业 出 版 社

本书全面阐述了自动化系统工程项目管理平台的建设、项目管理标准方法的开发和项目管理的实践，同时比较系统地体现了项目管理的优秀理论，并与我国的自动化系统工程实践紧密结合，初步总结了一条适合我国自动化系统工程项目管理的卓越之路。本书的内容包括：项目管理基础、自动化系统工程项目过程、项目组织和标准方法、项目管理工具、项目团队建设、计划进度和成本、风险管理、质量管理、采购和文档管理等9个部分。本书除作为注册自动化工程师的考试培训教材外，还可以为自动化系统工程的主管经理、项目经理、职能经理和工程师提供参考。

图书在版编目（CIP）数据

自动化系统项目管理/中国自动化学会 ASEA 办公室组编.
—北京：机械工业出版社，2006.4（2006.8重印）
（ASEA 培训与考试指定参考丛书）
ISBN 7 – 111 – 18785 – 7

Ⅰ.自… Ⅱ.中… Ⅲ.自动化系统 – 项目管理 –
工程技术人员 – 资格考核 – 自学参考资料　Ⅳ.TP27

中国版本图书馆 CIP 数据核字（2006）第 026442 号

机械工业出版社（北京市百万庄大街22号　邮政编码100037）
责任编辑：丁　诚　　版式设计：张世琴
责任校对：张莉娟　　责任印制：洪汉军
北京京丰印刷厂印刷
2006 年 8 月第 1 版·第 2 次印刷
184mm×260mm·11 印张·270 千字
3 501—5 500 册
定价：20.00 元

凡购本书，如有缺页、倒页、脱页，由本社发行部调换
本社购书热线电话（010）68326294
编辑热线电话（010）88379739
封面无防伪标均为盗版

自动化系统工程师资格认证（ASEA）

领导小组

戴汝为　吴启迪　孙优贤　李衍达　孙柏林　马正午　李爱国

培训与教材编审委员会

主　　　任	吴惕华（河北省科学院）
常务副主任	萧德云（清华大学，兼丛书执行主编）
副　主　任	韩崇昭（西安交通大学）
秘　书　长	刘朝英（河北科技大学）
	胡毓坚（机械工业出版社）
委　　　员	（按姓氏笔画排序）：

马竹梧（冶金自动化院）

尹怡欣（北京科技大学）

王建辉（东北大学）

王钦若（广东工业大学）

刘祥官（浙江大学）

刘朝英（河北科技大学）

关新平（燕山大学）

孙鹤旭（河北工业大学）

杨煜普（上海交通大学）

金以慧（清华大学）

胥布工（华南理工大学）

段建民（北京工业大学）

胡毓坚（机械工业出版社）

董春利（大连职业技术学院）

廖晓钟（北京理工大学）

潘立登（北京化工大学）

编 者 的 话

为适应在我国开展自动化系统工程师资格认证（Automation System Engineer Accreditation, ASEA）的需要，中国自动化学会全国 ASEA 办公室决定，由 ASEA 培训与教材编审委员会负责策划、组织编写了这套《ASEA 培训与考试指定参考丛书》。全套丛书共有 20 本左右，从 2006 年起开始陆续出版问世，计划用 2~3 年时间完成，以满足广大自动化系统工程技术人员参加不同层面的 ASEA 培训与考试的需求。

本套丛书主要面向 ASEA 考试，同时兼顾 ASEA 培训及后续的工程教育，分五大类出版：（1）自动化专业基础知识，包括自动控制理论、自动化控制系统、仿真技术、自动化元件等；（2）自动化技术基础知识，包括计算机控制、网络与通信、单片机技术、监控组态技术、嵌入式系统等；（3）行业自动化专业知识，包括石油化工自动化、电站过程自动化、冶金工业自动化、机械制造自动化、轻工与制药自动化、煤炭工业自动化、农业自动化、交通智能管理、航空航天自动化、军事工业自动化、建筑智能化、企业信息化、数字化服务、自动化系统工程设计、自动化项目管理等；（4）自动化专业技能知识，包括过程控制技能、运动控制技能、计算机控制技能等；（5）ASEA 培训与考试指南，包括 ASEA 报考范围、考试规则、评审标准及有关 ASEA 的综合问答等。

本套丛书采用了"单元"与"模块"结构的编写风格，每本书将所要涵盖的自动化知识分成若干"单元"，每个"单元"由若干"模块"组成，每个"模块"又按"知识点"、"知识点分析"和"考试训练"分节论述。其中，"知识点"给出本"模块"所应包含的知识要点，起到画龙点睛的作用；"知识点分析"则以论述或实例的方式对本"模块"所涉及的知识点进行深入分析；"考试训练"就所述的知识点，从考试训练的角度，列出或设计出多种考试训练题，包括思考题、论述题、综合题、设计题、计算题、选择题等题型，并对考试训练题作必要的分析，给出解题概要或提示，以供备考之用。采用这种独具一格的编写风格是从 ASEA 培训与考试的实际需要出发的，可以使参加 ASEA 培训与考试的学员以较高的效率掌握应知应会的知识点并以较快的速度进入临考状态。应该说，这是一套系统性和实用性强，既具有创新性和先进性，又富有特色的 ASEA 培训与考试参考用书。

本套丛书的主要读者群是准备参加 ASEA 培训与考试的自动化专业及相关专业的工程技术人员和高等学校的本科生与研究生等。我们希望它既是 ASEA 培训与考试指定用书，也能为广大自动化工程技术人员的知识更新与继续学习提供适合的参考资料。衷心感谢自动化同仁们的热情支持，并欢迎对本丛书提出批评和意见。

ASEA 培训与教材编审委员会
2006 年 1 月于北京

序

  为了逐步改变我国长期以来专业技术职称终身制的状况，不惟学历、不惟资历、以业绩和能力作为考核标准，进行社会化的专业技术资格认证，并逐步实现与国际接轨，在中国科协的领导下，中国自动化学会于 2004 年在自动化领域开始策划、开展了自动化系统工程师资格认证（Automation System Engineer Accreditation，ASEA）。这是落实中央人才工作会议精神，积极推进专业技术职称改革的一个重要举措，对充分开发和利用我国自动化人才资源，更好地为社会主义现代化建设服务也具有重要的意义。

  中国科协学会学术部专门为这项工作进行了批复，要求中国自动化学会"按照国家有关政策，借鉴国外先进经验，积极探索，认真做好自动化系统工程师的培训、考核、认证以及相应的服务工作，并及时总结经验，推动学会改革发展，促进工程师资格的国际互认，促进我国专业技术人才成长和学科发展，不断提高技术人员水平，为我国自动化事业的发展做出新的更大贡献"。这正是我们开展 ASEA 工作的目的和准绳。

  为了顺利开展 ASEA 工作，中国自动化学会专门成立了 ASEA 领导小组，下设 ASEA 办公室并分设若干委员会与工作部，依靠全国自动化领域的专家、教授和学者，按照中国科协的指示精神，正在一步一个脚印地开展起来了。

  《ASEA 培训与考试指定参考丛书》是在 ASEA 办公室领导下，由 ASEA 培训与教材编审委员会策划、组织编写的，这是一项非常有意义的基础性工作。这套为 ASEA 培训和考试专门设计的参考丛书，内容涵盖自动化专业基础知识、自动化技术基础知识和国民经济主要行业的自动化专业知识，编写风格独树一帜，确有成效地将先进性、实用性和系统性有机地结合起来。在这套参考丛书的编写过程中，充分发挥了高等院校强大的师资力量，也全力调动了自动化企业技术人员的参与，从 ASEA 培训与考试的实际需要出发，全面考虑了理论和技能两个方面的知识考核，充分保证了 ASEA 的质量和水平。

  相信本套参考丛书的出版，将为 ASEA 提供特色鲜明的培训与考试资料，对 ASEA 工作一定会起到积极的作用，对大学后的继续教育也是一套宝贵的参考资料。在此，我谨向参与这套参考丛书编写的自动化技术工程师、高校老师，致以诚挚的感谢。对参考丛书的整体结构到每本书的内容所存在的不足甚至谬误之处，还望使用本套参考丛书的各界人士不吝批评指正。

戴汝为 院士

2006 年 1 月于中国科学院

前　言

近些年来，项目管理越来越受到国内自动化系统工程企业的重视，并开始了项目管理的实践，部分比较领先的企业已经开发了适合于本组织的卓越项目管理方法。项目管理已经成为这些企业战略的重要组成部分，标准的项目管理方法和成熟的项目管理实践不仅仅给这些企业带来了更高水平的质量，而且为这些自动化企业的未来发展提供了一种强有力的竞争武器。

注册自动化工程师是未来自动化企业开发项目管理方法和实践项目管理的中坚力量。作为他们的培训与考试教材，本书更加注重于项目管理标准方法的开发和项目管理的实践，而不是阐述项目管理的一般原理和知识。尽管如此，本书仍然比较系统地体现了项目管理的优秀理论，并与我国的自动化系统工程实践紧密结合。

本书在项目管理理念上坚持"以人为本"，不仅在项目团队建设部分的讨论中强调这一点，在计划、进度、成本和质量控制的讨论中，也强调通过对项目团队成员的领导和管理，来更好地达成项目在上述三个方面的目标。

本书共分九个部分，前面四个部分侧重于从组织的层面论述项目管理平台建设的理论和实践。第一部分讨论了项目管理的特征、生命周期、项目过程、项目决策的思维方法、项目的战略计划及其成熟度模型。第二部分是自动化系统工程的一般过程，论述了不同过程的项目管理职责的专业分工和协同，工程核心过程及其方法。第三部分论述了项目的组织结构、组织行为、项目管理的标准方法及其知识管理。第四部分简单论述了项目管理工具。后五个部分侧重于在项目管理平台基础上的单个项目的管理理论和实践。第五部分为项目团队建设，第六部分为计划、进度和成本控制，第七部分为项目风险管理，第八部分为质量管理，第九部分为文档和采购管理。风险管理应该引起项目经理的足够重视，本书总结了自动化工程风险管理实践中应该关注的方面。在质量管理部分，提出了新世纪的质量管理理念。

本书由周东红主编，包含41个模块，周东红完成了21个模块，黄奇琦和袁泉各完成了7个模块，董阳和张猛各完成了3个模块。本书是对自动化系统工程项目管理的初步探讨，无论在理论上还是实践上难免有不完善的地方，敬请读者批评指正。

编　者

目　录

概　　论

一、项目管理的发展

项目管理是在一般系统管理理论的基础上发展起来的，因此，它适用于一般系统理论所描述的根本原则，项目管理被认为是一种实用的系统管理。项目管理的发展大致经历了两个阶段：

1. 20世纪60年代到20世纪80年代

20世纪60年代，有些企业由于任务复杂、运行环境多变促使企业的高层管理者开始寻求新的管理方法和组织结构方法。这些企业所涉及的领域包括航天、航空、军工、建筑、计算机集成和信息系统。到了20世纪80年代，其他一些企业也开始尝试并建立了正式的项目管理程序。但是，在多数情况下，公司仅仅采用局部的项目管理，项目管理被看成是对既定权利界限的威胁。

在20世纪60年代到20世纪80年代的30年间，项目管理的发展比较缓慢。尽管高层管理者开始意识到项目管理是一种符合公司最大利益的方法，但其优势尚未被完全认可。项目管理要求组织进行结构重组，意味着组织流程和企业文化的变化，而高层管理者却害怕对组织进行"革命性"变革。另外一个重要原因是，推行项目管理意味着高层管理者要放弃一些权利，通过授权，给中层管理者，这使他们担心，中层管理者会迅速占据要职，甚至超过高层管理者。但是技术进步的必要性、产品研发投入的不断增高，对新产品快速投入市场的要求是项目管理发展的主要推动力量。

2. 20世纪90年代到2000年

到20世纪90年代，企业已经开始认识到项目管理是必须的。事实越来越清楚地表明，企业的生存在很大程度上已经取决于多好和以多快的速度来实施项目管理。前面谈到的限制项目管理发展的力量开始弱化，因为在激烈的竞争环境下，企业要在更短时间内创造出优质的产品，并努力与客户建立长期信任关系。项目管理不再是企业内自我封闭的系统，它已被看作是一种提高竞争力的武器，能够带来更高水平的质量，并增加客户的价值。

越来越多的企业已经把项目管理作为组织维持竞争优势的关键战略。有些企业在项目管理方面已经逐步达到成熟，在这些领先的企业中，项目管理与全面质量管理、并行工程、风险管理、变更管理等其他管理流程进行了整合，并在整个企业中，创建和实施标准的项目管理方法。在这些企业中，项目管理不再仅仅是项目经理的责任，高级管理层在启动公司项目管理战略方面正在承担更多的责任。

近几年来，我国在项目管理领域得到了长足的发展，快速地完成了从项目管理理论的引进到项目管理实践的转变。但我国的项目管理毕竟起步较晚，在引进中更多地关注理论，实践方面关注不够，导致理论和实践在一定程度上脱节。为了加快项目管理在我国的发展，我们必须在学习先进理论的同时，学习最佳实践，并在实践中不断创新，走出一条符合我国国情的卓越的项目管理之路。

二、自动化系统工程的项目管理

自动化系统工程具有一般项目的显著特征，自动化系统工程企业是项目驱动型组织。项目管理在自动化系统工程企业的实施，将有利于增强组织的执行力，标准的项目管理方法将为自动化系统工程组织提供一条发展之路。

1. 自动化系统工程企业是项目驱动型组织

一个组织或者是由项目驱动的，或者是由非项目驱动的。在项目驱动的组织中，所有的工作都以项目为特征，每一个项目可以作为一个独立成本核算的单元，可以建立项目的盈亏报告，组织流程都是按照项目的方法来实现的，组织中的一切活动都与项目有关。在非项目驱动型组织中，盈亏是通过垂直线或职能线衡量的，在这种组织中，如果有项目存在，也仅仅是为了支持产品线或职能线，资源将优先分配给创造收入的职能线活动，而不是项目。自动化系统工程企业是典型的项目驱动型组织。

2. 项目管理应该成为企业战略的重要组成部分

对于一个自动化系统项目而言，项目经理将会面临以下压力。

- 一定的时间期限；
- 一定的预算成本；
- 适当的产品性能和规格；
- 得到客户和使用者的认可；
- 不影响组织的主要工作流程；
- 不改变企业文化；
- 团队成员得到培养和提高；
- 对组织项目管理的成熟做出努力。

当项目经理面临以上诸多压力时，项目经理希望组织提供一个很好的项目管理环境和平台，为其项目管理提供良好的指导和强有力的支持。高层经理必须为建设这样的项目管理平台而承担责任。只有这样，组织的项目才能取得连续不断的成功，而不是在正式的权威和强大的行政干预下的单个项目的成功。

项目管理环境和平台的建设，应该成为自动化系统工程企业战略的重要组成部分。一旦决定应用项目管理，惟一的问题就是如何建立一套标准有效的项目管理方法，促使项目管理尽快成熟并进而实现卓越的效果。所谓项目管理的成熟是指开发可重用的系统和流程，为每个项目提供更大的成功可能性，重复的系统和流程并不能保证成功，但它们能增加成功的可能性。一个公司的项目管理可能实现了规范，但不一定实现了卓越，卓越的定义远远超过了规范。卓越的定义可以分解成两个部分，一是卓越的项目管理要求不断涌现成功管理的项目。注意，项目成功了并不一定意味着进行了成功的管理；二是要求在对单个项目进行决策时必须考虑项目和全公司两方面的最佳利益。另外，卓越是不断发展的，为了竞争要敞开大门。

三、成功的项目源自管理还是领导

成功的项目源自管理还是领导？哈佛商学院领导学教授约翰·P·科特认为，领导和管理构成了同一过程中既相互区别又相互补充的两个体系，它们各有其自身的功能和特点，同时又都是当今经济条件下，组织取得成功所必不可少的组成部分。

管理是用于应对复杂性的，管理的实践和程序在很大的程度上是相对于复杂组织而言的。与此不同的是，领导则是与变革相对的。近些年来，领导变得越来越重要，部分原因就在于 21 世纪是充满竞争和变化的时代，企业面临着前所未有的挑战。更多的变化总是要求更强有力的领导。

在当今瞬息万变的工作环境中，项目方法已经日益成为设置组织架构和定义经理们角色和任务的主要管理策略。在项目管理中，对领导力的重视源于以下两个方面的考虑，首先项目管理本身是一种变革；其次需要在变革中创立项目管理文化。在项目驱动的组织中，关键任务需要由临时的或跨部门的团队来承担，中层经理迅速减少，取而代之的是项目经理，企业中所有的员工都可能同时存在于一个或者多个项目中，他们更重视团队精神、效率，更富于责任感和创新意识。

项目管理的理论和知识直接来源于一线实践者们长期经验的积累。项目管理更是一种文化，项目团队中每位成员高度的责任心和合作精神都是决定项目成败的关键。因此，在组织中倡导项目管理文化，对组织的成功将产生重要的促进作用。

多数项目管理书籍都是强调项目的管理方面，而没有认识到领导的重要性，仅仅依靠流行的项目管理书籍中推荐的方式将导致项目管理过度，而领导欠缺。在千变万化的环境中，项目管理不是略加变更地执行计划，而是在满足客户需求的同时，成功地处理不可避免的变化。因此计划系统应该足够灵活，但是计划不应过于全面和详细，它应该是一种强调简单的和适用的管理方式，在这种管理方式中，确立总体方向和保持集中于目标远比准备详细的进度表更为重要。确立总体方向和保持集中于目标是领导的工作，准备详细的进度表是管理的工作。

本书在强调项目的管理方面的同时，对项目的领导方面也进行了比较充分的讨论。然而，当高层经理致力于改进组织的领导能力时应当记住，管理过强而领导过弱，或者过强的领导辅以过弱的管理，对组织的项目管理同样不好，项目管理组织所面临的真正难题在于如何将强有力的领导和强有力的管理结合起来并使其互相制衡。

第一部分　项目管理基础

现代企业的经营活动基本上可以分为两大类，其中一类是持续不断的，以重复性劳动为主要特征的日常运作；另一类是临时性的，以一次性执行为主要特征的项目。

美国项目管理协会对项目和项目管理给出了精确的定义，所谓项目就是为提供某项独特产品、服务或成果所做的临时性努力；项目管理就是把各种知识、技能、手段和技术应用于项目活动之中，以达到项目的要求。

项目管理作为一种有效的企业管理方法，正在被越来越多的企业所接受，因为企业的高层管理者们正面临着诸如顾客服务要求提高、原材料涨价、工资水平提高和股东压力等复杂因素的挑战。如今，大多数高层管理者已经达成共识，认为解决绝大部分这类问题的方法要靠更好的控制和充分使用公司已有的资源，项目管理的特点就是利用管理重构的新方法和采用标准的管理技术，以更好地控制和有效地利用现有资源。

第一单元　项目管理及其生命周期

项目管理方法相对来说还是比较新的概念。30年前，项目管理还仅仅局限于美国国防工业的承包商和建筑行业。今天，项目管理的概念已经被广泛应用于世界范围内的各行各业，如军事、建筑、化工、制药、银行、系统工程，以及各级机构，如中央及地方政府、企业和公共机构。近10年来，项目管理理论和实践在我国也得到了长足的发展。

原有的组织模式已远远不能满足技术和市场的变化。传统结构是高度官僚化的，经验表明，它已无法应对全球化下瞬息万变的环境。所以传统组织结构必然要被项目管理或其他同样高效的结构所取代，这种结构必须是系统的，能对公司内外各种情形的发展变化做出快速反应。

每一个项目和产品都有其特定的发展阶段。准确了解这些阶段，有利于管理层更好地控制企业的全部资源，实现既定目标，这些发展阶段被称为生命周期阶段。但是，阶段的划分和命名随产品和项目的变化而变化。

模块一　了解项目管理

一、知识点

通过本模块的学习，可以对项目管理有一个基本的了解。了解项目管理的一些基本常识，是进行有效项目管理的基础。本模块的知识点包括：项目特征的三个主要方面、项目管理成功的传统标准和现代标准、成功的项目需要有效的管理、项目管理是一种有效的执行方法以及项目管理中的目标导向系统思考。

二、知识点分析

1. 项目的特征

正确理解项目的内涵，理解它的本质特征是管理好项目的基础。项目的特征包括以下几个方面：

（1）临时性

临时性是指每一个项目都有确定的开始和结束，当项目的目的已经达到，或已经清楚地看到该目的不可能达到，或项目的必要性已不复存在时，该项目就到达了其终点。临时性不一定意味着时间短，许多项目要延续好几年。

临时性的含义还体现在，大部分项目都要求在一定的时间内推出一定质量的产品或服务，因为机遇或者市场需求总是短暂的。另一方面，项目通常由专门的团队负责实施，团队随着项目的结束也就解散了。

（2）项目成果的独特性

项目的目的是为了推出新产品或新服务。项目是独特的，项目之间会有知识的重用，但没有两个完全一致的项目，重复部件的存在并不改变整个项目工作的独特本质。这种独特性使得管理项目也有很多的不确定性。

项目具有独特性，但是一个企业内部的项目经常有共同之处。如何从独特性的项目中提炼出共性的、可移植的知识，促进组织层面的项目管理的成熟，是企业必须考虑的问题。

（3）逐步完善

逐步完善意味着分步、连续的积累。项目产品技术要求说明书的逐步完善务必要与项目范围的恰当定义谨慎地协调起来，在项目按合同实施时尤其如此。如果项目范围即需要完成的任务，规定得确切，则即便是在技术要求说明书的逐步完善过程中，项目范围仍应保持控制状态。

2. 项目管理成功的标准

传统的项目成功定义已经沿用了约 20 年，即将项目成功定义为在一定的时间、成本和质量约束下完成的一次活动。如果项目是为外部客户实施的，项目就需要考虑第四个因素：良好的客户关系。如果只注重在一定的时间、成本、绩效约束下管理项目而忽视了顾客，那将存在一定的风险，未来的业务往来可能因此受到损害。今天，项目成功的定义已经改变，除了上述三个方面的约束外，还应满足以下四个方面的要求：

（1）得到客户和使用者的认可

能将客户的名字列入你的项目成功列表中，以保持良好的客户关系。项目的实施需要客户关系处理，项目经理需要与客户建立密切的合作，没有这种合作，要取得项目的成功将非常困难。建立合作关系的最好方式就是理解双方的期望，了解客户对项目经理的期望，很大程度上就是了解项目经理的努力方向，这些期望将会影响人力因素管理的效果，进而对项目能否顺利达成目标产生影响。这些期望包括：诚实、精通业务、跟得上项目的步伐、愿意合作、乐于沟通、提供最好的项目成果等。

（2）使范围变化最小或双方就范围变化达成一致

范围变化必须降到最低的程度，并且在不得不改变时，一定要保证项目经理和客户都同意。努力促使客户做到以下几个方面将有利于达成上述目标：就双方的需求进行充分的沟通；客户对项目有充足的时间和资源投入；让客户参加会议，树立主人翁意识。

（3）不影响组织的主要工作流程

项目经理必须乐于这样管理，使公司的主要工作流程不会改变。项目经理必须乐于在公司的方针、政策、程序和规章下进行管理。

（4）不改变企业文化

所有公司都有自己的企业文化，尽管每一个项目都有其固有的特点，但项目经理不应让自己的团队游离于企业文化之外。

图1.1-1是某自动化系统项目的项目目标图，除了财务测评指标，还包括顾客满意度、内部组织流程以及组织的学习和能力提高。一个项目不仅要满足进度、质量、成本的要求，还要满足组织成长的要求，以促使项目管理的不断成熟和持续的成功。

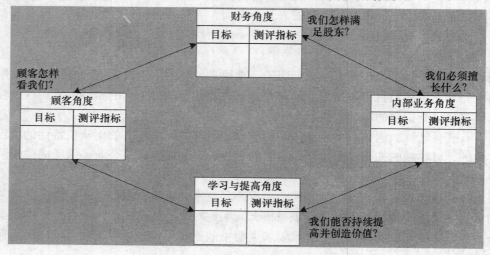

图1.1-1 某自动化系统的项目目标

最后需要指出，必须认识到仅仅一个项目的成功并不意味着整个公司在其项目管理工作上的成功，出色的项目管理是持续成功的项目管理。大多数项目都可以在正式的权威和强大的行政干预下取得成功，但为了实现项目持续不断的成功，必须在全公司范围内创建和实施标准的项目管理方法，制定项目管理战略计划，逐步实现项目管理的卓越。

3. 成功的项目需要有效的管理

人们对于项目管理的感觉就像是围城，如果你没有参加项目，那么你多半是在做一些费力不讨好而且枯燥无味的重复性工作。但是如果你参加了一个项目，日子就更难过了，你会觉得干一件枯燥无味的重复性工作是多么令人神往。Standish Group对8400多个IT项目的调查结果（如图1.1-2），为这种感觉提供了支持。

Standish Group在2000年发布的调查结果表明：达成目标的项目比例仅为28%，彻底失败的项目占23%，能够完成但工期，费用，质量不符合要求的高达49%。

成功的项目需要有效的管理，为此美国项目管理协会编写了《项目管理知识体系指南》，基本目的是识别项目管理知识体系普遍公认为良好做法的那一部分。指南介绍的知识和做法可以在绝大多数情况下使用于绝大多数的项目，正确应用这些技能、工具和技术能够为范围极为广泛的各种不同项目增加成功的机会。另外还有其他的标准讨论组织项目管理能力的成熟，如通过某种形式的项目管理战略规划，在合理的时间框架内，达到项目管理的卓越。

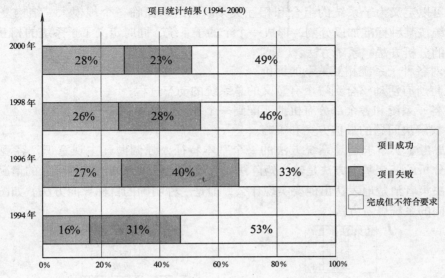

图 1.1-2　Standish Group 2000 年发布的调查结果

4. 项目管理是一种有效的执行方法

许多公司的高层已经最终认识到战略规划及其项目管理的重要性，以及战略规划与项目管理的关系。过去，组织将大量的重点都一直放在对战略的系统描述上，而只有少量重点放在战略实施上。众多的公司现在正在意识到，项目管理原则可以用于战略计划以及经营计划的实施。

经济状况时好时坏，不论在哪种情况下，精明的公司总可以把别人的坏运气转化为自己的好运气，他们总是可以随时随地发现机会，但是要想准确果断的抓住这些机会，管理层必须建立一个基于执行速度和质量基础上的，可重复的标准过程。

外部竞争加剧，公司内部对执行能力的渴望，引起公司的战略和执行发生了重大转变，项目管理方法正好适应了这种转变，这正是项目管理引起高级管理层注意的根本原因。表 1.1-1 表明了近 10 年来公司的战略和执行发生的转变。

表 1.1-1　公司的战略和执行发生的转变

因　素	10 年前	现　在
战略的重点	短期	长期
组织构建	通过获得权利加以控制	靠近客户
管理的重点	人员管理	工作及可交付成果的管理
主办	停留在书面上	活跃人物
培训重点	数量化的	定性的/行为的
风险分析	最低限度的努力	协同一致的努力
权威	明示的	含蓄的
团队建设	职能团队	跨功能团队

5. 项目管理中的系统思考

系统思考方法对项目的成功起着关键的作用。所有的项目决定和项目政策均建立在判断的基础上，系统分析为判断提供帮助。

系统可以定义为子系统的组合和相互关系。当组织面临一个规模大，结构复杂的系统时，将系统按某种标准加以分割，形成一个个的子系统，同时定义了子系统的相互关系，是一种有效的分析方法。系统方法：

- 是对各种子系统相互关系的评价；
- 是将所有活动整合到一个有意义的总系统的动态过程；
- 将各子系统和各个部分有机地匹配到一个统一的整体中；
- 寻找解决问题的最佳方案和策略。

客观思考、实事求是是系统方法的一个基本特征，强调抛开主观意识，客观地看待事件。系统分析的一个基本方法是输出矩阵法，它可以通过矩阵列出各种可能的情况，输出矩阵法要求决策者清楚地表达出他要实现什么，即是一种明确的目标导向方法。如图 1.1-3 就是目标导向的系统思考方法。

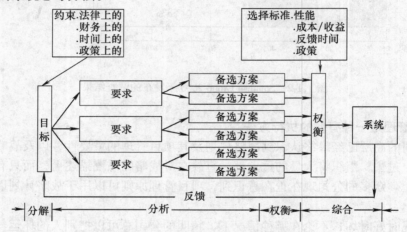

图 1.1-3　目标导向的系统思考方法

三、考试训练

考试要点：必须掌握项目的特征，不要混淆项目和日常运作（日常运作是持续不断和重复的）；不要混淆逐步完善和范围潜变（未得到控制的变更通常称为项目范围潜变）；掌握项目成功的标准；掌握项目管理系统思考方法。

1. 项目的特征是什么？

参考答案： 项目是为提供某项独特产品、服务或成果所做的临时性努力。项目具有临时性，创造独特的可交付成果，项目的范围也经历从项目早期的粗略到项目中后期的具体和详细的过程。

2. 逐步完善和范围潜变的区别是什么？

参考答案： 项目产品技术要求说明书的逐步完善务必要与项目范围的恰当定义谨慎地协调起来，当项目是按合同实施时，尤其应当如此。逐步完善是对范围内项目任务的分步、连续的积累，是工作的深化；项目范围潜变是项目范围未得到控制的变更。项目的变更不可避免，因而必须强制实施某种形式的变更控制过程。

3．项目成功的衡量标准有哪些？

参考答案：传统的项目成功衡量标准通常仅局限于对单个项目的进度、质量、成本等三个方面进行综合的考虑。但对于建设一个项目管理平台，追求多项目的持续成功，追求卓越的项目管理，运用项目管理的组织同时需要考虑另外四个方面的约束条件：得到客户和使用者的认可；使范围变化最小或双方就范围变化达成一致；不影响组织的主要工作流程；不改变企业文化。

4．系统可以定义为子系统的组合或相互关系吗？

参考答案：当组织面临一个规模大，结构复杂的系统时，将系统按某种标准加以分割，形成一个个的子系统，同时定义子系统的相互关系，是一种有效的分析方法。

模块二　项目生命周期

一、知识点

通过本模块的学习，读者能够对项目生命周期及其作用有一个基本的了解。本模块的知识点包括：项目生命周期的概念、项目生命周期划分的意义、项目管理过程组、项目生命周期与项目管理过程组的关系、项目利害关系者在项目不同生命周期中的作用。

二、知识点分析

1．项目生命周期的概念

项目经理或组织可以把每一个项目划分成若干个阶段，以便有效地进行管理控制，并与实施该项目的组织的日常运作联系起来。一个项目至少有一个开始或者启动阶段，一个或若干个中间阶段，以及一个结束阶段。阶段的数量取决于项目的复杂程度和所处的行业。某些组织用一个标准的方法处理所有的项目，某些行业的通用做法是在本行业内部使用某种约定俗成的项目生命周期，自动化系统工程项目就属于这种情况。

为了将项目工作和实施该项目的组织日常运作联系起来，在一些多项目同时运作的组织中使用一个标准的方法定义项目生命周期，如用项目主活动来定义项目生命周期，其他活动纳入组织日常运营，紧紧服务于项目。

在自动化系统工程中，通常将需求分析、系统设计、设计实现、现场调试、验收，作为项目阶段，而将采购、文档管理、财务管理纳入到组织日常运营中。

通常情况下，项目从一个阶段转到另一个阶段，是某种形式的交接。前一阶段产生的可交付成果，通常经过审查，可接受后进入下一阶段。但并不是所有的项目的阶段都按顺序首尾衔接，在风险可以接受的范围内，后一阶段可以在前一阶段可交付成果通过验收之前开始。这种技术就是所谓的快速跟进进度压缩技术。

一般自动化系统的项目生命周期为：系统需求分析阶段、系统设计阶段、系统设计实现和工厂测试阶段、系统现场安装和调试阶段、系统验收和试运行阶段。

2．项目生命周期划分的意义

项目的过程特点是跟项目生命周期密切相关连的，随项目生命周期的不同而变化。这些特点给项目管理提供了有效的指导，主要包括以下几个方面：

（1）人力投入和费用的变化

一个项目的人力投入和费用通常是开始时低，随后逐渐增高，在项目接近收尾时迅速下降。这种人力投入和费用支出的特点如图 1.1-4 所示。

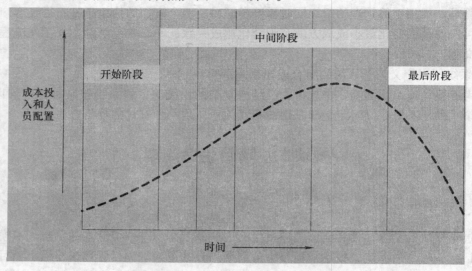

图 1.1-4 成本投入和人员配置与项目阶段的关系

（2）不确定性和风险的变化。

在项目早期，客户和项目经理有更多的机会为项目增加价值，随着项目的进展，不确定性逐渐减少，而要做出变更，付出的成本逐渐增加。为了减少这种风险，同时发挥这方面的优势，项目需要分割阶段，以便进行更好的管理控制。每一个阶段结束时，项目负责人可以评价这一阶段的成果是否满足下一阶段输入的要求，确定是否应该进行下一阶段的工作，也可以以较低的成本发现并纠正错误。

（3）项目利害关系者影响力的变化。

项目开始时，项目利害关系者对项目产品最后特点和项目最后成本的影响力最强，而随着项目的进行，这种影响逐步减弱。造成这种现象的主要原因是随着项目的开展，变更计划和纠正失误的代价通常与日俱增。项目生命周期、增加价值的机会、变更的成本和信息质量的关系见下图 1.1-5。

3. 项目管理过程组

过程就是一组为了完成一系列事先指定的产品、成果或服务而需执行的互相联系的行动和活动。项目管理知识体系指南将这些过程分为 5 组，分别是：启动过程组、规划过程组、执行过程组、监控过程组、收尾过程组。

同项目管理各过程及其相互关系有关的基本概念是质量持续改进中的"计划-执行-检查-行动"（Plan-Do-Check-Action，简称 PDCA）循环。过程组的综合性比 PDCA 循环更加复杂。规划过程组与 PDCA 循环中的"计划"对应；执行过程组与 PDCA 循环中的"执行"对应；而监控过程组与 PDCA 中的"检查"和"行动"相对应；启动过程组是这些循环的开始，而收尾过程组是其结束。

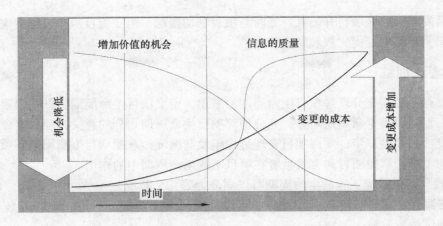

图 1.1-5　项目生命周期、增加价值的机会、变更的成本和信息质量的关系

4. 项目生命期与项目管理过程组的关系

一个过程的成果一般成为另一过程的输入或成为项目的可交付成果。若将项目划分为阶段，则过程组不但在阶段内，而且也可能跨越阶段相互影响和相互作用。

当项目划分为阶段时，同样的过程组一般在项目生命周期的每一阶段都重复，并有效地推动项目完成。一个阶段中过程组相互关系可以表示为图 1.1-6。

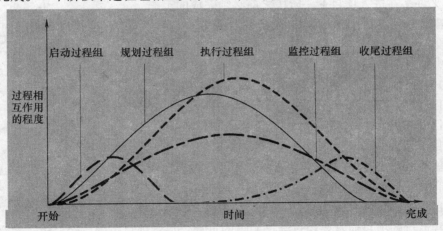

图 1.1-6　一个阶段中项目过程组间的关系

5. 项目利害关系者在项目不同生命周期中的作用

现代项目管理的核心目标是让项目的利益相关者满意。项目的成功不仅是项目经理或项目组的责任，也是所有项目利益相关者共同努力的结果。项目管理很重要的一个工作就是在努力使项目利益相关者满意的同时，努力使他们对项目尽到他们应尽的责任。项目利益相关者应该承担的责任与项目生命周期密切相关。

项目通常有五种典型的利益相关者：项目发起人、项目客户、项目经理、项目团队、项目相关职能部门的负责人。项目利害关系者在项目不同生命周期中起着不同的作用。如项目发起人，在项目特定阶段可能发挥以下作用：进行项目计划和目标设定、解决冲突和确定优先权。项目发起人应在项目开始和计划时与项目密切接触，但在项目执行过程中应保持一定的距离，除非需要确定优先权和解决冲突。

三、考试训练

考试要点：必须充分理解项目生命周期的概念，定义项目生命周期的影响因素，掌握自动化系统工程的项目生命周期划分；充分理解项目生命周期划分的意义，项目生命周期的定义是项目成功的关键一步；掌握项目管理过程组及其循环；掌握项目生命周期和项目管理过程组之间的关系；掌握项目利害关系者在项目不同生命周期中的作用。

1. 一般自动化系统工程的生命周期可以划分为哪几个阶段？

参考答案： 需求分析阶段、设计阶段、设计实现和工厂测试阶段、现场安装和调试阶段、验收和试运行阶段。

2. 根据项目管理知识体系指南，项目管理过程可以划分为哪五个过程组？

参考答案： 启动过程组、规划过程组、执行过程组、监控过程组、收尾过程组。

3. 项目生命周期：

A. 定义产品生命周期

B. 所有项目都清晰的划分为相同的阶段

C. 定义每个阶段应做什么工作

D. 定义许多在进入项目下一阶段之前必须完成的工作

参考答案： C。项目生命周期阶段是根据可交付成果定义的，通过产出可交付成果来完成这些阶段。

4. 谁决定一个新项目的要求？

A. 客户

B. 项目经理

C. 项目发起人

D. 项目干系人

参考答案： D。工作范围必须包含项目干系人的全部要求，否则将来就会有变更。

5. 对于项目而言，下列哪一种说法是正确的？

A. 项目不是独特的，因为总是有某些方面是以前做过的。

B. 正常运行的项目通常要经过渐进明晰的过程，尽管项目范围已经经过了定义和批准。

C. 地铁综合监控自动化系统完成后还有维护，电力调度等日常运营工作，所以建设地铁综合监控自动化系统的项目不能被认为是临时性的。

D. 一个有经验的项目经理会避免含有不确定性的项目。

参考答案： B。对于C，尽管维护和电力调度等日常运营是地铁综合监控自动化系统产品生命周期的一部分，但它们不能成为项目生命周期的一部分。

第二单元　战略计划与成熟度模型

如果没有某种形式的项目管理战略规划，至少在合理的时间框架内，达到项目管理的卓越境地是非常困难的。今天，越来越多的公司意识到，项目管理能够增加客户的价值、员工的收入和公司股东的收益，因此，他们增加了对项目管理战略规划的需要。

项目管理成熟度模型明确了一个组织在项目管理成熟与演化的过程中所经历的普遍阶段。它使高级管理层和项目经理清楚他们必须采取什么步骤，必须满足哪些需求以及按什么顺序来产生有意义的和可度量的结果。

本单元由两部分组成。第一部分讨论项目管理战略计划；第二部分讨论项目管理的成熟度模型。

模块一　项目管理战略计划

一、知识点

通过本模块的学习，读者可以对项目管理战略计划有一个基本的了解。本模块的知识点包括：项目管理是一种战略选择、什么是项目战略计划、战略计划成功的关键、项目战略计划失败的原因。

二、知识点分析

1. 项目管理是一种战略选择

随着组织意识到项目对他们成功的重要性，项目管理已经变成改进工作的一种有效方法，越来越多的组织已经把项目管理作为一种在现今高度竞争的环境中维持竞争优势的关键战略。改进项目管理实践的项目管理中心、培训计划及组织变更计划，正逐渐成为改进组织有效性的战略计划的通用部分。

有些组织刚开始采用项目管理，而另一些组织已经达到成熟的地步。那些领先的组织中，项目管理与公司业务目标一致，而且紧密结合。项目管理不再仅仅是项目经理的责任，高级管理层在启动公司项目管理战略方面正在承担更多的责任。

一旦公司采用项目管理，惟一的问题就变成：如何让组织充分发挥系统的全部效益。卓越的项目管理是一个持续改进的过程，在全公司范围内创建和实施标准的项目管理方法，制定追求卓越的项目管理战略计划非常重要。

2. 什么是项目战略计划

项目管理的战略计划是指项目管理标准方法的开发，它能够被反复地使用，并大大增加达到项目目标的可能性。尽管战略计划的制定和实施不能保证企业获利或成功，但它确实能提高企业成功的机会。开发一套实施方法的主要优点在于保证行动的一致性。如下图 1.2-1 描述了一个简单的项目管理方法的开发框架，该框架起始于项目定义过程，然后被分解为技术基线、管理基线和财务基线。

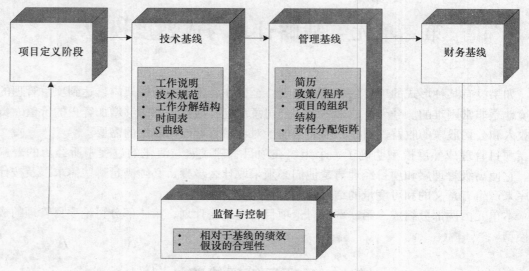

图 1.2-1　项目管理方法开发框架

如果没有这些重复的流程，项目中的每一个子单元都会偏离自己的方向，不会考虑自己在目标这个大系统中作为子系统的角色。设定目标并采用这套方法整合实施过程能保证组织的各个部分都向着同一个目标前进，这套方法为不同的活动指明了方向。

战略计划最重要的优点是其严密的思维过程。在缺乏明确的项目管理方法时，决策具有很大的不确定性。不连续的选择会阻碍企业前进，相互矛盾的选择会损害企业的利益，甚至导致企业最终解体。为达到不同的目标而进行独立决策时，可能会产生一些不连续和相互矛盾的决策。然而，只要实施过程明确，目标、使命和政策将为我们做出逻辑一致的决策提供切实可行的帮助。

3. 战略计划成功的关键

战略计划成功取决于定性因素、组织因数和定量因数。

（1）定性因数

前面在定义项目"成功"时，一般的条件为：制定进度、预算成本、在技术规范要求下的预期功能和性能、用户定义的质量标准，但在有经验的组织中，在上述基础上，扩展了新的要求，包括：

● 范围变更最小或双方达成一致；

● 不会扰乱公司的文化和价值取向；

● 不会扰乱公司的正常工作流程。

那些最终取得成功的公司一贯致力于质量和预先计划，因而在项目的进行过程中，范围变更很小，那些必要的范围变更必须得到客户和承包商的共同认可，在这样的公司里，范围变更是经过深思熟虑的。

大多数公司都有历经数年建立的成熟的公司文化，另一方面，项目经理可能需要为他们的项目建立亚文化，尤其是那些历时多年的项目，这种临时的文化必须在整个公司的文化范围内开发。

同样的限制影响着组织的工作流程。在局部项目驱动型组织中工作的项目经理应意识到，组织中的直线经理必须为整个公司的日常运作努力提供持续支持。项目经理在做出决策时，必须考虑整个公司的利益。

因此，一个公司要想达到卓越的项目管理，主管经理必须依据什么有利于项目和什么有益于整个公司来定义成功。

（2）组织因数

项目管理中的组织行为是一项复杂的权衡行动，有点像只有三条腿维持平衡的细长板凳。其中一条腿是项目经理，一条腿是直线经理，另一条腿是项目发起人。如果其中一条腿损坏了，板凳将很难维持平衡。

项目成功的关键取决于直线经理和项目经理的良好配合，分享权力。在不成功的项目中，项目经理通常越过直线经理追逐权力。在成功的项目管理中，下列等式总是成立的：

$$责任 = 职责 + 职权$$

项目发起人必须持续提供这样的一种支持，从而使得项目经理和直线经理能够很好的配合。

（3）定量因数

实现卓越的项目管理的第三个因数是使用适当的项目管理工具来支持项目管理方法的实施。项目管理工具对项目管理方法提供的是一种支持，而不是项目管理本身，因此，项目管理培训必须先于软件培训。对于软件的使用，项目发起人、直线经理、项目经理必须提供与项目管理同样多的鼓励和支持。下列建议可以加速流程的成熟：

● 教会人们如何使用先进的软件，如果组织已经致力于项目管理，人们更容易接受这些软件的使用；

● 为希望看到的输出提供统一的标准。

4. 项目战略计划失败的原因

下面列举了一些项目战略规划中经常出现的问题，要想使项目战略计划成功实施，下面的每一个问题都必须认真应对。

（1）每一个战略计划流程都应该由高级经理发起，并得到他们的认同和支持

没有得到高级经理的认同，项目经理和职能经理之间的良好合作是比较困难的。当项目经理或职能经理提出的流程和方法，不能得到高层经理认同时，就很容易出现分歧。另外，整个公司对一套方法体系的认可是必要的，主管经理强有力的、切实的支持能够加速这一认可过程。

（2）项目战略规划的实施可能是一个比较长的过程，不要期望一蹴而就

项目管理的成熟是一个动态的、持续反省、持续改进的不断反馈和更新的过程。成功地完成几个项目并不意味着组织的方法体系是好的，也并不意味着没有改进的可能了。简单地认为"你不会犯错"常会导致最终的失败。

（3）定期调整而不是持续变化

短时间内的反复变化会给员工这样的印象：是否一开始我们的方法体系就错了？是否我们还没有准备充分？持续的变化很容易使员工对执行计划本身失去信心，而阶段性的调整却会让员工觉得是必要的。

（4）方法应用的培训和教育是必不可少的

方法应用的培训是必不可少的，人们不可能成功地实施，至少不能持续地执行他们不理解的方法体系。方法体系不应该过于复杂，简单有效的方法体系才是理想的项目管理方法。

（5）将失败归咎于方法体系

项目失败不一定是因为实施，不切实际的目标或主管经理的期望都可能导致项目的失败。一套卓越的方法体系并不能保证一定会成功，但它能确保这个项目的管理方式是正确的。

三、考试训练

考试要点：理解项目管理是一种战略选择；掌握项目管理方法开发框架；掌握项目管理战略规划所要考虑的方面及其成功的关键因素；了解项目管理战略规划失败的原因。

1. 下列哪一项最后执行：

A. 建立项目管理方法

B. 定义生命周期阶段

C. 制定项目的政策和程序

D. 选择项目管理软件包

参考答案：D。项目管理工具提供对项目管理的支持，项目管理软件可以促进项目管理流程的成熟，但项目管理培训必须先于软件培训。

2. 项目管理实现成熟和卓越的最大障碍是：

A. 缺乏对员工的培训

B. 缺乏主管经理的支持

C. 缺乏董事会的支持

D. 缺乏水平明确定义的成功衡量标准

参考答案：B。项目管理的关键是项目经理和直线经理的良好日常工作关系。在这种关系中，项目经理和直线经理必须彼此平等相待，并乐于分享权利、义务和责任。在管理良好的公司里，项目经理不必为资源而谈判，而只需得到直线经理的承诺，在一定的时间、成本和绩效下执行所分配的工作。由于项目经理和直线经理是平等的，高级管理层的参与就是必不可少的了。主管经理必须持续提供这样的一种支持，从而使得项目经理和直线经理能够很好的配合，鼓励直线经理履行承诺。

3. 要使项目管理获得持续的成功，要求组织推行项目管理战略计划，该观点：

A. 正确　　　　　　　　B. 错误

参考答案：A。

4. 项目管理的战略计划是指：

A. 开发一个多功能的方法体系

B. 开发一个项目计划的标准方法体系

C. 开发一个项目计划与执行的标准方法体系

D. 选择项目管理软件

参考答案：C，项目管理的战略计划是指项目管理标准方法的开发，它能够被反复地使用，并大大增加达到项目目标的可能性。

5. 责任分配矩阵，也被称为线形责任图，是——基线的一部份。

A. 技术   B. 控制

C. 财务   D. 管理

参考答案：D。

6. 一个最简单的项目管理方法体系应包括哪 4 个基线?

参考答案：技术基线、管理基线、财务基线和反馈控制流程。

模块二　项目管理成熟度模型

一、知识点

通过本模块的学习，可以对项目管理成熟度模型有一个基本的了解。本模块的知识点包括：项目管理成熟度模型的五个层次（第一层次——通用术语、第二层次——通用过程、第三层次——单一方法、第四层次——基准比较、第五层次——持续改进）和项目管理卓越六边形。

二、知识点分析

1. 项目管理成熟度模型

采用项目管理的公司都期望获得项目管理的成熟和卓越。但不是所有的公司都意识到，通过实施项目管理战略规划，企业才能够缩短达到项目管理成熟和卓越的时间。相反，简单地应用项目管理，即使持续很长的时间，也不一定使企业的项目管理能够达到成熟，更谈不上达到卓越，甚至还可能产生重复性的错误，更糟糕的是，这是在从自己的错误中学习，而不是从他人的错误中学习。

理解所有的组织都要经历一个成熟流程是非常重要的，这种流程是实现卓越的基础。在上一个模块中提到，成熟是指开发可重复的系统和流程，并为每个项目的成功提供很大的可能性。成熟的系统和流程还会产生两个额外的好处：一是完成了工作，同时范围变更最小；二是所设计的流程与当前业务的冲突最小。

项目管理的成熟度模型由五个层次构成，下面表 1.2-1 表示了成熟度模型的五个层次。

表 1.2-1　Harold Kerzner 提出的成熟度模型包括五个层次

模型层次	层次的特点
第一个层次——通用术语	对项目管理只是说说而已，即使在运用项目管理，这种运用也是零星的； 实际上没有来自最高层领导的支持； 不尝试去认识项目管理的好处； 自身利益排在公司的最大利益之前； 对项目管理培训和教育不做投入
第二个层次——通用过程	认识到项目管理的好处； 组织在各个层次上的支持，尤其是高级管理层的支持； 获得直线经理的支持和承诺； 意识到通用过程和方法很重要，并注意开发过程和方法； 项目管理培训系统课程的开发

（续）

模型层次	层次的特点
第三个层次—单一方法	项目管理的多个过程被简化为一个综合项目管理过程； 企业文化支持项目管理方法，文化成为一种合作性的文化； 管理层的支持，项目管理支持渗入到组织的所有管理层次； 非正式项目管理，单一方法更多地提供指导，而不是一套严格程序； 意识到项目管理与职能管理的差异，注意行为培训
第四个层次—基准比较	建立一个项目管理办公室或项目管理卓越中心； 致力于内部和外部同行业的基准比较； 过程及方法的定量基准比较； 文化的定性改进基准比较
第五个层次—持续改进	经验的学习和知识的重用，从每一个项目所学的知识必须传递到其他项目和团队； 为了训练未来的项目经理，应当建立适当的指导计划。项目办公室是管理指导计划的最好的地方

2. 项目管理卓越六边形

一些公司在项目管理方面获得了很大的成功，这些公司不满足于现有的竞争格局，而致力于在绩效上超越竞争对手，持续击败竞争对手。这些公司认识到，要做到这一点，需要有促进不断成功而不是零星成功的流程和方法。

下图 1.2-2 表示项目管理的卓越六边形。卓越六边形标识的六要素是公司做好项目管理、超越竞争对手所涉及的六个领域。

（1）流程整合

20 世纪 80 年代以来，一些新的管理流程和项目管理并行发展着。实现项目管理卓越的公司很快认识到众多管理流程的协同效应，以及如果不整合其流程，会产生什么后果。如果公司对每个流程采用独立的方法，最终很可能造成人力、资源和设备的重复浪费。当公司开始认识到将几个流程置于一套方法下产生协同效应时，最先局部结合的是项目管理和全面质量管理（Total Quality Management，简称 TQM）。随着协同和整合的好处日益明显，公司会选择整合所有的流程。

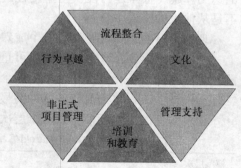

图 1.2-2　卓越项目管理六边形

在过去的十几年中，全面质量管理的概念使得很多公司的运营和生产发生了变革。这些公司发现，项目管理的原则和体系可以用来支撑和操作 TQM 计划，反之亦然。卓越的公司将这两种互补的管理体系完全整合在一起。TQM 的重点在于解决整个系统中的质量问题。质量从来没有终极目标，TQM 系统会在公司的每一个领域内持续地、协同地运作，其目标是把越来越好的质量带入市场，而不只是停留在之前的质量水平上。

TQM 流程基于戴明简单的"计划、执行、检查、措施"循环，如下图 1.2-3 所示。

该循环完全符合项目管理的法则。为了完成项目目标，首先要计划你要做什么，然后就开始实施计划，接下来对你的实施结果进行检查，修正偏差部分，再实施，如此循环。戴明循环作为一个不断改进的体系进行运作。当项目完成时，你会从计划和实施中吸取经验教训，将这些经验教训融入该循环，并在一个新的项目中又重新开始"计划、执行、检查、措施"循环。

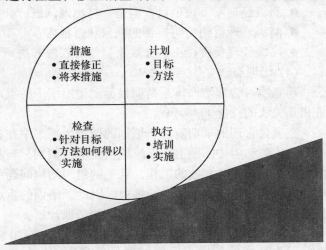

图 1.2-3　"计划、执行、检查、措施"循环

以上提供了一个项目管理和全面质量管理的流程整合概念，目前项目管理卓越的公司整合了 5 个方面的主要管理流程（参见下图 1.2-4）。

● 项目管理；
● 全面质量管理；
● 并行工程；
● 风险管理；
● 变更管理。

在某些公司中，自我管理团队、员工授权、流程再造和生命周期成本核算也整合到项目管理中。

（2）文化

公司文化或许是那些具备卓越项目管理公司的最重要的特征。因为每个项目的具体需求不同，项目管理要求创立一种能够快速变革，很快适应持续变化的组织和文化。

好的公司文化还能培养良好的客

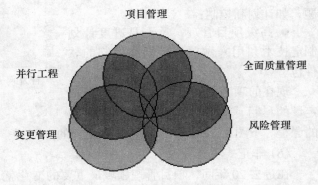

图 1.2-4　整合的项目管理流程

户关系，尤其是外部客户。例如，某一公司发展这样一种文化，即始终诚实地报告项目的进度、测试结果、风险和问题等。这样，客户就会开始把该公司当作合作伙伴，常常与其共享专有信息，并凭借业主地位帮助该公司解决项目过程中的问题并一起预防风险。

不管组织结构在理论上多么糟糕，成功地项目管理都可以在任一组织结构中发展起来，但该组织中的文化必须支持项目管理的 4 个基本价值观：

● 合作。即一个人为了所有人的利益与他人一起工作的意愿，它包括一个团队为了一个有利结果而采取的自愿行动；
● 协作。即人们在同等环境下本着合作的精神一起工作；
● 相互信任。信任参与项目实施的每一个人是至关重要的；
● 有效沟通。大多数项目经理喜欢口头上的、非正式的沟通，因为正式沟通的成本可能会很高。

（3）管理支持

高级经理是公司文化的建筑师，管理支持对项目管理文化的维护是非常必要的。项目发起人和高级经理会对项目经理和项目组的其他成员提供各种支持和鼓励，这种支持体现在：

● 高级经理不干预项目，但是一旦出现问题，会向他们提供帮助；

● 高级经理得到简明扼要的项目状态报告；

● 高级经理负责授权、分散项目管理权限和决策制定。

（4）培训与教育

建立项目管理培训体系是项目驱动型组织中的重点工作之一。项目管理涉及很多复杂而且相互关联的技能。

在项目管理的早期阶段，培训的课程主要集中在各种组织形式（如职能结构、矩阵式结构）的优势和劣势问题上。但组织很快会认识到，当基本的项目管理知识得到应用时，任何组织机构都能充分有效的工作，棘手的组织结构问题可以用以信任、协调、合作和沟通为基础的项目管理技能加以很好的解决。因此，培训的重点逐渐从项目管理的组织结构问题转移开来，以下两个基本内容取代了以前的培训计划：

● 基础项目管理，重点体现在有关组织行为科学的问题上，例如项目经理与职能经理的关系、多重报告关系、时间管理、领导力、冲突的诊断解决、谈判、团队建设、激励以及基本的管理问题，如计划和控制；

● 高级项目管理，重点是进度计划制定技术和用来做项目计划和控制的软件包。

现在的项目管理培训计划不仅包括定量的科目，同时也包括行为科学方面的课程。下图 1.2-5 表示了项目管理培训的类型：

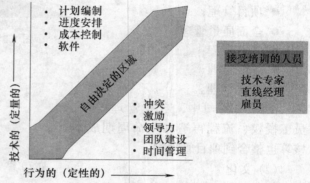

图 1.2-5 项目管理培训的内容

（5）非正式项目管理

在过去 20 年间，项目管理领域最重要的变化就是非正式项目管理发挥作用。正式项目管理和非正式项目管理的不同见表 1.2-2，最大的差异是书面工作量。

表 1.2-2 正式项目管理和非正式项目管理的比较

比较的因素	正式项目管理	非正式项目管理
项目经理的级别	高	中等及以下
项目经理的授权	书面	默许
书面工作	过量	少量

信任是成功进行非正式项目管理的关键。没有信任，项目经理和项目发起人不得不要求进行所有的书面工作，而这仅仅是为了确保参与项目的每个人都按照预先的指示工作。相互信任的客户-承包商工作关系不仅能够促使项目成功，而且能够带来其他一些收益，见下表 1.2-3 所示。

表 1.2-3　相互信任的客户—承包商工作关系带来的收益

相互不信任	相互信任
不断进行竞争性的讨价还价	长期合同，回头业务，单一合同
大量文档	少量的文档
过多的客户-承包商团队会议	少量的团队会议
被文档淹没的团队会议	没有文档的团队会议
主管经理发起	中层经理发起

有效沟通也是成功进行非正式项目管理的基础。一个公司要想真正培养起非正式的管理文化，有两个主要的困难必须被克服，它们是"冗长的报告"和"法庭式的会议"。为了便于管理，编写的状态报告只需要尽可能简练地回答以下 3 个问题就行了：

- 现在项目进展到什么程度？
- 我们最终将要达到什么样的目标或近期将要达到什么样的目标？
- 有没有需要管理人员处理的特殊问题？

所有这些问题只需要一张纸就能说明。信任、沟通、合作、协作是成功进行非正式项目管理的关键因素。

(6) 行为卓越

采用项目管理的组织必须认识到在工作关系中行为因素的重要性。项目的失败更多的源于行为上的缺陷，包括士气低落、效率低下和责任感缺乏。

行为卓越要求项目经理更多的是行为技能的专家。项目经理的聘用应该考虑项目管理各方面的能力，而不只是技术方面的知识。信任、尊重，尤其是沟通，对项目经理极其重要。应该铭记在心的是，团队领导不是在管理技术，他是在管理人，如果你能正确地管理人，那么这些人就可以管理技术。

三、考试训练

考试要点：掌握项目管理成熟度模型的各个层次及其特点；理解卓越六边形的六个领域。

1. 项目管理成熟度模型的五个层次是什么？

参考答案： 第一层次——通用术语、第二层次——通用过程、第三层次——单一方法、第四层次——基准比较、第五层次——持续改进。

2. 卓越六边形包括哪六个领域？

参考答案： 流程整合、文化、管理支持、培训与教育、非正式项目管理和行为卓越。

3. 当公司认识到流程整合的协同效应时，通常首先选取项目管理和_____这两个流程进行整合。

A. 全面质量管理　　　　　　　　B. 风险管理

C. 范围管理　　　　　　　　　　D. 变更管理

参考答案： A。

4. 哪一种组织结构能够孕育最好的项目管理文化？

A. 项目驱动型组织

B. 传统型组织

C. 混合型组织

D. 任何一种组织结构都能拥有良好的项目管理文化

参考答案： D。

5. 过去，高层经理和项目经理相信项目的失败是由于拙劣的规划和估算造成的，现在他们认为项目的失败应归咎于：

A. 员工士气低落   B. 消极的人际关系

C. 缺乏责任感   D. 生产效率低下

参考答案： A、B、C。

6. 卓越的项目管理与_____领导方式关系最密切。

A. 推动式   B. 情境式

C. 权威式   D. 以发起人为中心的

参考答案： B。随着项目管理开始重视行为管理胜过技术管理，情境领导也得到更多的关注。项目的平均规模在扩大，项目团队的人数也在膨胀，随着团队人数的增加，流程整合与有效的人际关系也变得越来越重要。现在的项目经理需要具备同各种各样的职能部门交流的能力。

第二部分　项目过程及其核心阶段

为了对自动化系统项目进行有效的管理，通常把自动化系统项目划分为五个阶段，即需求分析阶段、系统设计阶段、设计实现及工厂测试阶段、现场安装调试阶段和系统验收阶段。其中项目需求分析和系统设计阶段有明显的重叠，这两个阶段通常是在项目的三次设计联络会中完成。

对于每年执行多个（大的自动化公司甚至达到上千个）自动化系统项目的公司，出于对组织效能和效率的考虑，在组织层面上（属于项目管理平台的范畴）通常将物资、人力资源、财务、信息化建设和管理等进行集中管理，项目经理作为驱动力量（这些驱动力量实际上来源于客户和其他干系人的期望）驱动这些资源为项目提供支持。在这样的组织中项目的设备采购、设备集成成套、设备出入库管理、人力资源管理、项目成本管理和信息化管理等活动贯穿于项目全过程，并由相应的专门部门提供支持。

第一单元　自动化系统项目工程过程管理

实践证明，与工程技术密切相关的活动可划分为五个阶段，将其他活动划归为专业部门提供支持，将有利于提高项目组织的效能和效率。划分的目的在于实现专业化的分工，将项目经理的部分管理职能转移到其他部门，使其更加专注于项目的核心过程。支持活动可以同时提供对多个项目的支持，实现了组织对物资、人力资源、财务和组织信息化的统一管理。

上述组织方法，对于自动化系统工程非常重要，尤其是大型的自动化系统工程公司更是如此。这是因为自动化系统工程对项目经理的要求不仅仅是项目管理的技能，而且还有专业方面的技能。如果除了要求这两个方面的技能外，还要求项目经理熟悉财务、采购等方面的技能和知识，项目经理将承担太多的负荷，更何况如果是物理监控点达到几万点，甚至十几万点的大型自动化系统，最终的结果可能是一团糟。因此，明智的做法是将项目管理的功能分散，既可以减轻项目经理的压力（事实上，什么都明白的项目经理确实比较难找），也可以降低项目的风险，提高项目执行的效率。

但这并不意味着项目经理对这些支持过程的输出结果不负有任何责任，相反同样需要对这些活动设置关键的质量控制点，并进行输出结果的质量控制。没有经验的项目经理面对这种组织方式，往往会简单的理解为输入和输出，将支持部门当作黑匣子，不对这些部门提供的项目支持活动实施有效监控，结果当发现输出出现问题的时候，纠正的成本很高，甚至拖延了进度。这样的项目经理太理想化了组织的执行力，僵化地理解了项目管理组织中的模块概念，违背了质量的过程原理，忘记了项目经理对项目整体的责任。

模块一　项目管理主过程

一、知识点

通过本模块的学习，可以清晰地了解项目管理的主过程。项目管理主过程就是自动化系统工程实施的五个阶段，这五个阶段构成了本模块的知识点，包括：系统需求分析阶段、系统设计阶段、设计实现及工厂测试阶段、现场安装调试阶段、系统验收阶段。

二、知识点分析

1. 系统需求分析阶段

通常将需求定义为：系统必须符合的条件或达到的性能。需求分析的目的是通过完整、准确地描述用户的期望和要求，将用户的期望和要求准确地反映到系统的分析和设计中，并使系统的分析、设计和用户的期望保持一致。

有经验的项目经理在需求分析时重点会把握以下四点：

（1）用户需求的一致性

一致性是通过分析整理，剔除用户需求矛盾的方面。注意，这种矛盾可能源自于处于不同角色用户的不同需求，如前期建设的需求和最终运营的需求，如管理人员的需求和技术人员的需求。

（2）用户需求的易读性、准确性

需求的描述必须易于相关各方沟通和理解，对需求的描述必须是准确的，这是从深度方面对需求描述的要求。

（3）用户需求的完整性

完整性是从广度方面对系统需求描述的要求，对系统的需求分析必须是全面的，即要尽可能全面的涵盖用户各个层次的需求。对于系统本身而言，也可以分出不同的层级，不同的自动化系统可以根据需求整理的要求进行划分。层次的划分是一种需求分析的方法，有利于完整地收集需求。

（4）需求分析的可追溯性

可追溯性有两个方面的含义，其一是需要不断的和用户进一步交流，保持和用户最新的需求一致；其二是和系统分析（设计）保持一致。

需求分析阶段应当按照问题分析、需求描述、需求评审及管理需求四个子阶段逐步进行，这四个阶段构成了需求分析的完整过程，缺一不可。如果只是将需求分析阶段的工作归结为编写需求规格说明书，这种简化的做法往往会导致项目后期问题层出不穷，不断返工。

在需求描述阶段生成的需求规格说明书应该遵循标准的格式。问题分析阶段生成的需求模型构成规格说明书的主体。

在需求评审阶段，分析人员主要基于以下标准对需求规格说明书的质量进行审查：正确性、无歧义性、完全性、可验证性、一致性、可理解性、可修改性、可追踪性。

定义需求时无论怎样谨慎小心，也总会有可变因素。变更的需求之所以变得难以管理，不仅是因为一个变更了的需求意味着要花费或多或少的时间来实现某一个新特性，而且也因为对某个需求的变更很可能影响到其他需求。需求管理是一种用于查找、记录、组织和跟踪系统需求变更的系统化方法。现在很多的需求管理软件可以对系统的需求管理提供强有力的支持。

2. 系统设计阶段

如果需求分析阶段的任务是解决"干什么"的问题，那么系统设计阶段的任务是确定"怎么干"，确定解决需求或相关问题的具体技术、管理或实施的方案。

自动化系统设计过程中应该注意，用户需求的符合性、技术成熟性和先进性、系统的安全性、系统的可扩展性、所选产品的质量符合性和法律法规的符合性等。

通常情况下在系统设计阶段，自动化公司已经与客户签订了项目合同，项目团队已经组建。在此阶段，应当制定详细的进度计划，资源计划、质量控制计划、费用估算、界定项目支持部门的工作范围等工作。

系统设计可以分为总体设计和详细设计。总体设计需要进行系统模块结构设计，将一个大系统分解成不同层次、多个模块，并对模块的输入、输出和接口过程做出规定。在详细设计阶段，要在模块结构设计的基础上，给出每个模块实现方法的细节，对模块的接口进行详细的描述。

系统设计完成后输出系统设计文档，是系统设计阶段的成果，是系统实现的依据。在自动化系统中，系统需求分析和系统设计两个阶段在时间上往往有比较多的重叠，在阶段上表现为第一设计阶段、第二设计阶段和第三设计阶段及其第一次设计联络会、第二次设计联络会和第三次设计联络会。在设计联络会上能够与客户、最终用户、运营单位、设计院等项目相关人进行充分讨论，从而保证系统设计满足用户的需求。

3. 设计实现及工厂测试阶段

当系统设计完毕后，就可以进行系统的实现了。设计实现阶段的所有工作是以系统设计阶段得到的阶段性成果为基础开展的。自动化系统设计实现对于硬件而言就是硬件制造，对于软件而言就是数据库和人机界面组态，另外可能还会有应用开发和接口开发的编程。

在设计实现阶段，仍然沿袭前面需求分析和系统设计时的任务分解和模块的方法，将产品分解为多个单一功能的模块进行实现或生产，通过这种工作方法不但利于项目经理对项目进度的控制，而且可以最大程度地降低项目的风险和返工的可能。

测试工作是对产品是否满足需求的验证，设计实现和测试工作不是完全的前后关系，而是伴随发生的两组活动，这是因为越早发现产品中存在的问题，修改所需要的费用就越低。在产品实现完毕后修改缺陷的成本将远远高于实现过程中修改缺陷的成本。同样，在产品交付后修改产品缺陷的成本将远远高于交付前修改缺陷的成本。产品质量越高，产品交付后的维护费用越低。因此，有经验的自动化系统项目经理都高度重视测试工作，重视测试工作就是重视检验工作。

测试工作通常分为单元测试和集成测试，单元测试主要是在产品实现过程中针对某一单独功能模块进行正确性测试；集成测试是在单元测试的基础上将所有模块按照设计要求组装成系统或子系统，对模块组装过程和模块接口进行正确性测试。

测试项目通常根据模块特点而定，测试过程必须严格监控产品质量，对测试规范、测试问题、测试报告进行严格评审，最大限度的保证测试质量。

自动化项目设计实现和测试阶段的最后一项活动是对产品进行出厂测试，出厂测试的目的是验证产品的整体功能、性能是否满足用户需求。工厂测试一般由项目相关方共同参与，按照需求规格书进行产品的验证，共同签署出厂测试报告。

4. 现场安装调试阶段

工厂测试结束后，自动化项目产品的生产和实现工作基本结束，自动化项目进入到现场安装调试阶段。安装调试阶段产出项目的最终交付物，前面的工作将在这个阶段进一步得到检验，这种检验是非常具体的，也是现实的。这种现实性就是原本是实验室环境，现在是现场环境，工业现场环境往往比较恶劣，表现在电磁干扰强，灰尘大，湿度大等方面。

在这个阶段中用户仍然可能变更需求，因为可能此时用户才意识到问题所在，事实上这种情况常常发生。项目经理在前面的各个阶段中都应该努力避免这种变更的发生，一旦这种变更来得太迟了，如果不答应用户的要求，就会影响与用户的关系，如果答应，就会导致返工或工作量增加，导致成本上升或进度滞后。

有经验的项目经理通常会采取三个方面的努力将这种问题减到最少：

（1）在合同中增加约束条件

在合同中增加约束，即一旦进入这个阶段，甚至在前面设计实现阶段的中后期，若提出需求变更，对变更要予以收费。

（2）让用户负起责任

在前面几个阶段不断地向用户灌输变更的"时机意识"，即"变更不可避免，但变更必须在适当的时候提出"，通过这样的意识教育，让用户对项目前面的过程投入更多的关注，负起应该负的责任，尤其是需求分析和系统设计阶段。

（3）加强项目的管理水平

加强项目管理的整体水平，减少发生这种变更的可能性。项目管理平台的建设及其知识管理是提高项目管理整体水平的重要组成部分。

由于在现场安装调试阶段，外界不确定因素及突发事件较多，因此项目经理必须对该阶段的风险有充分的预测。根据该阶段可能出现的风险、制定风险应对计划。项目经理必须及时更新项目计划，保证项目计划随现场实际情况而变化，将项目偏差控制到最小。

自动化系统设备厂家必须认识到自动化系统设备之于整个工程项目的地位。自动化系统发挥作用是建立在被控对象（主设备），即直接参与生产过程的设备基础上的。在安装调试阶段，自动化的安装调试通常是在主设备安装调试完毕后才能进行，因此经常出现的问题是主设备安装拖期，压缩了自动化系统的调试周期，因为整体工程投入运行的时间经常是不能变更的。如何处理和应对类似危机，需要的正是项目经理的智慧。

现场安装调试通常按照设备安装、外观检查、接线检查、单体调试、单系统调试、全系统联调的流程进行。

对于一些大型系统项目，现场安装调试可能会在多个地理上不同的现场同时展开，项目经理必须注意把握全局的调试情况，根据各个现场的情况对调试计划做出及时的调整，确保项目的整体顺利推进。

现场安装调试阶段的结束意味着项目最终交付物的产生，通常由项目团队编写现场安装调试报告，作为该阶段的记录文档，同时安装调试报告也是现场调试阶段的阶段性成果，是项目调试结束的标志和申请项目验收的依据之一。

5. 系统验收阶段

项目验收是自动化项目的最后一个阶段。让项目有一个良好的收尾，同样是项目管理的一项重要工作。项目验收又称为项目产品或交付物的确认或项目移交，一般是指在项目结束后，项目团队将其成果交付给使用者之前，项目接受方对项目的产品或交付物进行审查，查核项目计划规定范围内的各项工作或活动是否已经完成，确认应交付的成果是否满足客户的要求。

验收和维护阶段通常包括三个阶段：一是项目的初验；二是项目的保证期或试运行（通常大项目会有这个阶段）；三是项目的终验。初验包括三个部分：一是项目质量及范围的验收；二是项目资料的验收；三是项目的产品或交付物及项目文档的交接过程。

项目的初验，就是项目竣工后，按照合同的规定，项目经理向客户提出对项目的产品或交付物进行初验测试，初验结束后进入试运行阶段，项目的产品或交付物开始运行。项目的终验，就是在项目的初验基础上，根据项目试运行及项目初验中遗留问题的解决结果，最终把项目的产品或交付物移交客户并使客户满意的过程。

三、考试训练

考试要点：掌握自动化项目的主过程包括哪些阶段；理解区分主活动和支持活动的原因及其好处；掌握自动化项目每个主过程的主要活动。

1. 通常自动化系统工程项目的主过程包括哪几个阶段？

参考答案：自动化系统工程项目的主过程通常包括以下几个阶段：系统需求分析、系统设计、设计实现及工厂测试、现场安装调试和系统验收阶段。

2. 为什么将项目人力资源、采购、成本管理、信息化管理等归为项目支持活动？

参考答案：通常情况下，出于对效率和效能的考虑，人力资源、采购、成本管理、信息化管理等活动由公司中专门的部门负责。项目经理通过沟通，保证这些部门给予项目足够的支持，推动项目的顺利实施。将这些活动划归为项目支持活动，不仅提高了这些支持活动的质量和效率，而且解放了项目经理的精力，使得项目经理可以更加专注于与技术紧密相连的工程主过程。

3. 需求分析的完整过程包括哪几个阶段？

参考答案：需求分析阶段应当按照问题分析、需求描述、需求评审及管理需求等四个子阶段逐步进行，这四个阶段构成了需求分析的完整过程，缺一不可。

4. 在项目过程中，需求的变更似乎总是不可避免的，但可以努力使得变更在合适的时候发生，那么项目经理应该努力将变更限制在下列哪个工程阶段？

A. 需求分析阶段

B. 设计阶段

C. 系统实现及其工厂测试阶段

D. 现场安装和调试阶段

参考答案：B。在自动化系统工程中，需求分析和系统设计通常在三次设计联络会中完成。如果在需求分析阶段对系统的需求不能充分理解和收集，可以理解，但随着设计的深入，需求应该越来越清晰，在设计阶段，需求必须充分挖掘，在设计阶段结束时，需求应该固化。

模块二 项目支持管理活动

一、知识点

通过本模块的学习，可以对项目支持管理活动有一个基本的了解。本模块的知识点包括：项目采购和物流管理支持、项目财务管理支持、项目人力资源管理支持、项目信息化管理支持、支持管理活动的作用。

二、知识点分析

1. 项目物资采购和物流管理支持

项目物资采购和物流管理支持是指在项目经理的领导下，由组织专门的采购和物流管理部门提供专业的支持，由专门的采购和物流管理部门完成采购活动并管理相应的物流。注意，在项目中，虽然主要责任由采购和物流管理部门来承担，但项目经理必须提供准确的输入和期望的输出目标，并设置监控点监控采购和物流管理过程。项目经理应要求支持部门根据其提供的目标制定详细执行计划，项目经理审核此计划并纳入整体计划中。

在本单元的引言中谈到，项目采购和物流管理从组织的角度看，通常由专设部门提供支持。这样做对于组织而言，有利于物资的集中管理，有利于项目物资管理的效率；对于项目经理而言，可以有更多的精力关注于技术和工程项目任务本身。

在这里将重点阐述在项目经理的组织下，各方的责任及其接口。为了把问题阐述清楚，将组织分成三种不同的角色，一是直接参与完成工程技术活动的工程项目团队；二是直接参与完成物资采购和物流管理的采购部；三是对项目负有全部责任的项目经理。自动化系统中硬件设备的制造同样也经历了项目生命周期的五个阶段，在整个生命周期中，这三个不同的角色分别承担了硬件部分的以下责任：

（1）工程项目团队的职责

工程项目团队在项目经理的直接领导下，完成硬件需求分析、硬件设计、硬件设计的技术并向采购部门做硬件设计的详细说明。通过工程项目团队的工作形成系统的配置清单，包括采购清单、硬件制造的技术规格书和相关的图纸。

（2）项目经理的职责

向采购部门提供采购、硬件制造、硬件发运的目标和要求，制定这些工作的里程碑计划；审核详细采购计划并监控采购计划的执行；制定物流里程碑计划、审核详细物流计划并监控物流计划的执行。

（3）采购和物流管理团队的职责

根据项目经理的采购里程碑计划，制定详细采购计划并执行采购计划，包括询价、选择供货商、合同管理；根据项目经理的物流里程碑计划，制定详细物流计划，执行物流计划。采购部门负责人与项目经理完成接口后，开展相对独立的物资采购和物流管理工作，项目经理进行里程碑监控。

缺乏经验的项目经理最容易犯的错误就是，制定完成并提交里程碑计划给采购物流部门后就不再过问采购事宜，直到需要输出时才发现问题。这样的项目经理大概不得不把大部分的时间花在事后的补救中，因为他得不到期望的采购输出。

还有些项目经理重视软件，轻视硬件，将大部分的精力放在软件设计和制造中。事实上，项目经理应该认识到，硬件是软件的载体，硬件的问题同样会导致系统的缺陷、进度的滞后或系统质量不能满足用户要求。

总之，项目经理对于采购和物流管理部门提供的支持，一定要参与详细计划的共同制定或审定，并设置监控点进行及时的过程控制。所谓的支持是具体执行的支持，而不是所谓理想化的有了"输入"，就等着"输出"。

2. 项目财务管理支持

项目财务管理支持是项目成本管理的支持活动。自动化项目的主要成本包括两个部分，一是硬件制造成本，含采购成本；二是工程服务成本，含服务的分包。项目财务管理支持就是定期将项目经理关心的统计数据按一定的报表形式提供给项目经理，作为项目经理用于成本控制的依据。

在本单元的引言中谈到，项目财务管理从组织的角度看，通常由专设的财务部门提供支持。这样做对于组织而言，有利于财务的集中管理，有利于提高项目财务管理的效率；对于项目经理而言，可以有更多的精力关注于技术和工程项目本身。

自动化系统项目中，项目经理对于财务部门提供的管理支持同样应该参与详细计划的共同制定或审定，并设置监控点进行及时的过程控制，所谓的支持是具体执行的支持。

自动化系统项目中，项目经理要求财务提供的支持通常有：

● 项目预算阶段的预算标准参数，如某一类人员的日平均费用、场地费用、资金费用等，设备采购费用的预算通常由采购部门提供；

● 项目执行阶段，实际发生费用的统计，可以为项目经理进行成本控制提供客观依据；

● 项目的决算，提供决算数据，为项目团队绩效的评定提供财务数据。

3. 项目人力资源管理支持

有经验的项目经理意识到，一个成功的项目管理强烈依赖于：

● 项目经理与直接给项目分配资源的直线经理之间保持良好的日常工作关系；

● 职能雇员具有在向其垂直的直线经理报告的同时，又水平地向一个或多个项目经理报告的才能。

这两条是很关键的，受命于项目的职能雇员依然从他们的直线经理那儿接受技术性指导。职能雇员的组织行为之所以能够达到项目经理期望的要求，也是项目环境下组织行为培训的结果。所有的这些，就是组织本身对项目提供的人力资源管理支持。

项目经理总是要承担项目人力资源管理的职责，但这种管理主要是围绕项目目标来展开的，是一种如何整合来自不同部门的资源，使其实现最高效率的整合管理。项目人力资源管理支持是各个部门对资源的管理，主要目的是为了提高雇员胜任项目任务的能力，包括行业的技术积累、个体的技术能力提高、团队合作意识的培养等。

在通常的项目管理环境中，评价项目管理的成功往往采用三条最基本的衡量标准，即进度、质量和成本，而很少考虑其他方面的因素。事实上，进度、质量和成本这三个衡量标准仅仅是项目的输出结果，所有的这些输出结果都是由项目组成员及其相关人员共同来完成的。只有通过项目管理中人力资源的管理，才能使得项目组成员及其相关人员协调一致，完成各自应该完成的工作，从而保证进度、质量和成本这些输出结果达到项目的期望。人力因数可以在项目管理的三个标准之间架起协同一致的桥梁，它在保证低成本、快速度和高质量地完成项目的过程中发挥着重要的整合作用。

人力资源管理的支持还包括传统意义上的人员招聘、培训、档案管理、职业资格认证等其他方面的人事管理活动。人力资源管理支持和项目经理的人力资源管理构成了项目完整的人力资源管理。

4. 项目信息化管理支持

项目管理的信息化需要专门的部门提供支持，这个部门通常是信息管理部，其基本职责是建立和维护信息化平台。自动化系统的工程实施通常需要以下几个方面的软件模块提供信息化支持：

- 面向财务管理支持的软件模块；
- 面向采购和物流管理的软件模块；
- 面向项目管理过程的项目管理软件模块；
- 面向需求的需求管理软件模块。

5. 支持管理活动在项目中的作用

如果一个组织希望在自动化系统工程项目管理中达到卓越，那么财务管理支持、采购和物流管理支持、人力资源管理支持、信息化管理支持等活动也必须达到相应的水平。因为根据"木桶原理"，项目是否成功取决于项目管理中最薄弱的环节，作为项目管理知识领域的重要组成部分，支持管理活动同样是自动化项目管理中不可或缺的环节。

在自动化系统的项目管理中，对项目经理既提出了管理能力的挑战，也提出了技术能力的挑战。在现实中，这样的人才确实非常难得，而且由于精力的限制，尤其是在复杂的大型项目中，项目经理仍然不可能面面俱到。项目经理要尊重并善于利用其他支持部门的管理支持，专心于关键的自动化专业活动。

三、考试训练

考试要点：掌握项目成本管理、采购管理、人力资源管理、信息化管理的主要活动及其对项目主活动的支持；注意区分主过程和支持管理活动及其项目经理的不同责任。对于主过程，项目经理应该了解每一个活动的细节，计划、跟踪、落实；而对于支持管理活动，项目经理更多的是理清输入、输出期望，并审核支持部门相应的计划。项目经理一定不要忽视对支持活动关键点的跟踪，确保支持管理活动及时、到位。理解支持管理活动在自动化项目中的作用，理解"木桶原理"，支持项目支持部门的建设和发展，重视对项目支持活动的管理，但又能成功地将主要精力投入到主活动中。

1. 对于采购和物流管理支持活动，项目经理应该：

A. 与采购部门沟通输入，明确输出，而后就等待着输出结果

B. 制定详细的采购和物流计划，然后跟采购部门人员沟通，要求按此执行

C. 与采购部门沟通输入，明确输出，审核采购部门的执行计划并制定质量和进度监控点，进行监控

D. 将全部责任交给采购部，被动地配合采购部的采购和物流管理工作，当发现输出结果不能满足要求时，要求采购部门承担所有责任

参考答案：C。任何活动、项目经理都负有最终的责任。

2. 项目采购管理主要包括哪些活动?

参考答案：项目采购管理主要包括采购计划的制定、询价计划的制定、询价、选择供货商、合同管理、合同收尾等管理活动。

3. 请判断下面论述中，哪些是错误的?

A. 项目成本管理、采购管理、人力资源管理是自动化项目管理中不可或缺的管理活动

B. 项目采购计划制定后，为保证项目资源的供应，采购计划应当严格执行不能变更

C. 由于自动化项目的特殊性，项目成本控制主要是针对项目实施成本的管理活动

D. 为保证项目的顺利实施，项目经理应当尽早使有关人员加入到团队中，防止其他团队占有此资源

参考答案：B、D。影响项目的各种因素是不断变化的，任何项目计划都需要不断的修正，项目采购计划也需要不断的修改完善。获得相关的人力资源并不是越早越好，这样容易造成人员闲置，只有在合适的时间获得相关的资源才能防止成本的浪费。

4. 如何正确理解支持活动在项目管理中的作用?

参考答案：根据"木桶原理"，支持活动在项目管理中与主活动具有同等重要的地位。

第二单元　自动化系统工程核心过程管理

自动化系统工程，特别是规模大，技术复杂的自动化系统工程，项目管理的活动纷繁复杂，有经验的项目经理始终会紧紧抓住工程过程的核心环节。由于设计联络会要按照合同理清用户需求，细化用户需求，并在此基础上完成和确认系统设计，加上系统硬件制造和软件开发等后续工作都建立在这个基础之上，因此这一阶段的工作至关重要，项目经理应将需求分析和设计阶段的管理作为重点。自动化系统的需求分析和设计阶段一般是在设计联络阶段完成的。

太多的项目经理恰恰没有重视这个阶段的工作，甚至到了这个阶段还没有完全进入工作状态，在项目的一开始就埋下了失败的种子。有经验的项目经理会很快进入项目状态，迅速组建队伍，积极筹备第一次设计联络会。然而，许多项目的设计联络会效果并不好，项目的后续过程为这种失败付出了惨重的代价。设计阶段失败的原因多种多样，包括准备不充分，与项目利益相关者缺乏良好的沟通，时间估算不准确，缺乏有效和充足的监控以及对角色和责任的混淆。

经验表明，如果不精心设计某种沟通方法，客户、设计院、接口商很可能对进度和工作内容持不同的见解，项目参与人对其具体职责范围、权利和责任模糊不清，这往往是项目陷入混乱和迷茫的根源。

一种有效的沟通方法，会极大地促进需求分析和设计阶段的成功，使得设计联络会易于开展和管理，并最终输出期望的结果，这种方法就是"文档化方法"。"文档化方法"是一种良好的沟通方法，也是一种良好的项目管理方法，并贯穿于项目的整个生命周期。

模块一　文档化方法

一、知识点

学习本模块的目的在于了解什么是"文档化方法"。本模块的知识点包括：什么是"文档化方法"、正确理解"范围"和"逐步完善"、方法中的主动精神、"文档化方法"是一种项目管理方法。

二、知识点分析

1. 什么是文档化方法

文档化方法是通过文档的形式阐述如何以系统的、符合逻辑关系的方式，按照特定的步骤管理项目。它不是一项工具或技术，而是一种有组织、有结构的项目管理过程。这种方法的优点是根据自动化项目体系结构来划分模块和活动，用文档来代表具体的活动，因为活动的输入输出恰恰是文档。这种方法很容易进行扩展和量身定做，可将它应用于所有项目和情况。

文档化的意义在于可视化，文档结构包含了整个工作的所有输出，这些输出皆以文档的形式存在，通过知识的管理，形成统一的、可重用性很强的工程标准模块。随着项目经验的不断积累，对这些模块的内容和结构加以持续改进，这种改进是基于某种基准的，因此也是非常具体的。文档化方法由以下两个层次组成：

（1）文档结构层次

文档结构层次就是按某种规则将文档结构化，其关键是结构化的单元是怎么划分的及其划分的深度。在结构化的问题上，先来看模块化及其关系，当你得到并应用一种模块划分的基本原则时，划分就会变得很简单，即使对于地铁综合监控系统这样庞大的自动化系统也是如此。这些原则是对象原则、纵向原则（全局的，一个对象中内容包括人际界面到底层数据采集）、横向原则（局限于底层、网络层、中心、车站等某一层面，硬件划分通常依据这个原则），和时间轴（正确理解并处理好范围和逐步完善的关系）。

在结构化的问题上，这里有一个简单原则，即必须划分且只划分到工作包为止，如输出结果中的一张图纸，一份技术文档。下面图 2.2-1 是一个自动化系统项目的结构化示意图：

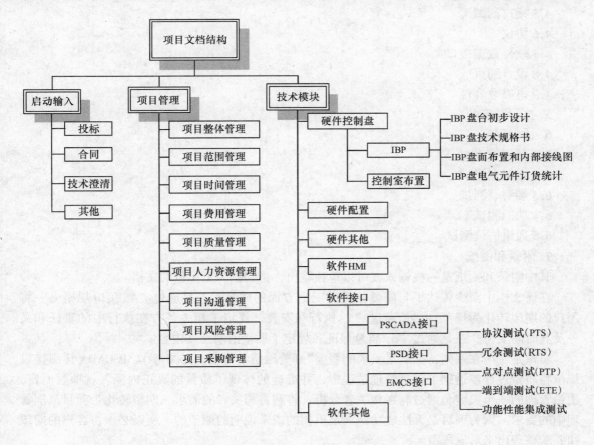

图 2.2-1 某自动化系统项目的结构化示意图

在该项目中，将文档首先分成三个部分，再将这三个部分进一步模块化。

（2）文档层次

文档的内容就是文档层次，文档的内容应该具有完备性，并体现和符合质量过程，以某自动化工程中的电力监控系统（Power Supervision Control and Data Acquisition，简称 PSCADA）接口规范文件为例。

该规范文件的目录为：

1.1 文件标识

1.2 文件目的

2. 参考文件

3. 术语表

4. 接口规格书

4.1 接口框图

4.2 物理接口

4.3 监控范围

4.4 功能接口

4.5 接口测试

4.6 协议

4.7 软件数据接口

4.8 设计约束

4.9 电磁兼容性

5. 执行和安装

6. 质量保证

6.1 目视检查

6.2 点对点测试

6.3 端对端测试

6.4 功能测试

6.5 通讯协议测试

7. 附录和图纸

其中附录和图纸是一些输入或可以单独输出，再切割为工作包的文档。

在该文档中至少传达了与质量相关的三个方面的内容，一是通过"4. 接口规格书"将用户的期望转化为规范；二是通过"5. 执行和安装"规定了相关各方在执行中的责任和义务及其时间安排；三是通过"6. 质量保证"规定了质量活动及其内容。

质量是"内在系列特征满足要求的程度"（美国质量协会，2000 年）。PSCADA 详细接口规范将质量过程渗透到了项目管理过程中，并准确的体现了质量的真正内涵。就项目而言，质量管理的一个关键是通过利害相关者分析，将利害相关者的需求、期望转化为项目范围管理中的要求。因为项目是无法成功地满足模糊的或未说明的期望的，所以必须将客户的期望和要求整理出来形成规范。

大部分自动化系统工程的项目经理都知道将相关各方的期望转化为规范的重要性，但在付诸行动的时候，他们或认为做起来困难，或不知道怎么做。质量是对期望的满足程度，将期望转变为规范以后，质量就在某种程度上转化为对特定项目规范的满足程度，质量的落实就变得清晰和具体了。

2. 正确理解"范围"和"逐步完善"

"范围"和"逐步完善"是绝对不能混淆的两个基本概念，否则会做出很多自相矛盾的决策。逐步完善意味着分步、连续的积累。项目产品技术要求说明书的逐步完善务必要与项目范围的恰当定义谨慎地协调起来，在项目按合同实施时尤其如此。如果项目范围即需要完成的任务，规定确切，则即便是在技术要求说明书的逐步完善过程中，项目范围仍应保持控制状态。

基于文档的结构化方法在一开始的时候就明确了工作范围，这种工作范围是以结构化的文档的形式展示在相关各方面前的。如前面举例的 PSCADA 详细接口规范，它作为一个对象，是多个详细接口规范中的一个，在其三级结构化中，进一步明确了 6 项工作及其范围。而第 7 项是附件。这 6 项工作内容是随着项目阶段的推进（时间轴）和输入条件的不断满足而逐步完善的。下面的例子有利于进一步理解这个问题。如现在某公司承担的主控系统要集成另外一个公司承担的 PSCADA，假设以往的工程经验已经总结了具有普遍意义的 PSCADA 详细接口规范（知识管理的结果），那么，现在所要做的工作范围就可以重用以往的 PSCADA 详细接口规范知识管理的结果，即使因用户不同有所变化，也将是很少的调整，这种调整应该尽可能早的确定。但集成不同公司的 PSCADA，就会有不同的规约和协议，接口所要完成的功能属于工作范围，需要讨论技术细节来逐步完善。另外，不同的用户应用相同的功能，可能会有不同形式的展现方式（如人机界面的不同偏好），前者属于工作范围，后者属于逐步完善。

用户总是具有蔓延工作范围的冲动，同时用户也有不愿意推动逐步完善的惰性，而且用户和设计单位往往混淆"工作范围"和"逐步完善"的概念（这是设计联络会中引起无休止争吵，缺乏效率的重要原因之一）。对于项目经理而言（如果项目经理采用分散权利和责任的管理，就还要应该包括子系统的负责人），始终应该有控制范围蔓延的清醒头脑，而且必须有推动逐步完善的主动性和激情。能否成为一名出色的项目经理，很大程度上取决于此。项目经理不想蔓延工作范围，但想尽快推进工作，但又不知道怎么办，"文档化方法"可以提供这方面的帮助。

3. 方法中的主动精神

在谈论这个问题之前，先谈一下"主动的精神"和"被动的接受"。有一种人，他们是以目标为导向的，当他们明确目标以后，他们的行动是自觉的，他们会主动想办法去达成目标，至于方法会是很灵活的，这种人的输出结果往往超过老板的期望。也有一种人，他们是为了工作而工作，他也有目标，但往往目标被衰减了，他们只是为了完成领导的任务，他们的输出需要返工后才能达到要求。前一种人具有"主动的精神"，后者就是"被动的接受"者。而帕累托的二八定律在大部分的团队里总是发挥作用，即前一种员工只有 20%，其余 80% 的员工属于后者。项目经理应该在项目的任何阶段充分发挥其领导力，使得自己的团队拥有更多的"主动的精神"的人，从而造就"主动的团队"。

自动化系统项目经常会划分为几个阶段，其中需求分析和系统设计是最先展开的两个阶段，并且通常将这两个阶段合二为一，原因是这两个阶段往往是并行的，在时间轴上虽有先后，但很大一部分是重叠的。这个阶段在活动上表现为三次设计联络会。

质量是设计出来的，要一次将事情做到位，体现在整个工程过程中就是要做好需求分析和系统设计，否则后续的系统实现、现场安装调试、验收等过程就会很被动。通常所说的

"一步主动，就会步步主动"，就是这个道理。如果掌握了主动，接下来的工作就能轻松自如的应对，否则就会陷于被动，陷于经常补救的怪圈，导致项目组成员很辛苦，但产出效率却很低。

文档化方法，提供了一开始就处于主动地位的平台。仍然以前面谈到的接口为例，项目经理应该从需求分析和系统设计开始，就争取主动权，并逐步扩大这种主动权。在进行第一次设计联络会之前，应该根据当前能收集到的信息（包括合同、投标文件技术澄清等），准备好即将到来的联络会上要谈的内容以及为了下一阶段工作的展开而向各相关方提出的要求。所有的东西都是具体的，体现在文档上的，每一个细节在会议结束前应该被落实。而且这些工作对于下一阶段的工作是充分必要的。这样当团队成员坐进联络会会议室的时候，任务是清晰的，目标是明确的，甚至他们都已经想好了用什么样的策略，而且他们掌握的资料最充分，他们正在为达成自己的目标而进行有条不紊的工作。

这里，再次强调主动的精神。所有的工作基于清晰的"文档化方法"。当第一次设计联络会开始的时候，就应该看到第三次设计联络会结束时应该达到的目标，这样你就能把握每次设计联络会的重点和谈问题的时机。要知道条件成熟才能推动某项工作，在什么条件下，就做什么样的阶段工作。主动的精神就是不断地提出问题，去创造尽早解决问题的条件。你要不断地问自己，现在能做什么了，能做的事情是否做了，现在还不能做什么，不能做的原因是什么，为了创造条件应该做什么。

4．"文档化方法"是一种项目管理方法

"文档化方法"给你提供一种基础，但主动的精神才能让你在这个基础上将你的主动权发挥得淋漓尽致。很多项目经理更喜欢将"设计联络会"定义为"谈判"，是一种"控制范围蔓延，推动逐步完善"的谈判。当第三次设计联络会结束时，所有的设计应该被得以确认，即使遗留一些问题，也应该无关大局，没有什么大的工作量调整。

"文档化方法"不仅仅用于设计联络阶段，它提供的是一种项目管理方法。它提供了一种与用户沟通的平台，通过这种沟通平台自动地将客户纳入到过程中来；它提供了组织知识管理的一个平台，使得知识管理的持续改进变得非常具体；它提供了真正落实质量管理和领导的平台，将质量渗透到了过程；它提供了组织内部沟通和学习的基础；它提供了项目经理进行管理的平台。

三、考试训练

考试要点：通过学习这个模块，必须理解并掌握"文档化"的项目管理方法，了解"文档化"方法带来的好处；正确理解"范围"和"逐步完善"，理解项目经理在这两个问题上的工作方式；了解主动的精神在设计联络会中的应用。

1．什么是文档化的方法？

参考答案：文档化方法是通过文档的形式阐述如何以系统、符合逻辑关系的方式按照特定的步骤管理项目。它不是一项工具或技术，而是一种有组织、有结构的项目管理过程，文档化方法分两个层面，一是结构层次，二是文档层次。

2．项目经理必须正确理解"范围"和"逐步完善"，在这个问题上，项目经理最好采取什么样的工作方式？

参考答案：控制范围的蔓延，推进逐步完善。

3. 为什么说"文档化方法"是一种项目管理方法？

参考答案： 文档化方法不仅提供了与项目各利益相关者沟通的平台，还提供了一个知识管理的平台，一个整合质量管理和项目管理的平台，一个组织内部沟通和学习的平台。

模块二　设计联络会

一、知识点

学习本模块的目的在于对自动化系统设计联络会的组织有一个基本的了解。本模块的内容包括：设计联络会的目的和任务、设计联络阶段及其里程碑、设计联络阶段的详细进度计划、三联会的意义。

二、知识点分析

1. 设计联络会的目的和任务

在自动化系统工程中，需求分析和系统设计过程体现为三个设计阶段和三次设计联络会。在设计联络阶段，自动化工程相关各方，包括业主、自动化系统供应商（以下简称"供应商"）、各接口系统或设备供应商（以下简称"接口商"）和各设计院，进行充分沟通，交换必要的技术资料，细化各分包商之间的接口，最终确定和固化需求规范和各种设计文件。

为了自动化系统能够顺利实施，最后一次设计联络会结束时，相关各方至少需要通过和固化下列一些文件：

- 自动化系统的软件需求规范；
- 自动化系统的硬件需求规范；
- 自动化系统的软件设计规范；
- 自动化系统的硬件设计规范；
- 自动化系统的人机界面设计规范；
- 自动化系统的详细接口规范；
- 自动化系统的详细功能规范。

设计联络会是为了自动化系统供应商完成系统设计，设备配置，以及有关的图纸、文件、标准和资料的工作。要求供应商积极主动，推进设计联络会全部目标的达成。设计联络会遗留的问题越多，后续供应商的工作越被动。

2. 设计联络阶段及其里程碑

下表 2.2-1 是某即将实施的自动化系统工程设计阶段及其里程碑的定义：

表 2.2-1　某自动化工程设计阶段及其里程碑的定义

序号	名　　称	开始时间	完成时间	备注
1	合同签订	2005-10-23	2005-10-23	里程碑
2	施工设计与出厂调试	2005-10-24	2006-6-19	阶段
3	需求分析和接口协商	2005-10-24	2005-11-24	
4	ISCS 设计联络会一（接口）	2005-10-24	2005-11-14	

（续）

序号	名称	开始时间	完成时间	备注
5	签订各接口协议(含监控点表)	2005-11-15	2005-11-15	里程碑
6	系统设计	2005-11-15	2005-12-30	
7	ISCS 设计联络会二(功能)	2005-12-1	2005-12-22	
8	ISCS 签订功能规格书	2005-12-30	2005-12-30	里程碑
9	设备制造和采购	2006-1-4	2006-2-28	
10	应用软件开发	2006-1-4	2006-4-28	
11	接口试验工厂验收	2006-3-1	2006-6-16	
12	ISCS 厂内调试通过(FAT)	2006-6-16	2006-6-16	里程碑
13	ISCS 设计联络会三(工程实施)	2006-4-3	2006-4-27	
14	制定工程实施方案	2006-4-28	2006-4-28	里程碑

设计阶段和里程碑的定义是项目进行设计联络阶段详细计划制定的基础。在这基础上，再结合对工作模块的划分，就能做出某个工作模块设计阶段的详细计划。

3. 设计联络阶段的详细进度计划

详细计划仍然是建立在模块划分的基础上，并沿用文档化方法，下面以表 2.2-2 表示的综合后备盘（Integrated Backup Panel，简称 IBP）硬件设计详细进度计划为例：

表 2.2-2　IBP 盘的详细进度计划

序号	项目任务	完成时间(子计划里程碑)
1	《IBP 盘台初步设计规范 V1.0》	一联会前 10 个工作日
2	《IBP 盘接口规范 V1.0》	一联会前 10 个工作日
3	《IBP 盘台初步设计规范 V1.1》	一联会结束的 1 个工作日内
4	《IBP 盘接口规范 V1.1》	一联会结束的 1 个工作日内
5	《IBP 盘典型站设计 V1.0》	二联会前 10 个工作日
6	《IBP 盘典型站接口设计 V1.0》	二联会前 10 个工作日
7	《IBP 盘典型站设计 V1.1》	二联会结束的 5 个工作日内
8	《IBP 盘典型站接口设计 V1.1》	二联会结束的 5 个工作日内
9	《IBP 盘设计 V1.0》– XX 车站	三联会前 10 个工作日
10	《IBP 盘接口设计 V1.1》– XX 车站	三联会前 10 个工作日
11	典型站 IBP 的生产	三联会前 10 个工作日
12	《IBP 盘设计 V1.1》– XX 车站	三联会结束的 5 个工作日内
13	《IBP 盘接口设计 V1.1》– XX 车站	三联会结束的 5 个工作日内

设计联络会的展开遵循某种自然的规律，当按照这种规律来推进设计工作时，推进的难度就会大大下降，否则，条件不成熟，推进的阻力就会很大。

上述详细进度计划中可以看出，代表活动的文件输出是从指导性的规范到具体的设计，从典型车站到所有车站，符合人们做事的一般规律。

用好里程碑，用里程碑来制定详细计划将带来一个很大的好处，就是不用对详细进度计划随着计划的改变进行频繁的变更，这种频繁的变更将会给项目管理带来很大的麻烦。通常情况下，进度的变更总是不可避免的，但里程碑的变更相对要少一些。如果大的进度变更导致里程碑的变化，项目详细进度计划将随着里程碑的变化而变化。在项目实践中，对项目计划的变化通常更多的来源于进度的变化，而仅仅少量是项目任务和任务内容的变化。因此，通过里程碑来制定项目详细计划就可以避免对项目计划的频繁变更。

4. 三联会的意义

三联会的结束意味着需求分析和系统设计的基本完成，相关各方一定要在心理上做好充分的准备。项目经理需要为相关各方的心理准备做好工作，这一点非常重要，一方面相关文件必须得到最后的确认，这是下一步工作的基础；另一方面这些文件也是提供了后续工作的约束。

太多的项目经理没有认识到设计联络会对项目最终成功的至关重要性，在设计联络会上安排了太多的其他活动，使有限的会议时间，浪费在没有焦点和主题的讨论中，最终形成的成果非常有限或缺乏可执行性。

三、考试训练

考试要点：通过学习本模块，应该掌握设计联络会的目的和任务；掌握设计联络会的阶段安排和里程碑；了解设计联络阶段详细计划的方法，掌握里程碑点在制定详细计划中的作用；理解三联会的意义。

1. 设计联络会成功的标志是什么？

A. 签署了文件，参会各方对组织方的生活、工作安排都很满意

B. 对遗留的问题提出了解决的方案并明确了责任，但自动化供应商对能否解决这些问题以及即使解决后是否能确保自身后续工作的顺利展开没有信心

C. 会前准备了设计联络会要讨论并确认的文件详细内容，并制作了会议关键讨论的问题和必须确认的问题清单，会议结束时，这些问题得到解决或确认

D. 相关各方充分认识到，后续的工作依赖于并受制于本次会议的工作，会议中能落实的就加以落实，需要会后落实的工作要明确责任和时间，并对上述所有成果形成会议纪要并签字确认

参考答案：C、D。

2. 下列哪些方面的努力将促进设计联络会的成功？

A. 根据自动化系统工程的一般规律，精心确定每次设计联络会的讨论重点，并精心作好会议的计划和安排

B. 每次会议之前精心准备需要讨论的文件，尤其是确定讨论的重点，努力使会议紧紧围绕这些重要主题

C. 将会议计划提前与相关各方充分沟通，安排好会议的各项活动，保证与会者的身心愉快

D. 尽可能将讨论的内容压缩，争取更多的时间安排各种休闲活动

参考答案：A、B、C。

3. 用总体进度计划中的里程碑来定义项目的详细进度计划将会带来什么样的好处？

参考答案：能够较好地避免详细进度计划的频繁变更。

第三部分　项目组织和标准方法

技术革命、竞争和利润的争夺、市场营销的高成本和无法预测的消费者需求，使得组织不得不进行结构重组以适应环境变化的要求，这会使个人无论在正式组织还是非正式组织中的角色都发生重大的变化。行为学研究的最大用途在于它能帮助非正式组织适应变化并解决可能引起的冲突。但是，如果不将正式组织考虑进去，那么行为学研究对于冲突也不是完全有效的，因为冲突常常出现在正式组织结构的变革中。

行为学家认为：对于组织明天要面临的挑战来说，并没有一个最好的组织结构。因此，我们所采用的结构必须能通过人际关系和技术两个子系统的平衡来使得组织顺利运转。项目组织包括两个方面的内涵，一是项目组织的结构形式；二是项目环境下的组织行为。立志于实现卓越项目管理的公司，后者往往更重要，因为基于信任、沟通、协作和共同努力的有效管理文化使得硬组织结构不再重要了。无论某一组织结构理论上看起来多么糟糕，但只要组织中的文化促进协作、合作、信任和有效沟通，成功的项目管理就有可能产生。

仅有项目的组织，而没有一个可重复用于每一个项目的方法，要实现项目管理的出色，甚至是成熟，是不太可能的，公司应尽可能地坚持和支持单一的项目管理方法。

第一单元　项目组织

模块一　项目组织结构

一、知识点

在需要什么样的组织结构来实现成本最小化和满足人们需要这个问题上，个人和组织的任务分配需要充分合理的管理决策，既要考虑高度专业化和程序化所带来的高度标准化以及人才的充分利用，又要防止过度的分工而影响员工的积极性。

学习本模块的目的在于了解项目的一般组织结构。本模块的内容包括：组织结构基础、矩阵型项目管理组织、修正后的矩阵型项目管理组织、基于契约驱动的项目管理组织形式。

二、知识点分析

1. 组织结构基础

项目需要资源才能完成，资源需要合理组织。项目资源管理的成效很大程度上取决于项目组织结构，因此项目经理要对此特别关注。

组织可以定义为必须通过相互的协作来实现共同目标的群体。组织的协调功能要求组织有利于良好的信息沟通和组织成员对彼此间的相互关系的清楚把握。组织的结构应随着技术水平及其更新速度，资源的有效性等因素的变化而进行结构重组，以适应明天要面临的挑战。

不管最终选择了哪种组织结构，都必须使组织中的个人能清楚地认识到自己在工作流程中的职权、职责以及应该对谁负责。在前面项目战略计划成功的组织因素中提到：责任＝职责＋职权。在项目管理中，职权和职责可以下放到组织中的较低层次，责任是职权和职责的结合。

但即使有了职权、职责和责任三个概念的区分和定义，仍然需要项目经理和直线职能经理建立良好的信任，尤其是组织结构正处于从传统型向项目管理型转变的过程中时，相互信任是成功的关键。

2. 矩阵型项目管理组织

正如上面组织结构基础中所指出的，一个企业的项目组织结构取决于诸多的因素，每个企业必须找到一个适合于自己的组织结构，以不断提高企业的组织效率，在竞争中保持优势。下图 3.1-1 是某国内著名自动化系统供应商城市轨道交通业务 2003 年采用的自动化工程项目管理组织结构。

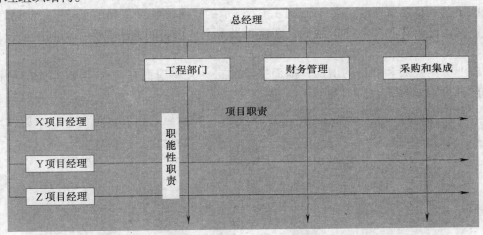

图 3.1-1　自动化工程项目管理组织结构

这是一种典型的矩阵性组织，结合了纯职能型组织和项目型组织的优点，非常适合项目驱动型的公司。

城市轨道交通自动化业务的最大特点是项目规模大，每一个项目可以虚拟为一个利润中心。2003 年该业务的项目数量只有 4 个，加上技术、组织运作模式都不是很成熟，总经理有必要也有足够的精力关注每一个项目，因而项目经理直接向总经理汇报。下面重点讨论一下这种组织模式成功的关键和这种组织模式的优点。

（1）这种组织模式成功的关键

这种组织模式成功的关键在于让项目管理和职能管理共同分担责任来建立一种协作机制。另外，明确界定项目经理和职能经理的权力和职责，并使之为职能和项目人员所理解和接受是极其重要的，这些关系都必须用书面的形式写出来。在日常的运作中，项目经理和职能经理各自承担相应的责任并尽可能减少责任之间的耦合。

在这种模式中，项目经理充当的是项目资源和技术管理的统一代理人，他必须维持自己和各个职能部门之间的良好沟通。同样，如果职能经理能够在如何最好地完成项目这方面去思考，那么他们就有能力让项目经理满意。

（2）矩阵结构的优点

矩阵结构有很多优点。职能部门对项目起支持作用，因此，技术骨干可以共享，成本也能实现最小化。可以给每一位员工分配他们喜欢的，擅长的任务，或符合他们才干的，具有挑战性的任务，每一位员工在完成项目之后就有了"归宿"，他们在公司里的发展道路都通过项目得以清晰的体现。职能经理会发现，建立和维持一个良好的技术基础很容易，因而可以进行有效的知识管理并为所有项目共享。知识的重用可以极大地提高组织的效率，也可以让团队有更多的时间去解决新的问题，从而加快组织的发展。

矩阵组织的另外一个显著的优点是体现在适应变化上。矩阵结构对于变化、冲突和其他项目需求能做出快速反应。

3. 修正后的矩阵型项目管理组织

矩阵结构可采取多种形式，每种形式都代表着授予项目经理的权力的不同程度，同时间接地表明了公司的有关规模。如前面图 3.1-1 所示的矩阵结构中，所有的项目经理都直接向总经理汇报，适合于项目较少的组织，在这种设置下，项目间的所有冲突都直接报告总经理处理。

随着业务的发展和项目的增加，前面提到的自动化供应商在 2005 年对原先的项目管理组织结构进行了如图 3.1-2 的修正。

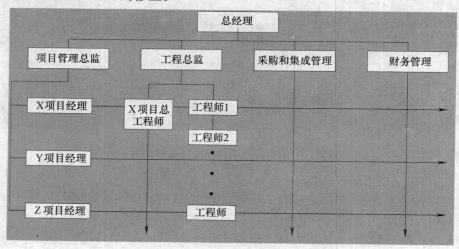

图 3.1-2　修正后的自动化工程项目管理组织结构

其中的一个修正是增加了项目管理总监的职位，项目管理总监负责所有的项目，这使得总经理从对所有项目的亲自监督这类日常事务中解放出来。这个修正的另外一个考虑是能够适应未来进一步发展的需要，当随着组织驾驭现有项目能力的增强，原先的大项目可能变为小项目，而新的更大的项目可能出现，项目数量越来越多，这样可以通过增加项目副总监来管理相对较小的项目。另外工程部门也可以根据专业划分为多个部门，如工程一部、工程二部，但组织的项目管理文化和行为模式得到了良好的继承。

修正的另一个方面是为一些规模大、技术难度相对较大的项目增加了项目首席工程师作为项目副经理。这样设置主要基于两个方面的考虑，一是项目确实大到项目经理无法同时处理项目管理和项目工程技术的地步；二是项目副经理归属于工程部门，项目副经理控制项目的所有技术活动，有利于工程部经理更好的了解项目，并在项目经理缺席时更好的控制整个项目。项目首席工程师给予项目以技术指导，为项目技术统一性和知识的重用提供了可能和基础。

4. 基于契约驱动的项目管理组织形式

有了一种合适的组织结构，并不能完全保证组织顺畅的运转，原因是组织的运转需要某种相适应的驱动力，如果这种驱动力与我们的组织机构相适应，就能促使组织运转的顺畅，克服组织结构本身存在的一些缺点。在自动化系统项目的实践中证明，顾客需求驱动的组织形式会是一种相当有效的选择。这种顾客需求驱动的组织形式被称为"契约式组织形式"。相对于契约驱动的组织形式而言，就是职权驱动，即传统的上下级驱动。

（1）契约组织形式的基本原理

契约式组织形式的基本原理是：一个人有多个上司会很苦恼，但很少听说有人会因为有多个顾客而苦恼。这两者的差别是什么？因为这个人与其上司是靠权力关系联系起来的，而与顾客则是靠契约关系联系起来的。

在契约式项目组织中，项目利益相关者之间的关联关系可以通过相互之间的契约关系来缔结。项目组成员与其管理者之间的关系用"伙伴关系"来形容远比传统的主管和下属的关系来得贴切。伙伴关系是一种平等关系，是一种能够做到双赢的以绩效为主要目的的契约关系，这种关系促使上级对下级的监督转变为自我监督，从而很好地解决管理项目成员中面临的信息不对称的难题。

承诺和兑现承诺是这种组织形式的原则，是双方公认的基本准则，是一种价值观，是一种企业文化。

"计划不如变化快"是项目的特点，由于项目环境的不断变化，基于原先制度的管理也必须进行不断的变化，而原则可以相对稳定，基于原则的管理比基于制度的管理更能适应项目的特点。

（2）项目经理和职能经理的绩效契约关系

项目经理和职能经理是"使用者"和"提供者"的关系，这种变革转变了职能部门存在的价值。在以价值为导向的项目组织中，部门存在的主要价值是向各个项目提供专业资源，包括技术、人员、设备、规范、方法等。项目经理通过得到职能经理认可的资源调度计划调用部门资源，项目经理对资源数量和质量的评价将作为职能经理工作业绩的判断依据。

（3）项目经理和项目组成员的绩效契约关系

在项目周期内，或项目的某一个阶段，项目组成员受雇于项目经理，他们完成项目经理分配的任务，受项目经理的考核，他们只对项目经理负责，此时项目经理是他们的"老板"。

（4）项目组成员和职能经理的绩效契约关系

职能经理负责培训项目组成员及其他资源，使其适合项目的需要。"以人为本"成为管理的基本原则，部门经理的职能由侧重于指挥部下完成任务转变为侧重于帮助下属实现其职业生涯。

这种组织结构形式的核心理念是：注重客户满意和增值，而不是职能团体之间的内部竞争。

三、考试训练

考试要点：掌握矩阵型项目管理组织的优缺点；理解基于契约驱动的项目管理组织形式的基本原理、干系人之间的绩效契约关系和核心理念。

1. 下列哪些是矩阵型项目组织形式的优点：

A. 客户直接与项目经理沟通，对客户反应迅速

B. 沟通简单，项目人员只向一个上司报告

C. 最大限度地使用公司资源，几个项目可以分享稀缺资源

D. 可以广泛征求意见，解决问题

参考答案：A、C、D。

2. 一个新项目经理刚刚被分配到一个正在进行的项目中，这个项目落后于进度计划 1 个月。根据项目原先的时间估算，项目组的某个成员将要被调到另一个项目。该项目经理所在的组织最可能是什么类型的组织？

A. 项目型组织

B. 紧密矩阵组织

C. 平衡矩阵组织

D. 职能型组织

参考答案：D。这是一个项目经理权力很弱的职能型组织。

3. 矩阵制形式结合了职能制形式和项目制形式的优点，但也存在着一些问题，其中最大的问题是：

A. 部门很难对项目结果做出承诺

B. 项目资源的使用效率低

C. 多个上司的权力冲突问题

D. 项目组成员没有归宿感，项目成员的成长存在问题

参考答案：C。职能制形式、项目制形式、矩阵制形式各有其优缺点：职能制形式能够充分利用组织资源，但这些部门很难对项目结果做出承诺；在项目制形式中，虽然有项目经理对项目结果负责，但项目资源的使用效率较低；矩阵制形式倒是结合了职能制形式和项目制形式的优点，但又存在一个人多个上司的权力冲突问题。

4. 契约驱动的项目组织形式的核心理念是什么？

参考答案：契约驱动的项目组织形式的核心理念是：基于系统性，体现价值的思维模式，团队和项目组成员注重客户满意和增值，而不是职能团体之间或项目组的内部竞争。

模块二　项目组织行为

一、知识点

本模块首先说明了构成组织文化的价值观、态度和行为。价值观影响一个人的态度，而

态度和行为之间有一致性，因此组织文化能够引导和塑造员工的态度和行为，而且对员工行为的影响越来越大。其次，根据项目运作的实践经验，对与项目组织相关的文化特征和与文化相适应的期望行为做了一些归纳。

二、知识点分析

1. 价值观、态度和行为

为了说明组织文化对组织行为所能产生的影响，先来了解一下人们的价值观、态度和行为。

价值观代表一系列的基本信念，即从个人或社会的角度来看，某件具体的行为类型或存在状态是否可取，反映了一个人关于正确和错误、好与坏、可取和不可取的观念。例如，喜欢团队合作的人，可能会认为自我控制（自律的、约束的）比不受约束我行我素更可取。

如果根据强度也就是重要程度来排列一个人的主导价值观，就可以获得一个人的价值体系。价值观是相对稳定和持久的，但可能改变，价值观通常影响一个人的态度和行为。态度是关于客观事物、人和事件的评价性描述，喜好与否的感受，它反映了一个人对某种事物的感受。

在工作场所，工作满意度是指个人对他所从事的工作的一般态度。"我喜欢项目管理工作"，这是项目经理的态度。一个人的工作满意度水平高，对工作就可能持积极的态度，对工作不满意的人就可能对工作持消极态度。

与价值观不同，态度不太稳定，是可以改变的。人们总是寻求态度之间的一致性，以及态度和行为之间的一致性。因为态度是可以改变的，所以改变人们的态度，可以得到期望的行为。

2. 组织文化和行为

了解价值观、态度和行为后，就能理解组织文化对行为的作用了。

组织文化是指组织成员的共同价值观体系，代表组织成员的一种共同认识。这就不难理解，组织文化具有的一个功能就是引导和塑造员工的态度和行为，而且对员工行为的影响越来越大。

在工作场合，组织的价值体系实际上是组织所重视的一系列关键特征，一般包括七个本质特征：

- 创新与冒险：组织在多大程度上鼓励员工创新和冒险；
- 注意细节：组织在多大程度上期待员工做事缜密、善于分析、注意小节；
- 结果导向：组织在多大程度上集中注意力于结果而不是强调实现这些结果的手段；
- 人际导向：管理决策在多大程度上考虑到决策对组织成员的影响；
- 团队导向：即组织在多大程度上以团队而不是个人工作来组织活动；
- 进取心：员工的进取心和竞争性如何；
- 稳定性：组织活动重视维持现状而不是重视成长的程度。

在组织中做事的方式、组织成员应有的行为方式，都建立在这些特征之上，这些特征的组合产生了不同的组织。

从组织文化的作用来看，如果组织从观念上并不认同某种行为，即使这种行为对项目是有益的，也很难期待这种行为发生。例如，为了做好项目，项目经理十分强调项目绩效，但组织却不是以结果为导向的，那么，成员追求绩效的行为就不会像项目经理期待的那样发生。所以，组织文化和行为是自动化系统项目管理平台的一部分，没有文化和行为作支撑，项目管理的方法、手段都不会发挥应有的作用。

当组织所聘用的员工的价值观与组织价值观不一致，员工就可能减少工作动力，缺乏对组织的忠诚感，对工作和组织不满意。因此，项目经理在选择组织团队成员时，了解员工对工作的价值观与组织文化的符合度，是非常必要的。

3. 与项目组织相关的文化特征

根据在项目管理中的实际经验，有益于项目运作的价值体系应该在注重细节、结果导向、团队导向、进取心等几个特征上加强文化方面的建设，即得到组织成员的强烈的认可和广泛的认同。注重细节，要求项目团队对客户、对工作有强烈的责任感，将事情执行到位；结果导向，即满足客户要求，注重项目的效能和执行效率；团队定向，即建立团队信任，发挥团队合作的优势；强调进取，不断提高知识和技能，通过为客户创造更多的价值，在激烈的市场竞争中不断发展。

项目运作的价值体系是执行文化。从最基本的意义上来说，执行是一种实事求是，根据现实采取行动的系统化方法，强而有力的执行力，能够将每一个环节的工作都落到实处，这正是项目的目标。从项目层面来看，执行是一套系统化的流程，包括对方法和目标的严密讨论、质疑、坚持不懈地跟进、责任的具体落实、对项目组成员及其所在的部门进行协调，以及将奖励与产出的结合。

团队合作是项目运作为主的组织的核心价值观。有调查显示，80%的《财富》500强企业中有一半或者一半以上的员工在团队中工作，要想在竞争日益加剧的环境下永葆生命力，只有靠团队的协调默契形成强大的团队合力才能在未来的竞争中立于不败之地。

4. 与文化相适应的期望行为

与这些价值体系对应的、团队成员的期望行为可以从以下几个方面进行阐述。项目经理应该认识到，态度是可以改变的。态度改变以后，通过有意识地强化和循序渐进地演练，成员可以形成自己的做事习惯，成为项目组成员共同遵守的规范。

（1）以客户驱动为出发点

让组织中的每个人都自然地做到真诚地为用户设想，是企业兴旺发达的基础，是企业最大的无形资产，是企业长远利益所在。

站在客户的角度思考，意味着把自己的盈利行为，建立在客户的盈利也能随之发展的基础上。首先，提高盈利水平，不能靠损害客户利益来实现，而是要靠内部挖潜，降低成本、提升自身能力来实现，通过自身的创新保证双方利益的增长。

每一个项目的目标都蕴含着客户满意。当项目组织中每个人做事的出发点是客户驱动，而不是上级驱动时，每个成员都会主动理解客户的需要和期望，客户的满意度会大大提高。另一方面，还可以使客户参与项目管理并做出重要贡献。

（2）主动和创新

一个结果导向的项目组应该是注重效能的。效率是以正确的方法做事，即做工作的最好方法，效能则是做正确的事，在工作开始之前保证自己所做是值得做的。在企业中，第一重要的是效能，其次才是效率。如果做的事是正确的事，即使执行中有一些偏差，结果可能不会致命，但如果做的事是错误的事，即使执行完美无缺，其结果对项目也可能是灾难。在一个组织中，只提倡和培养正确做事，是保守、被动接受的，而倡导和培养做正确的事，是主动和创新的态度。

（3）首先找出正确的事

你遇到的、别人交给你的问题，可能是问题表现出来的现象，而不是真正的问题所在。如果不假思索，去做的可能就不是正确的事。确定真正问题的所在，惟一的方法是多方面、更深入地挖掘和收集事实。

（4）让事实说话

无论是在判断问题还是在找解决问题的方案，只要你把事实收集起来进行分析，解决方案自己会出现。没有任何一个问题可以躲过以事实为基础进行分析的威力，梳理事实，加上创造性的思维，就会对什么是正确的事有清晰的认识。

（5）开始就怀有最终目标

高效人士的特点是开始做事之前，就非常清楚自己的最终目标，并围绕目标判断哪些工作是必不可少的，哪些是必须的，哪些是无足轻重。如果不养成理性的规则来判断，人们往往每天花80%的时间和精力在做对目标不重要的事情，在事务性的陷阱中忙忙碌碌而没有绩效。对这种情况的应对原则就是保持简单，而简单来自清楚的目标和方向。

（6）改变自己的行为模式和习惯

人们的行为最终取决于每个人的行为模式和习惯。这种模式很难改变，只有两种办法，一是靠强迫自己，一是利用奖励的办法，把接受这种改变变成循序渐进的过程。在组织中，可以利用团队的作用，将正确的思维变成高效卓越的工作习惯。

5. 掌握高效的时间管理技巧

在项目过程中，时间是所有资源中最重要的资源之一，既无法替换也无法补救。高效时间管理应是每个成员应知应会的工作规范。下面的工作方法将有利于更好地把握时间的效率。

（1）把努力集中在能够产生重大结果的关键性的少数活动上

帕累托定律表明，少数关键性的努力（20%）通常能产生绝大部分的结果（80%）。

（2）关注效果而不是活动

人们往往在工作中忘记预期的效果，而把精力集中在活动上，不是支配工作，而是被工作所左右。

（3）避免不切实际的时间预算

墨菲第二定律认为每件事情做起来都比原来预想的要多花时间，自己接受和期望别人做出不切实际的时间预算是十分危险的。

（4）忽略不是问题的问题

对各种问题和需求的反应要切合实际，有些问题现在看起来是问题，但当各方面条件具备的时候会自行解决。通过有选择地忽略这些问题，可节省时间和精力。

（5）果断决策但不能期望决策一次就准确

这样只会导致毫无理由的犹豫不决，其实，犹豫就是下决心不解决问题。高效要的是下决心解决问题，对于欠把握的决策，只要在实践中关注决策的效果并修正错误就可以了。

（6）例外管理

只有在执行计划的实际结果中出现了很大的偏差，才应该向主管人员汇报，为一个无关紧要的事情去汇报，只会浪费双倍的时间。

（7）借力发挥

关注同事、同行以及竞争对手的工作进展，从别人的成功和教训中学习，借力发挥而不是重新发明。

6. 成员之间的信任与合作

信任可以说是一种"心理契约"，此种心理契约是经济社会一切规则、秩序的根本所在，组织之间的信任是一种无价之宝。作为团队成功的重要因素，信任是合作的开始，也是团队管理的基础，它能够使团队凝聚出高于个人力量的团队智慧，造就出不可思议的团队表现和团队绩效。一个不能相互信任的团队，是一支没有凝聚力也没有战斗力的团队。

对于每个人来说，与他人建立信任关系有五个维度，每个维度如果按重要程度来排列，通常是"正直＞能力＞忠实＞一贯＞开放"。而正直程度和能力水平是判断一个人是否值得依赖的两个最关键的特征。一般来说，培养信任感，首先要在管理人员和项目经理之间进行，然后才是团队成员之间的信任关系。大家知道，开诚布公、公平、表明指导你进行决策的基本价值观是一贯的、表现出你的才能，是培养信任感的基础。除此之外，还需要以下三点：

● 表明你既是在为自己的利益而工作，又是为别人的利益而工作；

● 成为团队的一员，用言语和行动来支持你的团队。当团队和任何一个成员受到外来攻击时，维护他们的利益；

● 说出你的感觉，而不是只传达冷冰冰的事实，让他人了解你的为人，感到你的真诚和人情味。

在信任的基础上培养团队合作，应使每个成员认识到，有效的团队合作是责任共担、报酬共享的。每个成员都严肃地对待承诺，认真执行自己的承诺和认同，有了这种"契约理念"，任何事都会变得容易完成。当一个人向他人做出承诺后，就会想到别人，而不会只顾自己。承诺有助于每个人看清最后时限，保持工作进度，使多项任务有序完成。

真正的团队合作是以他人心甘情愿与你合作，你也心甘情愿与他人合作为基础的。积极表现你的合作动机，虽然合作成败取决于各种成员的态度，但维系合作关系是每个成员责无旁贷的工作。在不同的思想之间建立和谐关系，提供吸引力，需要大家保持热情，并用这种热情来感染其他成员。

组织的制度化运作，使组织成员对于恰当的、基本的、有意义的行为有了共同的理解，可接受的行为模式。

三、考试训练

考试要点：掌握价值观、态度的含义与区别以及价值观、态度和行为之间的关系，组织文化与行为的关系；理解效能与效率的差别，掌握"用正确的方法做正确的事"需要关注的方面；掌握培养成员之间的信任与合作的主要做法。

1. 什么是价值观和态度？

参考答案：价值观代表一系列的基本信念，即从个人或社会的角度来看，某件具体的行为类型或存在状态是否可取，反映了一个人关于正确和错误、好与坏、可取和不可取的观念。态度是关于客观事物、人和事件的评价性描述，喜好与否的感受，它反映了一个人对某种事物的感受。

2．以下说法，哪些是正确的？

A．如果根据重要程度来排列一个人的主导价值观的时候，就可获得一个人的价值体系

B．价值观通常影响一个人的态度，但不影响行为

C．态度作为一种喜好，比价值观更稳定，更不容易改变

D．人们总是寻求态度之间的一致性，以及态度和行为之间的一致性

参考答案：A、D。

3．简述作为一个项目经理，如何培养团队的信任与合作？

参考答案：对于每个人来说，与他人建立信任关系有五个维度，每个维度如果按重要程度来排列，通常是正直＞能力＞忠实＞一贯＞开放。而正直程度和能力水平是一个人判断另一个人是否值得依赖的两个最关键的特征。除此之外，还需要理解并兼顾他人的利益；用言语和行动支持并维护团队利益；用真诚和人情味对待成员；责任共担、报酬共享；要求每个成员都严肃地对待承诺；在不同的思想之间建立和谐关系，保持热情等。

模块三　项目绩效管理

一、知识点

激励的期望理论是绩效评估的理论基础，由此引出绩效管理的概念、意义、目的和原则。绩效管理是管理者和员工双方就绩效目标以及如何实现目标而达成共识，并使员工成功地实现目标的管理方法。绩效管理是过程管理，过程包括：绩效目标、绩效辅导、绩效评价和绩效反馈四个阶段。

二、知识点分析

1. 激励的期望理论和绩效评估

激励是通过高水平的努力实现组织目标的意愿，而这种努力以能够满足个体的某些需要为条件。激励的期望理论认为，当组织中员工认为努力会带来良好的绩效评价时，他就会为受到激励进而付出更大的努力，良好的绩效评价会给他带来组织奖励，这种奖励会满足员工的个人需求。

绩效评估是以期望理论为基础的。有人说，考核与评价体系是一种最有力的杠杆，只要朝合理的方向稍微撬动一下，他就会释放出巨大的能量。同时，考核与评价体系还是一个载体，企业的各项经营管理任务和目标都可以通过这个载体传递下去。企业考评什么，就能实现什么；反之亦然，企业要实现什么，就考评什么。所以，各级管理者和员工的绩效评估，最能体现企业的价值观体系。

2. 绩效管理的意义

绩效管理就是管理者和员工双方就绩效目标以及如何实现目标而达成共识，并使员工成功地实现目标的管理方法。绩效管理不是简单的任务管理，它特别强调沟通、辅导及员工的能力提高，它不仅仅强调结果导向，而且重视实现目标的过程管理。所以说，绩效管理不仅仅是评价方法，更是对工作进行组织，以达到最好结果的过程、思想和方法的总和。

绩效管理既是战略管理的一个重要构成要素，又是人力资源管理的重要环节，作为一种衡量、评价、影响员工工作表现的系统，不但可以显示员工工作的有效性及未来工作的潜能，而且对企业的生产率和竞争力、企业人事决策、培训开发、管理沟通等方面有重大的影响。

3. 绩效管理目的和原则

（1）绩效管理的目的

绩效管理的主要目的有以下三个方面，首先是强化以责任结果和关键行为为导向的价值评价体系；二是使实际经营管理行为与公司的战略目标统一，员工绩效与组织绩效统一；第三，作为提升管理的有效手段，提高项目执行实施的质量。

（2）绩效管理的原则

组织的绩效管理要遵循一定的原则，这些原则包括：

1）责任结果导向原则

引导员工用正确的方法做正确的事，一次把事情做到位，不断追求完美的工作效果。

2）目标承诺原则

考核初期双方应对绩效目标达成共识，被考核者须对绩效目标进行承诺。目标的制定和评价应体现依据职位分类分层的思想。

3）动态与发展原则

绩效考核保持动态性和灵活性，绩效标准、实施标准将随着公司和管理对象的成长以及战略的变化而变化；对于人的评价，应立足当前和未来，用动态发展的眼光评价考核对象。

4）客观性原则

考核贯穿所有人员、所有工作和所有过程。注重员工日常工作计划与总结的管理，以数据和事实说话。有效收集考核信息，全方位考核，以"测"为主，以"评"为辅，保证考核结果的权威。

4. 绩效管理的过程

绩效管理过程包括：绩效目标制定、绩效辅导、绩效评价和绩效反馈等四个阶段。

（1）绩效目标制定

该阶段绩效目标的制定分成两个层面，即主管的绩效指标制定和员工的绩效指标制定。对于项目而言，需要从三个方面进行绩效指标的制定，即团队整体的绩效指标、项目经理的绩效指标和团队成员的个体绩效指标，重点考核团队整体的绩效。团队整体的绩效指标实际上也可以作为项目经理的绩效指标。

主管的绩效指标是公司绩效目标分解到部门的结果。对于项目整体而言，主要是包括客户、高层领导、项目组成员等项目干系人对项目的期望。主管将部门目标继续往下分解，与员工就绩效考核目标达成共识，掌握基于项目目标和里程碑的关键绩效指标 KPI（Key Performance Indicators）设置，共同制定"个人绩效计划"。KPI 考核指标的设计原则符合 SMART 原则，其具体含义如下：

S（specific）：是指绩效考核指标设计应当细化到具体的内容，是与团队主导绩效目标相符且随之变化的。

M（measurable）：是指绩效考核指标的实施结果可以量化的。

A（attainable）：即员工通过努力可以实现的，在时限之内可以做到的指标。

R（realistic）：是指绩效考核应当是"能观察，可证明，现实确实存在的"目标。

T（time-bound）：是指绩效考核指标应当是有时间限制的，关注到效率的指标。

（2）绩效辅导

该阶段是主管辅导员工共同达成目标和绩效计划的过程，也是主管收集及记录员工行为和结果的关键事件或数据的过程。为做好这一点，该阶段主管应注重在部门内建立健全的"双向沟通"制度。

（3）绩效考核

该阶段主管综合收集到的考核信息，对照被考核者的个人绩效计划，做出客观的评价。评价结果经考核、复核者同意后，经过充分准备，就考核结果向员工进行正式的反馈沟通。

（4）绩效反馈沟通

主管将绩效考核结果与被考核者沟通。一般而言，绩效反馈沟通包括三个步骤：即面谈准备、实施面谈和面谈效果评价。绩效沟通不能仅仅看作是反馈评价结果，而是主管和员工共同探讨，提高实际绩效的又一个机会。绩效沟通既是对前期工作的回顾，也是对未来工作改进点的探讨和目标制订。

对于主要精力投入到跨部门项目工作中的人员，主管部门在进行季/年度考核时，原则上采用项目组的评价结果，若有不同意见，须与项目组充分沟通，达成一致。考核结果应用于员工的薪酬、职位晋升管理、职业生涯发展、培训等方面。

5. 项目绩效管理

在以自动化工程业务为主的企业中，项目是现代企业经营活动的基本组成部分之一，是企业经营运作的有效模式。企业的绩效是由多个项目绩效积累而成的，因此，项目绩效管理是企业绩效管理的基础。

以上绩效考核和管理的知识点，是基于职能管理中员工的个体绩效而发展起来的，这也应该是项目绩效管理的基础。在项目组织中，由于项目管理的特点，项目绩效管理在以下两方面需要改善：

（1）很多项目因为不能对团队成员正确评估而失败

项目经理必须对员工绩效发表一些直接或间接的看法，没有这些意见，项目经理可能感到在同一水平线上激励员工会变得很困难。直线经理不应该对雇员进行封闭式管理，而将部分管理职责交给项目经理。

（2）既衡量团队绩效，也衡量个人绩效

项目往往是一个团队通过共同的努力来完成的，在项目绩效政策的制定过程中，应重点考虑团队绩效，在此基础上，确定每个团队成员在实现目标的过程中对团队的绩效。

作为项目一般都有明确的量化的目标，如客户接受的最终产品都会有标准。但项目与企业内部部门相比，具有项目环境多变的特点，如果用静止的数据去评价团队和成员，会导致目标难以达到。下面针对这两点，着重讨论项目的考核内容和面向系统改进的项目管理观点。

1）项目评估内容

项目团队考核重点在于团队目标设定，结果性的指标可以看作量化的硬指标，过程性的指标可以看作非量化的软指标。团队绩效考核目标在某种程度上就是项目经理的绩效目标。

2）面向系统改进的项目管理观点

根据激励的期望模型，如果项目环境多变，员工期望实现的工作目标不清楚，衡量这些目标的标准含混不清，组织绩效评估手段不健全，员工不能确信自己的努力能够导致绩效评估结果，或者评估过后组织不会给予他们期望的报酬，就可以预期，员工不可能发挥个人的潜能。

针对这种情况，应采取基于系统式思维的项目绩效管理。在这种观点中，项目绩效管理的主要目标应该是项目运行系统，而不仅仅是项目组成员。要提高项目绩效、技术和流程等的和谐关系。项目绩效是项目系统运行的过程状态及最终产出物的数据总和。

三、考试训练

考试要点：理解激励的期望理论、绩效管理的概念、意义、目的和原则；掌握绩效管理的四个阶段的含义，以及绩效目标设置的 SMART 原则；了解项目绩效管理的两个改善点。

1. 什么是激励的期望理论？

参考答案：激励是通过高水平的努力实现组织目标的意愿，而这种努力以能够满足个体的某些需要为条件。激励的期望理论认为，当组织中员工认为努力会带来良好的绩效评价时，他就会为受到激励进而付出更大的努力，良好的绩效评价会给他带来组织奖励，这种奖励会满足员工的个人需求。

2. 简述绩效管理的含义。

参考答案：绩效管理就是管理者和员工双方就绩效目标以及如何实现目标而达成共识，并使员工成功地实现目标的管理方法。绩效管理不是简单的任务管理，它特别强调沟通、辅导及员工的能力提高。它不仅仅强调结果导向，而且重视达成目标的过程管理。绩效管理是一种衡量、评价、影响员工工作表现的系统。

3. 简述考核指标设计的 SMART 原则。

参考答案：S（specific）是指绩效考核指标设计应当细化到具体的内容，与团队主导绩效目标相符且随之变化。M（measurable）：是指绩效考核指标的实施结果是可以量化的。A（attainable）：指员工通过努力可以实现的，在时限之内可以做到的指标。R（realistic）：是指绩效考核应当是"能观察，可证明，现实的确存在的"目标。T（time-bound）：是指绩效考核指标应当是有时间限制的，关注到效率的指标。

第二单元 标准方法和知识管理

在项目管理过程中，公司应该尽可能地坚持和支持单一的项目管理方法并持续改进。采用单一的方法，可以降低成本，减少书面工作，避免重复性劳动，使得项目持续地获得成功。

对于知识密集型的自动化系统工程公司而言，知识管理是项目管理方法的重要组成部分。

模块一 标准项目管理方法

一、知识点

学习本模块的目的是了解项目管理方法。本模块的内容包括：什么是项目管理方法、项目管理方法的关键组成要素、标准方法的好处、项目管理方法案例、标准方法的实施。

二、知识点分析

1. 什么是项目管理方法

随着项目管理的好处日益被认识，项目管理也不断地被项目驱动型的公司所接受，但在项目管理的实践中往往存在以下这样一些问题：

- 缺乏管理承诺；
- 缺乏适合组织的方法；
- 缺乏项目状态的沟通和效益的度量；
- 缺乏培训项目管理方法的课程；
- 缺乏促使方法更新和修改的项目经理反馈机制；
- 缺乏对方法进行持续性和周期性沟通的重视；
- 缺乏对项目管理工具和技术的重视。

项目管理方法的开发和持续改进就是为了克服组织在项目管理中存在的这些问题。

对于拥有小项目或短期项目的公司，这种正式的项目管理系统方法可能是不划算的或不合适的，但对于那些拥有大型项目或持续进行的项目的公司，开发一个项目管理方法是非常必要的。

为每类项目开发不同的方法是开发项目管理方法时易犯的最大错误之一，另一个错误是不能将项目管理方法和项目管理工具整合到一个流程中。项目管理方法不是为具体的项目类型量体裁衣，相反，这是一种普遍性的方法。项目都遵循特定的阶段，各阶段都有了一定程度的标准化，采用重用的技术，采取同样的步骤。

2. 标准方法的好处

好的方法很重要，它不仅能在项目实施期间提高组织的绩效，而且还会带来更好的客户关系和客户信任。这些好处大致可以分成短期好处和长期好处两类。其短期好处集中体现在单个项目的阶段目标达成上，即项目管理的执行情况上，包括：

- 缩短项目的周期时间，减少人员的投入；
- 计划得到最大程度的落实，并满足质量的要求；
- 更好的计划，并就团队"何时"实现"什么"进行更好的沟通。

长期好处似乎更多地体现在组织整体执行能力和客户满意度的提升上，具体包括：

- 更好的范围控制和更少的变更，降低整个项目的风险；
- 更好的风险管理和更好的项目决策；
- 更大的客户满意度和信任，从而使业务增加；
- 注重客户满意和增值，而不是职能部门之间的内部竞争；
- 客户视供应商为战略伙伴，帮助供应商共同获得成功；
- 基准比较/持续改进变得更容易和更快。

3. 项目管理方法的组成要素

一个好的项目管理方法通常具有以下 6 个方面的特点：

（1）有明确的项目生命周期阶段

有明确的项目生命周期阶段，但不超过 6 个生命周期阶段，每一个生命周期阶段都需要书面工作、控制点和可能的特殊管理要求。

（2）生命周期阶段重叠

由于需要压缩进度，生命周期会重叠，同时增加了项目管理的风险，重叠的生命周期阶段需要卓越的先期计划。

（3）阶段结束时审核

为了控制和确认中间里程碑，阶段结束时的审核非常重要。虽然生命周期阶段重叠，每个阶段结束时仍然有阶段的审核，但它们可以由生命周期各阶段的中间审核支持。

（4）与其他流程整合

与其他管理方法如风险管理、问题管理、质量管理整合，使书面工作最小化，使投入到项目中的资源总量最小化，对组织执行能力进行计划，以确定组织可以承受的最大工作量。

（5）持续改进，用户干涉最小化

通过关键考评指标审核，更新经验教训，确定基准和采纳客户建议来不断的改进。方法本身变成了客户和组织沟通的渠道，培养客户信任并使客户对项目干涉最小化。

（6）方法使得项目计划和进度更加容易实现

这一点可以通过工作分解结构（Work Breakdown Structure，简称 WBS）的模板加以实现，采用 WBS，还可以通过标准化术语进行标准化汇报，减少书面工作。

4. 项目管理方法案例

下面是国内某著名自动化厂商轨道交通业务项目管理方法的主要内容。包括四个方面：

（1）项目章程

项目章程是项目的基础，并成为相关各方的契约。项目章程陈述项目与公司战略、愿景的关系；明确项目的企业目标和项目目标；确定项目范围（更加详细的项目范围描述在项目计划编制阶段进行）；明确项目利益相关者的角色和责任；说明主要利益相关者的汇报关系和汇报程序；确定阶段和里程碑点及其检查标准。

（2）项目计划

计划将生成足够的信息，清楚地界定需要完成的交付成果；定义完成这些成果所必需的具体任务，以及描述资源的标准（如自动化设备配置清单和人员投入标准），激励计划。每个可交付成果决定项目各个阶段是否满足目标、预算、质量和进度。

在项目计划的每个阶段，都要有审查点以帮助确保实现项目期望和质量交付成果。计划中要明确审查人和审查的标准。

（3）项目管理

在整个项目过程中，必须对流程和项目的执行进行控制和管理。评估每日的项目任务和交付成果的进展；根据即时偏差、事项和问题，调整日常项目任务和交付成果；主动解决项目问题；控制范围变更；项目以客户满意（包括内部客户）为目标；对可交付成果进行定期的结构化审查；建立集中的项目控制文档。

（4）项目汇报

成功管理项目的两个必要机制是严格的状态汇报程序和变更管理程序。项目汇报内容包括：目前为止的主要完成情况；下一阶段计划完成情况；资源投入报告；项目问题和风险及其对项目质量、进度成本的影响情况；问题、风险的管理措施。

变更需要通过程序向管理层汇报，并应体现在项目状态报告中。

5. 标准方法的实施

卓越的方法本身不会构成卓越的项目管理，方法在公司范围内被接受和采用才会走向卓越，也正是通过卓越的实践，一般的方法才会变成卓越的方法。方法最初不过是几张纸而已，将标准方法转变成卓越的方法依靠的是组织文化和方法实施的方式。

并不一定要一开始就在全公司开发项目管理方法，有的时候组织可以先在某些部门开发了杰出的项目管理方法后，再在整个组织中加以推广。例如公司中大约已经有 1/3 的人采用了该方法，并认可了它的真正长期好处，公司就可以要求其他 2/3 的人员采用该方法。

实施的重要性不能被低估。拥有杰出的项目管理方法的公司，特征之一就是它们在整个组织中拥有杰出的主管经理和项目经理。卓越的项目管理方法的快速开发要求有一位主管经理作为牵头人，促使公司从上至下开发和实施方法。大多数公司能够认识到主管经理牵头人的必要性，然而其中的许多公司没有认识到主管经理牵头人这一职位需要终生的经验。一家公司采用一套方法取得了少许成功后，重新制定了主管经理牵头人，结果造成没有人促进该方法的持续改进。

好的项目管理方法考虑了如何管理客户及其期望。如果客户信任你的方法，那么当你告诉他们，一旦项目进入了具体的生命周期阶段，就不可能再变更范围时，他们通常更容易理解。

三、考试训练

考试要点：掌握什么是项目管理方法；理解标准方法的好处；掌握项目管理方法的关键组成要素；掌握如何实施标准方法。

1. 好的项目管理方法改进项目实施，并带来：

A. 更好的客户关系和客户信任

B. 更好的内部沟通和协作

C. 改进的供应商交付

D. 更好的风险管理和项目决策

参考答案：A、B、C、D。

2．一个好的项目管理方法有以下哪些特点：

A. 可以由比较灵活的 6 个或更多的生命周期阶段组成

B. 生命周期阶段重叠

C. 确定基准和采纳客户建议来不断的改进

D. 书面工作最小化

参考答案：B、C、D。一个好的项目管理方法不会超过 6 个生命周期阶段。

3．实施方法时为什么需要主管经理牵头人？它取决于公司的规模吗？

参考答案：杰出的项目管理方法的开发需要一位主管经理牵头人，主要考虑两个方面的原因，一是方法必须通过实施才能达到卓越，这需要由主管经理来落实；二是持续改进需要主管经理的终身经验和坚持。

模块二　项目知识管理

一、知识点

学习本模块的目的在于了解项目管理。本模块的知识点包括：组织层面知识的管理、结构、标准、接口、系统模块案例。

二、知识点分析

1. 组织层面知识的管理

在上一个模块中谈到，卓越的项目管理需要卓越的项目管理方法，项目知识管理是项目管理方法的重要基础。项目知识管理是控制项目范围、进行项目计划、有效组织项目资源、把握工期脉搏和减少风险的基础。自动化企业是知识密集型企业，在知识型企业里，项目知识的管理尤其重要。

哈佛商学院教授 David A.Garvin 从五个方面描述了知识管理：系统化的解决问题、采用新方法进行实验、从过去的经验中学习、从他人最好的经验中学习、在组织中迅速有效地传递知识。这五个方面也同样可以应用于项目的知识管理，这五个方面非常清晰地指出了应该从哪些方面着手进行项目的知识管理。

自动化系统工程中，项目知识的管理可以遵循以下 8 个步骤的框架，从低到高分别为：

①识别原形，什么样的系统是好系统；

②识别原形的属性，什么样的技术模块和产出流程能够产出这样的好系统；

③区别属性，哪些是关键的技术模块和产出流程；

④衡量属性，对关键的技术模块和产出流程制定定性的和定量的衡量标准；

⑤重复应用技术模块和执行产出流程；

⑥对例外情况加以识别和区分；

⑦控制例外情况；

⑧持续改进。

2. 结构、标准、接口

模块化方法是项目知识管理的一种有效方法。在计算机行业里，模块化是一个通用的原则，不同的公司能够独立地设计和生产诸如操作系统、数据库和硬盘等计算机部件。这些模块可以组装成一台复杂的、平稳运行的产品，因为模块的制造者们遵循的是一套给定的设计规则。

在制造业中的很多公司里，模块化已经是很普遍了，其中的一些公司已经成功地把模块化这一方法扩展到产品和服务的设计上了。就像它极大地提高了计算机的创新速度和制造效率一样，设计的模块化能够极大地提高许多行业，包括自动化系统工程项目的效率和创新速度。

在自动化系统工程中，模块化是一种有效地组织复杂产品和过程的策略。系统由模块或单元组成，这些单元的设计相对独立，但作为一个整体运转。系统设计师通过把系统分成标准化的设计规则和非标准化的设计参数而进行模块化。如果这种划分是精确的、清晰的并且是完整的，那么模块化是有益的。

标准化的设计规则是指影响其后的设计规则的规则。在理想的情况下，标准化的设计规则很早就确定了下来，然后要同每一个参与的人进行广泛的交流和沟通。标准化设计规则分为三类：

(1) 系统结构

明确说明系统各部分的模块及其功能。

(2) 系统接口

详细描述模块是怎样相互作用的，包括模块是怎样装配在一起的，怎样连接的。

(3) 模块标准

用于测试模块是否符合设计规则，即某一模块能否在系统中发挥作用；衡量一个模块相对于另一个模块的性能，即一个模块是否比另一个模块更好。

非标准化的参数设计是指那些不会影响模块本身之外的设计规则。非标准化的设计参数可以较晚做出选择，时常加以改动并且不必与本模块设计小组之外的任何人进行沟通和交流。

模块化建设可以从两条线入手，一是技术的模块化，即产品实现的模块化；二是组织的模块化和流程的模块化，前者是后者的基础。

3. 技术模块化案例

在地铁综合监控系统中集成了电力监控系统、环境监控系统、防灾报警等十多个不同专业的子系统。电力监控子系统可以被看作一个模块，这个模块又可以分解为监控本车站的车站级监控系统模块和监控整条地铁线所有车站的中央级监控系统模块。这就是系统结构，从大的框架上说明监控系统各部分的模块及其功能。现在，将讨论限制在车站级电力监控子模块。关于这个模块，至少要讨论五个方面的问题：

● 监控范围；

● 实现功能；

● 接口界面；

● 物理接口；

●软件协议。

这五个方面本身就是这个子模块的一个系统结构。"监控范围"和"实现功能"是模块的标准,"接口界面、物理接口、软件协议"详细描述了模块是怎样同别的模块相互作用的,包括模块与其他模块是怎样装配在一起的,怎样连接的。

对于监控范围、实现功能等内容比较多的模块,可以进一步的划分模块,逐步细化。

在自动化系统工程项目的实施中,关键的技术模块包括:系统接口、数据库和人机界面。对这些关键的技术模块制定定性的和定量的衡量标准,并重复应用这些技术模块,持续改进,这些知识模块就会产生越来越大的价值。

在项目管理平台的建设中,一定要重视知识的管理,它在满足项目干系人、实现客户价值、员工价值、股东价值方面,具有十分重要的意义。

三、考试训练

考试要点:掌握自动化系统工程项目知识管理遵循的框架;理解组织层面知识积累的作用;掌握模块、标准、接口的概念。

1. 自动化系统工程项目知识管理可以遵循的 8 个步骤的框架是什么?

参考答案:1)识别原形,什么样的系统是好系统;2)识别原形的属性,什么样的技术模块和产出流程能够产出这样的好系统;3)区别属性,哪些是关键的技术模块和产出流程;4)衡量属性,对关键的技术模块和产出流程制定定性的和定量的衡量标准;5)重复应用技术模块和执行产出流程;6)对例外情况加以识别和区分;7)控制例外情况;8)持续改进。

2. 简述系统结构、系统接口和模块标准的概念?

参考答案:系统结构明确说明系统各部分的模块及其功能;系统接口详细描述模块是怎样相互作用的,包括模块是怎样装配在一起的,怎样连接的;模块标准用于测试模块是否符合设计规则,即某一模块能否在系统中发挥作用,同时衡量一个模块相对于另一个模块的性能,即一个模块是否比另一个模块更好。

第四部分　项目管理工具

第一单元　Project 2003 的基本应用

　　作为项目管理人员，能够对项目协调控制，事无巨细运筹帷幄、了然于胸，是最高境界。只有合适的项目管理软件才能帮助项目管理者做到这一点。作为项目经理，必须善于使用这些工具，并和项目组成员一起来使用这些工具，这一点非常重要。项目管理工具是否得到应用在很大程度上决定了项目经理管理项目的效率。

　　项目经理可以依靠 Microsoft Project 2003 来计划和管理项目，它可以有效地组织和跟踪任务与资源，使项目符合工期和预算，缩短投入生产的周期，降低成本，提高项目产品的竞争力。Project 2003 可以与 Microsoft Office 系统中的产品协同工作，可以更为有效的共享项目信息。本章简单地介绍 Microsoft Project Professional 2003 软件的基本应用，让阅读本书的项目经理对该项目管理软件有个初步的认识。如果希望更加深入的应用该软件，项目经理可以阅读相关的书籍。

模块一　建立项目计划

一、知识点

　　通过本模块的学习，项目经理可以对如何应用 Project 2003 建立项目计划有一个初步的了解。本模块的知识点包括：创建项目文件、创建项目任务、分配项目资源。

二、知识点分析

1. 创建项目文件

　　作为一个项目管理软件，Project 2003 能够帮助项目经理创建合理的项目计划、跟踪项目进度、协调组织资源、分配项目资源，从而获得更好的项目管理效率。项目经理可以通过向 Project Server 发布项目信息，与工作组成员和风险承担者进行沟通和交流。创建项目文件时关键要完成以下几个方面的工作：

　　（1）明确总体目标

　　在开始制定项目计划之前，要明确定义项目的一些基本属性信息，或者对项目有一个基本的定义，例如项目的名称、内容、开始时间、结束时间等。尤其是需要从总体上明确项目目标和项目范围，以便清楚为达到项目目标具体应采取哪些步骤。这时可能不需要考虑做每项工作任务的顺序问题，而只是尽可能充分地考虑各个方面，以便得出完成项目所有可能的工作范围。

（2）确定任务细节

在决定了项目目标和项目范围之后，下一步就是对其进行分解。在分解的过程中需要注意以下几个问题：

● 要将任务分解为可控的、在相对短的时间段内可以完成的事件；

● 抓住主要的任务，不要拘泥于细节，否则会导致计划频繁更改，甚至最终不可控；

● 在任务中设立里程碑，并根据里程碑阶段性地标出项目的时间，逐步完成任务。制定的项目任务应有清晰的任务列表，这样可以明确地掌控项目的进度。

（3）规定时间限制

在分解项目之后，需要根据项目的时间要求来安排项目任务的时间。在排定任务时间的时候，可以使用"逐步调整"法。"逐步调整"法就是先在 Project 2003 中构造一份原始的计划表，并给每项任务安排时间，最后与截止日期相比较。如果落在截止日期之后，就需要回过头来重新安排，从而使其符合项目总体进度计划。

（4）配置资源

在制定项目计划的初期，需要明确有哪些资源可用，以及这些资源的成本如何，然后综合考虑成本因数，再把这些资源分配到任务中。

（5）任务间的关系

创建项目文件最后的工作就是确定各个任务之间的关系。主要是任务之间的时间顺序关系，如哪些任务需要在其他任务完成之后才能完成，哪些任务则可以同步进行。

2. 创建项目任务

在项目文件创建完成之后就可以开始创建项目任务了。任务是构成项目的基本单元，任何项目的实施都是通过完成一系列的任务来实现的。所有任务的依次完成就标志着一个项目的最终结束，因此，管理好项目任务就等于管理好了项目。

创建任务的第一步就是输入任务信息。开始制定项目时，一般先输入主要的、概略性的步骤（通常是大纲级别比较高的阶段性任务）来实现项目的目标。在 Projec 2003 中，可以在"甘特图"视图中方便地输入和修改任务信息。创建项目任务，关键要理解和把握以下几个方面的概念。

（1）项目里程碑

项目中的大多数任务都是一个过程，即这些任务需要一定的时间才能完成。但是也有一些并不属于过程的任务，它只是一个重要的时间点，即项目里程碑。可以将里程碑任务的工期定义为"0"，Project 把工期为"0"的任务自动设置为"里程碑"任务。

（2）大纲方式组织任务

当输入的任务数量越来越多时，可以用 Project 提供的大纲方式来组织任务。大纲方式分为摘要任务和子任务。摘要任务是由子任务组成并对这些子任务进行汇总的任务。子任务则是摘要任务组成部分中的一个任务，子任务信息可合并到摘要任务中。在任务列表中输入任务之后，通过对摘要任务下具有共同特性的任务或在相同时间限制内完成的任务进行降级，还可以对项目进行组织并添加结构。在 Project 2003 中，这些摘要任务表示项目的阶段或子阶段。可以将代表阶段或子阶段的任务升级，建立一个层级的结构来反映任务间的相互关系，从而形成有清晰结构的大纲，使项目结构一目了然。

（3）工作分解结构

为了保证整个项目的顺利实施，还需要把主要任务逐步分解为可操作、易控制、易管理和易检测的小任务。这种分解的方法就叫做工作分解结构（WBS），WBS 是一种用于组织任务分解以便报告日程和跟踪成本的分层结构。Project 2003 在项目中使用一系列的数字、字母或者二者结合所组成的任务标识号来表示任务大纲结构。通过这种如同书籍中的章节号的表示可以使项目的层次结构清晰，并且通过使用这些表示代表任务，也可以方便而又简便地描述任务，同时还可以在 Project 2003 中的"网络图"视图中方便地引用。

（4）创建任务关系

在创建好项目任务之后，就需要为每一项任务分配执行任务所需要的时间了。对于每一个任务，需要为它安排任务时间，设置任务限制类型，设置任务优先级别，以及根据任务的先后次序建立任务之间的链接。

3. 分配项目资源

项目是由一个个的任务组成的，但是任务又需要资源来完成和支持，因此给任务分配资源是项目创建的一个重要组成部分，资源分配的合理与否是任务能否顺利完成的关键，也是项目成败的关键。资源就是完成项目所需要的人力、物力、设备和资金等。资源管理是 Project 2003 的另一个重要的内容，利用它可以管理项目中每个资源的详尽信息，编制资源库，并按类别组织起来，把资源分配到各个任务上，同时帮助检查分配的资源是否超出了现有的强度，以及调配平衡资源。使用 Project 2003 定义资源及分配资源，可以实现下面几个目标：

● 跟踪资源的去向，即查看资源究竟分派给了哪些任务；
● 识别出潜在的资源短缺，防止因为资源短缺延长项目周期；
● 找出未充分利用的资源，避免资源浪费；
● 明确责任划分，减少因为失误造成的风险。

项目经理在分配项目资源时，应理解和把握以下几点。

（1）资源库管理

为了使用资源，在 Project 2003 中首先需要建立资源库。资源库是项目中所有使用到的资源的集合，资源库中的每一个资源通过一系列的资源信息进行描述。每个资源包括以下资源信息：资源的基本信息，如名称、类别等；资源的费率，该信息代表了使用该资源的成本；资源的日历，即用于为单个资源制定工作时间和非工作时间的日历。

在 Project 2003 中，可以使用"资源工作表"视图来建立和修改资源库信息。"资源工作表"视图使用电子表格的格式显示关于每种"工时"或"材料"资源的信息。通过创建资源列表，可以一次性输入项目中所有资源的信息。

资源库建立之后，就可以向项目任务分配资源了。资源和任务的关系是复杂的，一个资源可以在多个任务中工作，一个任务也可以有多个资源共同完成，一个资源可以在一个任务中投入它的全部时间，也可以投入部分时间。资源在任务中工作与否、参与任务的程度，都会影响到项目的成本、进度等。

（2）资源冲突定位

在向任务分配资源的时候，可能导致资源过度分配而造成资源冲突。资源过度分配主要有两种表现，一是分配给一个资源的工时总量大于它的最大可用工时量；二是同一种资源被分配给重叠的几个任务或项目中。

在 Project 中，可以通过以下几种方式定位资源冲突：

1）使用"资源工作表"视图查看资源冲突

在"资源工作表"视图中使用红色标记冲突或者过度分配的资源。

2）使用"资源使用状况"视图定位资源冲突

"资源使用状况"视图通过红色标志来标记被过度分配的资源名称。从该视图上可以看到哪个资源在哪些任务上被过度分配，并且还显示了每个资源的总工时量及分配到每个任务中的工时量。

3）在"甘特图"视图中定位有冲突的任务

在"甘特图"视图中，利用"资源管理"工具栏可以快速地定位有资源冲突的任务。

三、考试训练

考试要点：掌握创建项目文件之前需要了解的项目基本信息的内容；掌握如何创建任务及其组织任务大纲结构；掌握资源库的创建和管理及其资源冲突定位的方法。

1. 创建项目文件之前需要明确哪些内容：

A. 明确总体目标

B. 确定任务细节

C. 规定时间限制

D. 配置资源

参考答案：A、B、C、D。

2. 使用 Project 定义资源和分配资源，有利于项目经理实现项目资源管理上的哪些目标？

参考答案：跟踪资源的去向；识别潜在的资源短缺；找出未充分利用的资源；明确责任划分。

模块二　项目管理应用

一、知识点

通过本模块的学习，可以了解项目计划创建后，项目管理的一些基本的应用。本模块的内容包括：项目成本管理、项目优化、项目跟踪、项目总览与打印。

二、知识点分析

1. 项目成本管理

在 Project 中，成本基本上可以分为两类：一类是资源成本，另一类是固定成本，二者相加为总成本。

在 Project 中，计算项目成本的一般方法是先给资源指定成本，即为资源设置费率，然后给任务分配相应的资源，最后系统根据基本费率，在任务上投入的工作时间及投入量自动计算出每个资源在每项任务上的预算成本，最后通过累加项目的任务成本和固定成本得到项目的总成本。

任务本身的固定成本是指不管任务持续多久，也不论是否为其分配了资源，都会发生的与任务工期的长短和资源分配的多少无关的成本。

资源成本和任务固定成本都有 3 种累算方式：

● "开始"方式，Project 2003 将在分配的任务开始时就累算成本；

● "按比例"方式，Project 2003 将在任务进行过程中按照任务进行的时间比例累算成本，这是默认方式；

● "结束"方式，Project 2003 将在分配的任务结束时累算成本。

在 Project 2003 中，可以分别从"任务视图"和"资源视图"中查看和分析项目成本。通过 Project 2003 中的成本跟踪，可以比较原始成本估计、实际成本和计划成本，并在任何时间按照任意详细程度查看成本间的差异。可以通过降低资源的费率、减少任务的工时、减少资源的分配单位、减少加班、替换资源、减少任务的固定成本等几种方式优化成本结构。

2. 项目优化

在复杂多变的项目中，什么是影响项目进程的关键，如何才能确保项目按期交付，是每个项目管理人员最关心的问题之一。为了对项目进行有效的控制，首先需要在项目规划和实施阶段动态地识别关键路径和缩短关键路径的策略。

关键任务就是为了准时完成项目而必须按时完成的任务。如果关键任务落后了，那么项目的完成时间就会落后。由关键任务组成的一系列日程称之为关键路径，关键路径上的每一项任务为关键任务。

非关键任务是指在保证不影响项目进度完成时间的前提下，具有一定可调整的浮动时间的任务，或者在多重关键路径概念下，不会影响任务群进度的任务。

在 Project 2003 中，可以使用"甘特图"、"网络图"、"表格和任务筛选器"来查看关键路径。在识别出关键任务和非关键任务之后，一些方法可以用来缩短项目工期，如：

（1）分解关键任务

在制定项目计划时，可能将一些似乎相关，但实际上相关性并不强的任务视为一个任务来处理，也可能有些任务分解得不够细致，致使将一些本可以同步进行的任务视为具有前后关联的任务，从而高估了工期。所以，对于关键路径上能够再分解的任务一定要继续进行分解，将一个大的任务分解成若干个具有可同步性的子任务，可以达到缩短关键任务的工期乃至整个项目工期的目的。

（2）增加任务资源

当关键任务的类型为"固定单位"时，增加任务的资源也可以缩短工期。在使用此方法的时候需要注意以下几点：

● 增加的资源数量不能大于资源的最大可用量；

● 增加资源必须是在关键路径上；

● 关键任务的缩短可能会变成非关键任务。

3. 项目跟踪

项目在实施过程中将会产生各种各样的变化，只有通过不断的项目跟踪才能确保项目按计划进行，确保项目进度。项目跟踪应重点把握以下内容：

（1）正确理解项目跟踪

跟踪指的是在项目运行过程中把实际发生的情况与原来估计的情况进行比较。这个在计划制定结束时定下的原始计划就成为基准。只建立基准还不行，还需要了解跟踪项目有关具体步骤并建立有效跟踪处理程序。Project 能对项目计划中的估计情况与当前运行中的实际情况进行比较。

跟踪过程并不是说从项目的开始到项目结束，或从任务的开始到任务结束这么一个过程。对任务进行有规律的追踪可以有助于发现项目估计的偏差。任务延迟情况发现得越早，就越主动，越有时间去弥补。Project 能够清楚地显示出任务延迟对整个项目的影响，包括任务的延迟和资源的冲突，还能显示出不可见费用对总预算的影响。

（2）比较基准

所谓基准，指的是在计划结束时或在某些其他关键阶段结束时保存的一组原始数据或项目图。比较基准计划是指用于在项目进行过程中跟踪进度的初始项目计划（每个项目中最多为 11 个），它作为项目实施考核的依据而存在。比较基准计划是在保存比较基准时得到的日程简况，它包括关于任务、资源和工作分配的信息。比较基准一般应在项目计划实施之前保存，以便在整个项目的实施过程中对照。

设置比较基准后，Project 还允许保存中期计划。所谓中期计划，就是可以在项目的特定阶段保存的一系列任务开始日期和完成日期。通过将中期计划和比较基准计划或当前计划相比较，可以监视项目的进度或落后情况。在 Project 中，最多可保存 10 个中期计划。

在保存比较基准之后，可以通过"项目统计"中的"统计信息"查看比较基准信息，也可以通过"甘特图"中的"比较基准表"查看比较基准。

（3）跟踪项目进度

创建日程并建立比较基准计划后，应该经常更新项目日程以达到监督进度所要求的频率。为了更新日程，应估计每个任务的状态并更新日程中适当的信息。可以对比较基准计划中的任一信息进行处理或详细的跟踪。

在 Project 2003 中，可以根据输入的实际值，重排项目的剩余部分，也可以使用该信息监视任务的进度，管理成本以及制定项目人员的计划，并搜集项目的历史数据进行总结，以便于有效地制定新计划。

跟踪项目重要的是及时更新项目信息，这样可以及时反映项目的比较基准计划与实际运行状况的差异，以便于及时调整项目，达到项目跟踪的目的。更新项目信息既可以更新完整项目，又可以更新项目的部分任务。

（4）跟踪实际成本

在实际过程中，项目的跟踪和比较不仅仅体现在进度方面，项目经理还需要了解项目各阶段的成本支出，尤其是大型的项目，成本的控制对管理者来说至关重要。因此，准确地跟踪项目成本，及时地了解任务中存在哪些成本上的差异，以及需要在何处进行计划调整，这也是评价一个项目管理者优秀与否的标准。在跟踪成本方面，Project 可以完成以下功能：

1）计算任务实际成本

计算任务实际成本可以自动更新实际成本和人工输入实际成本。在自动情况下，如果已在项目计划中输入成本，Project 将根据默认的累算方法，随着任务的进行更新实际成本。在手动的情况下，只需将计算方式设置为人工，然后给资源分配实际成本就可以了。

2）查看任务成本是否与预算匹配

如果要给任务分配固定成本，则可能希望查看累算成本大于预算的任务。通过使用比较基准计划创建一个预算并对项目成本进行跟踪，可以及早地发现成本超支并对日程或预算做出相应调整。Project 会计算每个资源工时的成本、每个任务的总成本、每个资源的总成本和项目总成本，这些成本将视为目前规划成本或计划成本，反映的是项目进展过程中最新的成本状况。

3）查看资源成本是否与预算匹配

用户同样可以通过相应的视图来查看相应于某任务的资源成本是否超出预算。

4）查看超支预算的任务

可以通过特定的视图，利用 Project 提供的筛选器快速查看出成本超出预算的任务和资源。

4. 总览与打印项目

创建好一个完整的项目计划后，用户首先要总览项目计划才能对其有个全局性的了解。同时，为了对该计划的可行性进行讨论，有必要将项目计划打印出来，并分发给项目组成员共同审阅。在总览和打印项目方面，Project 主要能帮助项目管理者完成以下几个方面的功能：

（1）总览项目计划

任何一个大项目在具体实施时都会涉及到很多细节上的问题，这就要求用户在执行计划时必须不断地对项目进行全面的审阅，结合实际情况对项目中涉及的资源进行调整，以达到最优状态。Project 中，用户可以通过标准报表和项目统计对话框两种方式来总览项目计划。

（2）筛选项目任务

在项目审阅过程中，可能会由于某种原因需要特别注意一组特定的任务或资源的相关信息。例如，希望检查一下成本大于某特定值的任务；看资源分配得是否合理；或者想查看某段时间范围内的任务等。对于这种有特殊要求的操作，用户可通过 Project 提供的筛选器工具来完成相关的操作。

Project 提供了两类筛选器，一类用于查看特定任务，一类用于查看特定资源，筛选器的作用就是通过定义一组准则，筛选出符合准则的任务或资源，并将它们突出显示出来。

（3）格式化视图

在处理大型的项目计划时，面对众多的任务计划，用户往往很难快速有效地找到自己所需要的信息。因此，为了将注意力集中到主要的信息上，用户可以通过一系列相关设置对诸如必须在指定日期之前完成的任务或过度分配的资源等内容进行突出显示，也可以直接为要关注的信息设置不同的字体显示来区分于其他信息。

（4）打印视图和报表

为了使项目的管理更加有效和合理化，参与项目的人员之间进行信息的交流是必不可少的。因此在使用 Project 时，用户可以将有关项目信息的视图和报表打印出来，将其分发给项目组成员，从而达到相互交流的目的。

三、考试训练

考试要点：了解 Project 在项目成本管理、项目优化、项目跟踪、项目总览和打印方面提供的功能。

1. Project 在成本跟踪方面能够提供哪些功能？

参考答案：自动或手动计算任务实际成本；查看任务成本是否与预算匹配；查看资源成本是否与预算匹配；查看超支预算。

2. Project 为项目的总览和打印提供了哪些功能？

参考答案：总览项目计划；筛选项目任务；格式化视图；打印视图和报表。

第二单元　应用 Project 2003 Server

Microsoft Project Server 是一个配套程序，与 Microsoft Project Standard 和 Microsoft Project Professional 一起使用，可以在项目经理、工作组成员和风险承担者之间进行有效的工作协作。这些人员可以使用基于 Web 的称为 Microsoft Project Web Access 的用户界面来审阅和使用 Microsoft Project Server 信息。

项目经理可以通过 Microsoft Project Server 向项目组成员分配任务，并跟踪已完成的工作；可以自动或手动接受来自项目组成员的任务更新，并将更新的信息合并到项目中；还可以按所需格式请求和接收状态报告，并将各个状态报告合并到一个项目状态报告中，然后将该报告提供给高层领导。

项目组成员可以审阅其任务分配，对项目经理为其进行的工作分配做出响应，定期发送已完成工作的更新。还可以创建新任务，并将这些任务发送给项目经理进行审批以及将这些任务合并到项目文件中。可以在"甘特图"对任务进行分组、排序和筛选，以便侧重于特定的信息。根据 Microsoft Project Server 管理员赋予的权限，项目组成员还可以查看整个项目的所有信息，而不仅仅局限于分配给他们的任务。

其他的项目经理或高层主管人员也可以审阅项目、任务和资源信息，了解项目的进度、存在的问题和风险。

在本模块中简单地介绍 Microsoft Project Server 2003 软件的基本应用，让本书的读者对该项目管理软件有个初步的认识。如果希望更加深入的应用该软件，读者可以阅读相关的书籍。

模块一　客户端主页、任务、项目

一、知识点

通过对本模块的学习，可以了解 Microsoft Project Server 2003 在客户端—主页、客户端—任务和客户端—项目能够提供的项目管理功能。本模块的知识点包括：客户端—主页、客户端—任务、客户端—项目。

二、知识点分析

1. 客户端—主页

客户端主页如图 4.2-1 所示。

Project Web Access 是用于处理存储在 Project Server 中信息的界面。主页是打开 Project Server 的第一界面，通过主页可以进入其他功能的操作。在这个主页中，项目经理/项目组成员可以一目了然地看到：

●是否有来自资源的任务更改；

68

- 是否被分配了新的任务;
- 是否有被申请需要提交的状态报告;
- 是否被分配了与某风险相关的项目任务;
- 是否被分配了与某问题相关的项目任务。

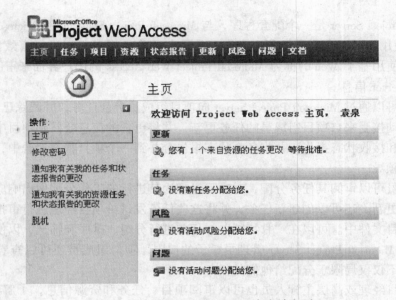

图 4.2-1　Microsoft Project Serve 客户端主页

当上述变化发生时,Project Server 会通过邮件自动通知项目经理/项目组成员,项目经理/项目组成员可以通过设置,改变通知的方式。其中左边栏中"通知我有关我的任务和状态报告的更改"是项目组成员的设置功能,"通知我有关我的资源任务和状态报告的更改"是项目经理的设置功能。以项目组成员为例,详细的通知方式设置是以下三个方面的组合:

- 被通知人的电子邮件地址;
- 在什么条件下发送电子邮件,这些条件如:在我的项目中,我收到新的任务分配、我的项目任务已修改等;
- 以什么样的频率发送电子邮件。如,在任务开始前 1 天通知我。

2. 客户端—任务

项目组成员可以通过"客户端任务"页进行如下操作:

- 显示跟自己相关的任务。可以显示为时间表视图,也可以显示为甘特图;既可以显示当前的任务,也可以显示所有的任务;
- 拒绝项目任务。不管出于什么样的原因,当你不能接受项目经理分配的任务时可以拒绝项目任务;
- 在项目任务中可以查看备注信息,也可以链接与其相关的问题、风险和文档或创建链接与其相关的问题、风险和文档;
- 通知项目经理您不能执行项目工作的时间;
- 可以将自己分配到某个任务,也可以将任务委派给另外的项目组成员;
- 对项目任务进行筛选、排序和分组,以便查看或打印;

●输入项目任务完成的进度，实际完成的时间。选定全部或特定的项目任务进行全部更新或更新特定的行。

通过"客户端任务"页，项目成员可以查看分配给自己的任务，即使同时承担了多个项目的工作，所有任务都可以一目了然。项目成员可以拒绝项目经理分配的任务或及时将任务完成情况通知项目经理，如果任务有相关的文档、风险、问题可以直接创建链接到任务中。

3. 客户端—项目

"客户端—项目"页主要为项目经理提供一个项目任务编辑及其发布的工作平台。具有足够权限的高层管理者也可以通过"客户端—项目"页，查看所有正在执行的项目。

项目经理可以通过"客户端—项目"页完成以下项目管理功能：

●选中特定的项目，打开其 Project 2003 界面，完成所有的 Project 2003 所具备的应用功能，操作的结果自动保存到服务器，并通过 Web 发布变更的项目信息；

●可以按不同的大纲级别显示打印项目任务，也可以通过筛选/分组/搜索显示所关注的项目任务；

●可以查看所有的项目任务，将项目任务与问题、风险和文档创建链接。

三、考试训练

考试要点：通过对本模块的学习，读者应了解项目经理或项目组成员通过 Project Server 提供的客户端—主页、客户端—任务、客户端—项目所能完成的项目管理和项目沟通功能。

1. 通过客户端主页，项目组成员可以完成哪些方面的功能？

参考答案：通过客户端主页，项目经理可以查看是否有来自资源的任务更改。包括项目经理在内的所有项目组成员可以查看是否被分配了新的任务、查看是否有被申请需要提交的状态报告、查看是否被分配了与某风险相关的项目任务、查看是否被分配了与某问题相关的项目任务。通过客户端主页，所有项目组成员可以通过设置，改变通知的方式。

模块二　客户端资源、状态报告、更新

一、知识点

通过对本模块的学习，可以了解 Microsoft Project Server 2003 在客户端—资源、客户端—状态报告和客户端—更新等页面能够提供的项目管理功能。本模块的知识点包括：客户端—资源、客户端—状态报告、客户端—更新。

二、知识点分析

1. 客户端—资源

项目经理或高层领导可以通过"客户端—资源"页查看资源的分配情况。在"可用资源"中选择所关心的资源添加到"要显示的资源"列表中，点击"应用"后即可查看该资源目前所承担的工作。

2. 客户端—状态报告

项目经理可以通过"状态报告"页来请求、收集、合并和创建基于文本的状态报告。状态的请求和报告格式可以进行自定义，其默认的状态报告格式包括"主要成果"、"目的"和"热点问题"等标题，状态报告页如下图 4.2-2 所示：

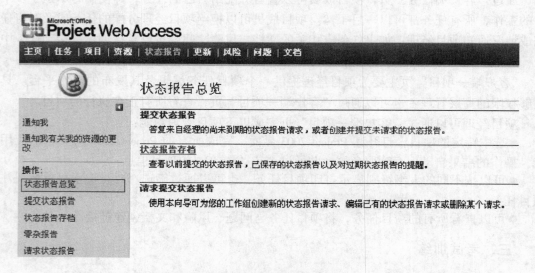

图 4.2-2 状态报告总览

在没有得到项目经理请求的情况下，项目组成员也可以主动提交项目报告。项目经理在请求项目报告时，可以自定义要求报告的内容，也可以同时向多个资源请求报告。系统可以自动合并来自多个资源的报告，形成一个总体报告。在请求状态报告中设置需答复此报告的资源，Project Server 2003 可以设置自动合并多个独立答复的状态报告。

3. 客户端—更新

项目经理可以通过"客户端—更新"页查看对项目任务和资源的更新，而且可以用最新信息更新项目计划。

项目经理可能收到的任务更改类型包括：
- 任务更新；
- 新建任务请求；
- 任务委派请求；
- 资源拒绝的工作分配；
- 资源拒绝的任务委派请求。

更新的方法有两种：
- 手动，选中每个资源提交的更改任务请求，单击"更新"来更新项目计划；
- 自动，可以通过创建规则，无需在批准前进行查看，符合条件的项目任务变更请求就自动进行更新。

自动接受更改规则允许自动处理任务更新和来自工作组成员的其他更改请求，但项目经理必须小心设置规则，以保证项目执行过程在控制范围内。

如下图 4.2-3 所示，可以通过既定的步骤制定新的规则。

通常，为了更好的控制项目执行过程，应当设置规则管理特定的任务类型，设置自动接受更改规则所管理的项目，同一个规则可以管理多个项目。设置自动接受更改规则所管理的资源，项目经理可以根据资源在项目中承担任务的不同为每个资源或一组资源设置规则。

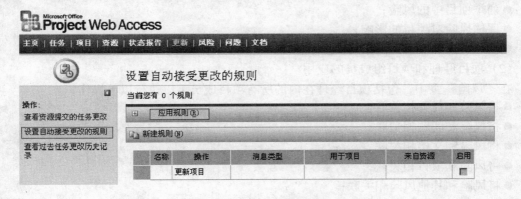

图 4.2-3　自动规则列表

三、考试训练

考试要点：通过对本模块的学习，读者应了解项目经理或项目组成员通过 Project Server 提供的客户端—资源、客户端—状态报告、客户端—更新所能完成的项目管理和项目沟通功能。

1. 通过客户端"状态报告"页，项目组成员可以完成哪些方面的项目沟通功能？

参考答案： 项目经理可以通过"状态报告"页来请求、收集、合并和创建基于文本的状态报告。状态的请求和报告格式可以进行自定义；在没有得到项目经理请求的情况下，项目组成员也可以主动提交项目报告；系统也可以自动合并来自多个资源的报告，形成一个总体报告。

模块三　客户端风险、问题、文档

一、知识点

通过对本模块的学习，可以了解 Microsoft Project Server 2003 在客户端—风险、客户端—问题和客户端—文档页中能够提供的项目管理功能。本模块的知识点包括：客户端—风险、客户端—问题和客户端—文档。

二、知识点分析

1. 客户端—风险

风险是可能发生的对项目具有消极影响（如果发生）的事件或条件。风险和问题不同，问题注定要发生或当前正在发生，如果没有有效地解决风险，风险就会成为问题。风险管理就是识别、分析和解决项目风险的过程，以避免风险成为问题并造成危害或损失。以下是 Project 项目管理软件对项目风险管理提供的支持功能：

（1）项目经理的风险管理操作

使用 Microsoft Office Project Web Access 2003，可以执行以下风险管理操作：

●列举项目中的风险；

●评估风险对项目的影响；

●规划应急和缓解风险策略。

（2）项目经理和项目组成员的应用

在"风险"页中，包括项目经理在内的所有项目成员可以执行以下操作：

●将风险和任务相关联；

●将风险和问题相关联；

●将风险和文档相关联；

●将风险和项目相关联；

●将风险和其他风险相关联；

●要求项目经理批准风险；

●选择通过电子邮件将风险通知发送给项目组成员。

项目经理和项目组成员可以方便地为项目中的特定任务、整个项目或与项目相关的文档提交风险。一旦提交了风险，就可以通过 Microsoft Office Project Web Access 2003 查看所有与项目相关的风险。

（3）风险的其他信息

根据项目管理平台为项目风险设置的域，项目经理和项目组成员可以输入有关风险的其他信息，以帮助您进行风险分析，如：

●概率：使用百分比值指定风险会发生的概率；

●影响力：指定在实际出现风险的情况下负面影响的严重性；

●成本：指定在实际出现风险的情况下对成本的影响；

●类别：指定风险类型；

●说明：指定风险的特征；

●缓解计划：指定缓解风险的计划；

●触发说明：指定触发类型；

●应急计划：指定在出现风险的情况下可以执行的计划；

●触发：指定触发应急计划的条件。

（4）风险的相关链接

在风险列表中添加与任务、文档、项目或者是其他风险相关的新风险，输入有关该风险的必要信息，然后将该风险链接到适当的相关任务、问题和文档中。可以将单个风险链接到任意数量的任务、问题和文档中。

2. 客户端—问题

使用 Microsoft Office Project Server 2003 时，通过使用"问题"页查看和提交问题，可以方便地跟踪整个项目周期内出现的问题。通过使用问题跟踪与工作组成员和风险承担者对问题和相关操作项进行交流，可以提高项目管理的效率和效果。

问题可以和项目、任务、文档以及其他问题相关联。使用问题标记可以明确地标记问题，最近分配的问题显示在主页中。可以设置电子邮件通知，以在打开、分配或更新问题时收到通知，并跟踪问题状态。根据为解决问题所采取的操作，问题可以标记为活动、关闭或延迟。

3. 客户端—文档

使用"文档"页可以查看、上载项目相关文档并将其链接到任务，从而方便地管理这些文档。为了便于访问，管理员可以建立文档库。文档库有两种不同的类型：

（1）项目文档库

这类文档库存储着与特定项目有关的文档。是否能够访问此库中的文档取决于为项目经理、工作组成员和其他风险承担者设置的权限。必要的文档属性是由组织的管理员定义的，得到授权的用户可以为项目创建其他文档库。默认情况下项目经理有设计列表的权限，可以对特定的文档库进行更改。

（2）公共文档库

这类文档库存储着组织中所有用户都能使用的文档，对该库中文档的访问权限由服务器管理员定义。尽管任何用户都能向该库提交文档，但只有得到授权的用户才能创建和自定义公共文档库。

三、考试训练

考试要点：通过对本模块的学习，读者应了解项目经理或项目组成员通过 Project Server 提供的客户端—风险、客户端—问题、客户端—文档页所能完成的项目管理和项目沟通功能。

1. 通过"客户端—文档"页，项目组成员可以完成哪些方面的项目管理功能？

参考答案：使用"文档"页可以查看、上载项目相关文档并将其链接到任务，从而方便地管理这些文档。为了便于访问，项目经理可以按一定的规则建立文档库。

第五部分　项目团队建设

在通常的项目管理环境中，评价项目管理的成功往往采用三条最基本的衡量标准，即进度、质量和成本，而很少考虑其他方面的因数。事实上，进度、质量和成本这三个衡量标准仅仅是项目的输出结果，所有的这些输出结果都是由项目组成员及其相关人员共同来完成的，只有通过项目团队的管理和建设，才能使得项目组成员及其相关人协调一致，完成各自应该完成的工作，从而保证进度、质量和成本这些输出的质量。人力因素可以在项目管理中的三个标准之间架起协同一致的桥梁，人力因素在保证低成本、快速度和高质量地完成项目的过程中发挥着重要的整合作用。

Harold Kerzner 博士在项目管理的 16 条至理名言中指出，"选择合适的人做项目经理"。Charles Martin 认为："项目管理如果没有好的项目经理是不会成功的，因此，如果总经理层选定了一个项目，那么当然应该同时选一个好的领导者。"

在项目成员的挑选上，始终要考虑技术精通程度、经验、性格和教育等诸多因素。仅仅依赖于某一个可变因素可以导致人员和工作的不般配，以至于项目最终的失败。

第一单元　项目团队组建

模块一　项目经理的挑选和自我成长

一、知识点

本模块的知识点围绕项目经理的职责，说明完成职责所需要的技能要求、角色转换要求，并给出了企业培养项目经理的一般方法。

管理职能是项目经理的主要职责，是通过计划、组织、领导和控制，以达到项目目标的过程。为了完成职责，要求项目经理应该在具备基本的品质和能力的基础上，具备综合项目管理等相关知识，掌握团队的组建和领导、专业技术知识、计划编制、资源配置等技能。为了完成从技术人员到项目经理的角色转换，需要围绕职责变化，改变思维惯性，在工作目标、工作过程的关注点、业绩、工作方式等方面重新定位。

二、知识点分析

实施项目管理是以项目团队为实体来运作，在有效的资源以及时间、成本、绩效/技术的约束下，实现最终目标，如约定的利润目标、客户满意等。这虽然需要项目团队的共同努力，但项目经理是责任人，也是项目成功的关键因素之一。因此，项目经理应该清楚自己的职责和作为一个成功的项目经理应具备的技能要求。鉴于自动化系统工程项目经理一般都是由技术人才转型而成，如何实现成功转型理应特别受到关注。

1. 项目经理的职责

项目经理的职责主要是管理职能，即对资源进行计划、组织、领导和控制，以快速有效地达到项目目标。对于自动化系统工程，管理职能很大程度上建立在对技术某种程度的掌握基础上。

（1）计划

项目目标明确后，项目经理应和项目组共同沟通，将目标分解为一系列的计划，包括项目主体计划、成本计划、进度计划、质量计划、风险计划、采购计划、组织计划、沟通计划等，通过这些计划才可能对项目的各项活动和任务的完成做出系统的安排。项目经理是计划的主要制定和决策者，并对项目计划工作负主要责任。

项目经理的主要计划职责可用如下活动描述：明确项目目标，并就该目标与项目利益相关者取得一致意见；与项目组织就这一目标进行沟通交流，一起制定实现项目目标的各项具体计划和集成计划，并对成功地完成目标所应做的工作形成共识。

（2）组织

项目经理作为项目组织者，要负责进行项目团队的组建，分配项目团队角色，决定哪些工作由项目团队内部完成，哪些工作由公司的其他部门或分包商完成。对于那些由团队内部进行的工作要进行任务分派，授予团队成员相应的权力；对于由公司的其他部门或分包商完成的工作，项目经理应对工作范围做出清楚的划分，并与公司的其他部门或每一位分包商协商达成共识或签署合同。项目经理在组织方面的主要职责是努力为项目实施获得足够的人、财、物等资源，使人与事得到合理的配置，保证高效完成项目目标所规定的各项任务。

（3）领导

领导就是通过有效的沟通和激励，充分调动组织成员的主观能动性，使他们能够理解他们在实现组织目标过程中所起的作用。项目经理的领导职责主要表现在四个方面：一是充分运用自己的职权和个人领导力去影响他人；二是作为客户、高层经理和职能经理的沟通中心，与各方进行有效的沟通；三是对每一个成员进行有效地激励，使项目组成员齐心协力、全心全意地工作；四是有效地解决可能出现的各种矛盾和冲突。

领导的本质是下级真心诚意的追随。作为一个项目经理，项目组成员常常来自于不同的职能部门，具有不同的专业特长，要使大家在一个临时性的组织中努力工作、相互协作，更多地是要以自己的影响力获得成员的热爱，要能营造一种工作环境，使所有成员都能士气十足地投入工作。

（4）控制

控制就是跟踪实际工作进程并将其与计划进程进行比较，发现问题，及时纠正，以保证项目计划的有效实施。项目经理的控制职责主要是全面对项目进行监控，了解项目实际进展状况，及时发现偏差，并采取措施加以纠正，使项目工作处于受控状态。

2. 项目经理的技能要求

成功的项目经理，个人首先应该具备基本的品质和能力，这也是项目经理选拔的基础，其次才能在这个基础上，综合项目管理等相关知识，不断提升，掌握各种项目管理技能，这样，才能胜任各种复杂项目的挑战。

（1）基本品质和能力

成功的项目经理一般都具有责任心强，诚实正直，沉着自信，积极主动，有高度的组织性和纪律性等品质。

在个人能力而言，成功的项目经理一般在以下几个方面表现出较强的能力：

● 应变能力和适应能力；

● 善于发现问题，并找到解决方案的能力；

● 具有综合判断，善于在各种情况下寻求平衡的能力；

● 决策能力；

● 沟通能力；

● 理解他人，擅长人际交往的能力；

● 表达能力，有效说服他人的能力；

● 兴趣比较广泛，是通才而非专才等。

（2）项目管理技能要求

为了与所承担的职责相匹配，项目经理还应具备多重与项目管理相关的技能，这些技能主要可以归纳为：团队的组建和领导、专业技术知识、计划编制、资源配置等技能。不妨把以上项目管理技能看成是各类知识和各种基本素质、能力有效结合形成的综合能力来理解。

1）团队组建技能

就是通过一系列的管理技能，识别、选派和整合不同的任务组，并营造有助于团队协作、有效沟通、成员之间有信任感、成员信守承诺的氛围，使团队作为一个和谐的组织。这需要人力资源管理的部分知识、项目经理诚实正直的品质和沟通、人际交往等方面的能力。

2）领导技能

领导能力主要是指在应变能力、人际交往能力、沟通能力等基础上，结合管理经验等，形成的解决问题能力、平衡技术、经济与人员因素的能力、指导和影响下属的技能。领导技能要能够在相对松散的项目组织中将团队成员凝聚起来，并在项目环境下通过其自身的影响力，跨职能部门地组织、支持成员工作。

3）技术技能

掌握和理解项目涉及的工程相关技术、产品应用、技术的趋势和发展、支持性技术之间的相关关系、市场以及客户技术需求、相关技术团体等方面的知识。

4）计划编制技能

由于项目组织具有临时性、较为松散的特点，项目计划编制的难点是要争取足够的资源支持。计划编制技能主要是通过沟通和信息处理技能确定实际的资源需求和进度安排。在必要的行政支持下，项目经理需要争取得到相关组织核心人员提供的资源和帮助，在此基础上，根据计划和预算的相关知识，编制合理的进度计划。

5）资源配置技能

在落实项目计划的过程中，由于多种组织之间的相互依赖和有限资源的争夺，使得人员分配、优先级以及间接人力成本的控制很困难。项目经理需要资源配置技能，利用应变、快速适应能力以及沟通、决策能力，适当合理地调整计划以顺应资源变化，保证整体计划的完成。

除以上几点外，还应具有能够在项目组织设计的基础上，确定汇报关系，职责、直线控制和信息需求的组织技能、冲突解决技能等。

3. 实现从技术到管理的成功转型

自动化系统工程一般都涉及到多种学科知识。由于技术门槛高，项目经理一般都是从技术人员中选拔出来的，他们大多是具备自动化相关专业、项目管理知识与技术的复合型人才。

从技术人员、工程师、甚至可能是技术专家到项目经理，这种角色的转型跨度对有些人来说是很大的。

技术人员熟悉本专业技术，这有助于尽量避免技术决策上的错误，而且与项目成员有共同语言，能够在专业上指导下属，具有专家性权力基础。所以当他成为项目经理时，对项目成员具有一定的影响力。

但技术人员担任项目经理，也可能存在潜在的不利。有些人角色改变后，往往按照以前的思维惯性，用处理技术的方法和心态去处理团队管理问题，而没有意识到他们管理的对象已经不是可控、可观测的控制对象了，而是有思想、有感情的活生生的人。当出现这种情况时，组织内部容易出现人际摩擦和情绪性冲突，并影响项目最后的成功。因为沉迷于技术细节，造成缺少对人的关注，缺少对必要沟通的关注，缺少对必要的计划和工作安排的关注。在上述情况下，项目经理很容易错位、缺位或越位，导致整个项目团队在低效、甚至混乱中运行。

要想成功地从技术专家转型为成功的项目经理，需要在以下方面改变思维，做好角色的转变：

(1) 明确项目经理的职责变化并重新定位

首先，要将工作重点放在关注技术人员的合理组织和调配上，使他们最大程度地发挥专长，做到人尽其才，以调动成员的积极性。

其次，实现从关注细节到着眼大局的转变。当一个人专业技术知识越多时，就越容易陷入技术细节的陷阱中。对技术细节兴趣越大，就会忘记自己管理职责的所在，难以把握项目全局的变化。

第三，项目经理应在技术上指导成员，而不是当他人的工作没有达到要求时，便去替代别人，这样，别人无法提高，以后只能继续依赖。项目经理事必躬亲的做法，会影响下属的积极性，他们得不到完成任务的成就感，没有激励，也会觉得没有成长空间。

(2) 由追求个人业绩到追求团队业绩

能够在技术上做出成绩的人，一般都能很好地管理自我，执着地追求目标，个人业绩优秀。成为项目管理人员后，就应该将追求个人业绩的观念转变为"成就自我和工作在团队之中"的观念。项目团队的业绩就是项目经理的业绩，项目出现过错，首先应该由项目经理承担，而不能简单地推到过错人的身上，因为项目经理最终是责任人。让别人也做得优秀，有时候是一件比自己做好挑战性更强的事情，但肯定比一个人做好更有业绩。

在项目中应关注的是团队目标，而不是个人业绩。

(3) 避免技术权威倾向

项目经理在技术上技高一筹时，很容易形成"听我的没错"的局面，一旦项目成员养成了服从技术权威的习惯后，在团队中就很容易形成思维盲点。这时，项目经理陷入以自我为中心的状态，不能容忍不同的意见，成为沟通的阻断器，而成员陷入一个被动听命的状态，团队效果将无法发挥。

技术权威还会将对待技术的严格认真态度习惯性地用到他人身上，导致对下属过于严格，造成士气低落，影响下属参与项目的积极性。实际上，项目经理一般只有薪酬的建议权，而不具备像直线经理一样大小的决定权，因此，应选择适合于成员的影响方式而不是强制。

(4) 由追求最优到追求满意的结果

一个项目是在资源有限的情况下达到既定目标，由于受资源限制，现实中没有最优解。我们会发现，一个问题其实有多种解决方案，最后的结果是一个选择的问题。选择 A，可能需要追加研发投入；选择 B，可能需要损失一部分功能等等，都有不尽人意的地方。因此，常常只能达到一个相对满意的结果，而不是像技术问题一样，肯定有一个标准答案。这需要项目经理综合考虑权衡多方面的利益，争取拿出最优的方案。例如，各项目都需要达到客户满意，但如果因此一味去迎合客户，势必不断增加工作，使项目无法收尾，也保证不了项目的利润。此时应该设法从技术风险或其他方面入手，通过沟通、谈判等手段去影响、引导客户。

4. 培养项目经理的方法

很显然，培养项目经理不是一蹴而就的，如何培养项目经理达到项目经理的技能要求？有统计表明，就培训方法而言，经验学习、在职培训方法占 60%，正规学习和特别课程占 20%，专业活动、研讨会占 10%，阅读自学方法占 10%。

在企业中，为了培养项目经理，经验学习和在职培训有如下做法：和有经验的职业领导一起工作、和项目团队成员一起工作、按顺序分配不同的项目管理职责、职务轮换、正规的在职培训、支持多职能活动、多参与客户联络活动等。要保证这些做法长期有效地执行，企业管理层应将培养方法制度化，并制定相应的配套激励措施。

三、考试训练

考试要点：掌握项目经理的四项主要职责和每项职责的具体内容；掌握一个成功的项目经理需要的技能要求，并理解团队组建、领导、计划编制、资源配置技能的含义；理解从技术人员成功转型为项目管理人员，在工作关注点、个人与团队目标、工作结果方面应更注重的内容，以及技术权威倾向对组织的主要负面影响。

1. 简述项目经理的职责。

参考答案：项目经理的职责主要是管理职能，即对资源进行计划、组织、领导和控制，以达到项目目标。计划，即将明确的项目目标分解为一系列步骤，诸如项目成本、进度计划等；组织，即负责进行项目团队的组建，分配项目团队角色和任务；领导，即通过有效的沟通和激励，调动组织成员的能动性，使他们能够理解他们在实现组织目标过程中所起的作用；控制，即全面对项目进行监控，了解项目实际进展状况，及时发现偏差，并采取措施加以纠正，使项目工作处于受控状态。

2. 适合于担任项目经理的人员需要在哪些方面表现出较强的个人能力？

参考答案：应变能力和适应能力、发现问题并找到解决方案的能力、综合判断能力、决策能力、沟通能力、人际交往能力、表达能力等。

3. 以下说法哪些是不正确的？

A. 项目经理的工作重点应放在关注技术人员的合理组织和调配上

B. 当一个人专业技术知识越多时，就越容易陷入技术细节的陷阱中，难以把握项目的全局的变化

C. 项目经理在技术上技高一筹时，成员会更加愿意服从，团队效果一定容易发挥出来

D. 项目在更多的时候应追求满意而不是最优的结果

参考答案：C。

模块二　项目成员的结构和挑选

一、知识点

本模块以组织行为学对群体和团队的研究结果为基础，阐述塑造一个高绩效的团队，从组建到保持这个团队需要考虑的问题，包括团队规模、成员挑选、角色与成员个性匹配、团队目标导向、责任与利益挂钩、提高成员参与水平、认清项目团队建设的障碍等七个方面。

二、知识点分析

团队组建的目的是塑造一个高绩效的团队，而影响一个团队可能达到的绩效水平，一是团队成员个人能力和人格特质即个性；二是团队的结构性因素，主要包括领导、角色、规范、地位、团队规模、任务和凝聚力等等。所以，如何塑造高绩效团队，除了上面述及的团队的领导因素即项目经理外，可以围绕成员挑选和团队结构的几个主要因素来展开。

1. 合适的团队规模

团队规模即成员人数。研究表明，团队成员多于12人，在相互交流时会遇到很多障碍，讨论问题难以达成一致，这会影响到团队的凝聚力和相互信赖感。实际工作中，团队人数是由项目的规模和企业的要求决定的，如果超过12人，则可以再分成几个小团队。

2. 成员挑选

组建团队时，成员挑选是一项非常重要的工作，选择不合适的人进入团队则一定不能形成高效团队。项目经理通常是在企业的人力资源框架下选人，不能脱离企业的选人用人标准。因此挑选成员应以此为基础，同时考虑以下几个方面：

在成员的能力方面，成员应该具有与任务相关的知识与技能，这是最基本的条件。对于高效团队来说，团队需要三种技能类型的人：具有技术专长的成员、具有决策技能的人以及善于解决冲突以及建立人际关系技能的成员。

在个性特点方面，有研究表明，对所有人来说，一个人的责任感与其工作绩效是正相关的，责任心越强，个人绩效越好。而具有积极意义的个性，如善于社交、自我依赖、独立性强等个性对团队贡献更大。因此个性在角色配置时更应受到关注。

由于项目组织具有临时性特点，所以项目经理在挑选成员时要考虑得非常周全。除员工的自然信息外，还需要了解员工的以下三个方面：一是是否拥有成功的项目经历，以找到类似的项目经验，尽量发挥个人的优势；二是工作状态，目前是否承担项目、工作饱和度如何；三是价值取向，员工看重和追求的东西以及它们的优先顺序，以有效激励员工。为此，以项目运作为主的企业应该建立一个实用的人力资源信息系统，全面提供组建团队的信息。

组成团队时，应考虑多个成员之间的配合，再挑选不同的个体，将其构建成异质性的团队，即成员个体在观点、能力、技能、经验、性别、个性上是异质的。这样多样性的选择可使团队拥有多种能力和信息，运行效率会更高。

3. 角色与成员个性匹配

项目内部的工作多种多样，需要成员担当不同的角色来完成。如果在角色分配时，能够做到员工的工作特性与其个性比较相符，发挥成员个性给团队带来的优势，那么团队的绩效水平更容易提高，成员更可能和睦相处。研究表明，一个成功的团队通常有九种角色，各角色的特征如下：

①创造者：产生创新思想，富有想象力，善于提出新观点或新概念，独立性较强，喜欢自己安排时间，并按照自己的方式和节奏工作。

②倡导者：对于新观念，他们乐意接受、支持并倡导，在创造者提出新创意之后，他们擅长利用这些新创意，并找到资源支持新创意。

③开发者：有很高的分析技能，善于评估、分析决策方案。

④组织者：喜欢制定操作程序和规程，他们会设定目标、制定计划、组织人力、建立起种种制度，以保证按时完成任务。

⑤生产者：他们坚持按时完成任务，保证所有的承诺都能兑现，让生产的产品合乎标准。他们关心最终结果，能脚踏实地地去执行。

⑥核查者：他们善于核查细节，保证避免出现任何差错。这种角色喜欢建立规章制度，并通过检查事实和数据等措施贯彻制度。

⑦支持者：他们做事有强烈的信念，他们在支持团队内部成员的同时，会积极处理外部冲突和矛盾，保护团队不受外来的侵害，增强团队的稳定性。

⑧建议者：他们善于倾听，不愿把自己的观点强加于人。他们在鼓励团队作决定之前充分搜集信息，而不是匆忙决策，在这一点上起着非常重要的作用。

⑨联络者：倾向于了解所有人的看法，他们是协调者，是调查研究者，他们在处理人和事上的态度是求同存异，尽力在所有团队成员之间建立起合作关系。

通常，人们愿意承担两三种角色，因此，项目经理必须要进行个人优势分析，将个性和工作角色要求适当匹配，这是塑造高绩效团队的基础。

4. 目标导向

有成效的团队中的每个成员都强烈希望为达到目标付出自己的努力，必要时可以加班、牺牲周末和休假等，这就是目标导向带来的推动力。考虑以下三个方面，可以帮助做到这点。

首先，团队要高度明确工作范围、质量标准、预算和进度计划，并将它们转化为一系列具体、可以衡量的绩效目标。如果有条件，可以设置一个"作战室"，即大家集中讨论目标和目标达成度的地方，使团队成员经常性地沟通，分析差距，调整方案，明确任务之间相互衔接的关系。

其次，将要实现的目标变成大家共同的追求，让每个成员都清楚这一结果，并了解到这个结果给大家带来的意义。

第三，这个目标应该是管理者和团队成员都承诺的目标，没有成员参与、以闭门造车的方式或强制性制定的目标不容易被大家从心里接受。所以，这需要团队花大量的时间来完善，使之成为一个在集体层次和个人层次都被大家接受的目标。

5. 责任与利益挂钩

如果个人的贡献无法直接衡量，群体中容易出现社会惰化，即一个人在群体中工作不如一个人独立工作时更努力的倾向。减少这种倾向的做法是，让每一个成员在集体层次和个人层次上都承担责任。当每一个成员都意识到自己有责任为实现团队目标而努力，认识到自己承担的任务不仅对团队来说很关键，对整个组织也很重要时，责任感就会变成一种工作的驱动力。

当责任与利益相互挂钩时，会促使大家负起团队的共同责任和个人责任。这要求组织采取的绩效评估和奖励制度，不但要有效激励团队成员，而且要以提高团队凝聚力为目的，在团队绩效和个人绩效相结合的基础上实施奖酬。这样可使团队成员保持在既合作又竞争的状态中，对提高团队绩效无疑有积极的意义。

6. 提高成员参与水平

在一个绩效导向的企业中，团队凝聚力越高，产出也会越高。团队成员在一起的时间越多，凝聚力就越高。因此，团队成员的参与水平是决定团队绩效的一个重要因素。

当团队在决策过程、问题解决过程中尽量让更多团队成员参与，而不是由一个较强的成员或项目经理控制时，大部分成员的合理建议都会被采纳，形成有利于实施的方案。有人可能认为这样会引起不必要的冲突，或增加沟通成本，这种担心是完全没有必要的。通常，在冲突管理中激发一定程度的冲突，可以不断提醒团队及时发现错误，决策更合理周到。另一方面，有经验的项目经理和管理者都能深刻体会到沟通的过程就是推进管理的过程，前期的充分沟通能减少很多执行问题，大大提高工作效率。而缺乏沟通、关门想出来的管理方案即使出台了，也要反过来补上沟通一课，才能顺利执行。

提高成员的参与水平，还需要团队营造一个开放、相互支持的氛围。在这种氛围中，成员地位更为平等，团队内部人际效能大大提高，成员间可以更有效地共享知识和经验，不断提高团队潜能。

另外，高绩效团队的塑造还有很多因素，如信任基础、沟通、冲突处理、坚持团队过程管理等等，这些内容在相关的知识点中会有所涉及。

7. 认清项目团队建设障碍

尽管每个项目团队都有高效率工作的潜力，在实际工作中，通常都存在一些内外环境因素，会阻碍项目团队建设。在清楚高绩效团队的特征后，认识这些障碍，对这些问题有敏感反应，并有所防范，有助于建立一个有益于项目团队的工作环境，增加成功实践项目管理的可能性。项目团队建设的障碍主要来自以下几个方面：

（1）项目中人的因素引起的障碍

表现为团队成员的专业目标和兴趣与项目目标不同、团队成员的选择以指派方式为主、成员感到受了不公正的待遇、项目经理由于管理技能和经验缺乏或其他问题造成的信誉不高、成员缺乏责任心、团队内领导权的竞争等。

（2）项目目标和任务、职责不明确

表现为项目目标频繁变换或含混不清，使团队很难明确定义任务和责任；项目任务边界不清，任务属于项目内还是项目外，在整个组织内划分不清；缺乏明确界定的工作职责和汇报结构，团队协调困难，尤其是遇到缺乏跨部门协同工作理念的部门时。

（3）项目环境动态变化

许多项目在一种不断变化的状态下运营，这些变化涉及到项目目标、项目范围、资源配置、调整性的变化或客户需求的变化。

（4）缺乏高级管理层的支持

表现在高级管理层的支持和承诺不明确而且在项目生命周期内易变，不对团队业绩和活动给予反馈，这会造成团队成员产生不安全感，导致工作热情降低和承诺降低。

三、考试训练

考试要点：掌握塑造一个高绩效的团队主要考虑的因素及其含义；掌握一个成功的团队通常需要的九种角色及各角色的特征；掌握建立以目标为导向、团队成员参与水平高的团队应关注的内容；最后理解项目团队建设存在的主要障碍。

1. 以下哪些说法是正确的？

A. 研究表明，不存在合适的团队规模

B. 组成团队时，考虑多个成员之间的配合，将其构建成同质性的团队，这样运行效率会更高

C. 团队在决策过程中需要大部分成员参加，这样执行效率会更高

D. 如果项目经理沟通能力强，团队中不会出现社会惰化现象

参考答案：C。

2. 请说出五种以上高效团队通常有的角色和特征。

参考答案：一个成功的团队通常有九种角色，各角色及其特征如下：（1）创造者：产生创新思想，善于提出新观点或新概念，独立性较强。（2）倡导者：对于新观念，他们乐意接受、支持，并找到资源支持新创意。（3）开发者：有很高的分析技能，善于评估、分析决策方案。（4）组织者：喜欢制定操作程序和规程。（5）生产者：他们坚持按时完成任务，保证所有的承诺都能兑现，让生产的产品合乎标准。（6）核查者：他们善于核查细节，保证避免出现任何差错。（7）支持者：他们做事有强烈的信念，他们在支持团队内部成员的同时，会积极处理外部冲突和矛盾，增强团队的稳定性。（8）建议者：他们善于倾听，不愿把自己的观点强加于人。（9）联络者：倾向于了解所有人的看法，在处理人和事上的态度是求同存异，尽力在所有团队成员之间建立起合作关系。

3. 项目团队建设的障碍主要有哪些？

参考答案：项目内人的因素引起的障碍；项目目标和任务、职责不明确；项目环境动态变化；缺乏高级管理层的支持等。

第二单元　项目团队的领导和管理

一个自动化系统工程项目的管理者一般会面临三项任务：决定去做什么；建立相应的人事和关系以完成相应的计划；确保上述人员确实做其应做的事并用正确的方法做事。

决定去做什么，即确立方向、计划和预算。确立方向部分即为领导的工作，计划和预算即为管理工作，计划是方向的补充。

建立相应的人事和关系以完成相应的计划，即结盟、组织和配备人员。结盟即为领导的工作，与任何有助或有害于相关工程实施的人员沟通，尤其是下属，打开沟通的渠道，强调上下级的平等，强调团队的共同目标，只有这样才能发挥团队成员工作的主动性。组织和配备人员即为管理工作。

确保上述人员确实做其应做的事，即激励他人、控制和解决问题。成功的激励将确保团队成员拥有足够的精力去面对困难，克服困难。当团队成员能够主动的工作，主动想办法克服困难的时候，项目管理工作将会是相当的主动。这时候，只要告诉他（他们）一个项目的阶段性目标和控制过程的关键点即可。当然，同时必须建立控制机制和解决问题机制以保证工作的有序。

将强有力的领导和强有力的管理结合起来并使其相互制衡，在充分挖掘团队成员主动性的同时，建立控制机制和解决问题机制以产生某种有序的结果。

项目经理的挑选对整个团队具有很重要的影响。由此，那些负责遴选项目经理的高管人员需要重新考虑自己的选才方式。通常，如果高管认为某个团队面对的挑战纯粹是技术性的，那么他们很可能仅仅出于技术能力的考虑任命团队领导。在极端糟糕的情况下（遗憾的是这种情况并不少见），这种做法会导致灾难性后果。大家都认识一些缺乏人际交往能力的超级明星式的技术官僚。当然，朝另外一个极端走得太远也会犯错误。如果团队领导在技术上无能，那么他们不仅可能做出错误决策，而且也不具备鼓舞团队所需的信誉度。所以，管理层除了关注一个人的技术能力，还要考虑除此以外的其他素质，寻找到这样一个项目经理——这个人必须能够激励和管理由各类技术专才组成的团队，使团队学习必需的新技能和新做法，最终走向成功。

模块一　项目团队的领导

一、知识点

学习本模块的目的在于了解如何在项目环境下进行团队的领导。本模块的知识点包括：以身作则、共启愿景、挑战现状、使众人行、激励人心。

二、知识点分析

1. 以身作则

项目经理要以身作则，光有项目经理的头衔还不够，项目经理要靠自己的行动赢得人们对您的尊重。作为项目经理，最好不要要求别人做你自己都不愿意做的事情。当项目团队组建以后，项目经理要有效地表达出他希望别人采取的行为模式，明确指导原则。

例如，北京地铁13号线综合监控自动化系统的项目经理在其团队建设中提出了3条行为基本准则：一是顾客驱动的组织原则；二是生活在团队之中；三是用正确的方式做正确的事。顾客驱动的组织原则是以满足客户的期望为己任，不仅要满足顾客在系统应用需求方面的期望，还要满足进度、易于合作、愉快合作等方面的需求。生活在团队之中的核心内涵是"分工合作"，就是团队成员各自负责一块工作，在做好这个工作的基础上，加强合作。另外当项目组成员碰到困难时通过团队的努力加以解决，工程经验与团队共享。用正确的方式做正确的事就是首先通过系统思考和团队沟通确定什么是团队应该做的事，而且是必须做的事，然后提出并遵循一种比较好的做事方法，一次将事情做到位。

项目经理一定要打开心怀，让项目干系人了解自己真实的想法，这意味着要谈论自己的理念。项目经理经常要处理包括冲突在内的很多事物，项目经理要站出来维护自己的信念。

然而，滔滔不绝地谈论组织共同的理念还不够。项目经理的行为比语言更重要，它可以反映出项目经理是否真正认真对待自己所说的话。项目经理应该走在前面以身作则，通过日常的行动来说明自己认同某些信念。要做出杰出的成就，组织中就没有不重要的任务。

以身作则在项目领导中，就是通过项目领导者，即项目经理个人参与和行动，为自己赢得领导的权力和尊重。先让人们追随自己，再做计划。

2. 共启愿景

当那些领导者描述他们个人最好的领导经历时，他们讲述的，总是那些他们为组织描绘的一个个令人激动的、非常吸引人的未来的时刻。他们有远见，对未来有梦想，他们自己绝对相信这些梦想，并且相信，他们有能力让奇迹发生。每一个组织，每一次扩张，都开始于一个梦想，梦想与愿景是改变未来的力量。

组织开拓某项业务总是从某个项目开始的，领导者有一种欲望，即改变事情的本来面目，创造前人没有创造的奇迹。在某种意义上，领导者生活在未来。

为了让人们接受愿景，项目领导者一定要了解项目组成员，用他们的语言说话，要让他们相信，项目经理了解他们的需要和想法。领导是一个对话的过程，而不是领导者一个人的独角戏，要获得众人的支持，领导者就要了解项目组成员的希望、抱负和价值观。

领导者要激活其他人的希望和梦想，让他们看到他们完全有可能抓住这样的未来。领导者要不断地告诉其追随者，这个梦想符合大家的利益，这样才能使大家努力向目标迈进。项目领导者要用生动的语言和极具感染力的方式把激情带给大家。

无论所领导的项目是大的或小的，无论是在什么场合，领导者都应该热心于他们的工作，他们的热情能让人感觉到，并从领导者身上传播到追随者身上。

3. 挑战现状

很多的项目经理习惯屈服于现状，他们的思维中有一种定式，在他们看来现状是这样的，只要在现有条件下干得好就足够了。真正的领导者习惯于系统思考，洞察外部条件和各种细节，大胆出击，在正确的时间出现在正确的地方。大家都知道，改善外部条件是一种艰难的过程，需要挑战外部现状的勇气。

在一次项目经理论坛上，一位项目经理讲述了这样一个故事：他所负责的一个电力监控系统项目的直流750V开关柜(是城市轨道交通供电环节中非常重要的一个环节)是由国内一个厂家供应的,但其开关柜的直流保护装置是从国外购入的。作为系统集成商,这位项目经理所负责的团队有义务将直流保护装置接入他们的系统,问题就在于国内的这个开关柜厂家没有足够的技术力量来支持他们的接入。这个项目经理没有围绕"到底是谁的责任"与开关厂进行纠缠,这个项目经理认为,在开关厂明显缺乏技术力量的情况下,这种纠缠对项目结果没有任何帮助,却会耗尽项目经理的精力,甚至错过解决问题的时机。这个项目经理进行了三个方面的操作:一是用通俗易懂的方式让客户明白问题在哪里;二是提出解决方案(如,他们直接与提供开关柜核心部件的法国厂家直接沟通)并与客户一起积极推动实施这个方案;三是与这个开关柜供应商沟通,强调解决这个问题对双方的重大意义,使其自觉地配合。或许将这个问题推给客户或者第三方似乎更简单,但问题得不到解决,这个问题解决的关键是两个供应商的技术专家与技术专家之间的沟通,客户不是技术专家,开关厂也没有技术专家。

领导者应该是开路先锋,他们愿意步入未知的世界。领导者应该始终关注结果,为目标而行动,即使这个行动将是非常困难的,一定不要为了做事而做事。

项目领导者的主要贡献在于能够识别好主意,支持好主意,愿意挑战现有的体制和状态,并能够改变现有的体制和状态。

4. 使众人行

卓越的项目领导者能让所有的团队成员行动起来,他们努力培养合作精神,建立相互信任的氛围。不仅是参加项目的人,在某种程度上,所有与结果有关的人,都要参与进来。在今天的项目组织中,必须包括高层经理、直线经理、顾客、客户和供应商在内的所有项目干系人。

项目领导者必须使得项目成员能够做好工作,还要加强每一个成员实现其承诺的能力。13 号线自动化系统的项目经理总是问:"你对这个问题是怎么考虑的",接下来就有一场讨论,他始终认为具体做事的人最有发言权。通过这种方式,项目组成员表现了自己的能力,而且了解自己的工作在全局中的位置,项目经理也更新了信息和观点。这位项目经理发现,人们如果受到信任,拥有更多的自由、权力和信息,他们就更可能利用自己的能力,取得杰出的成果。

如果领导者让其追随者感到自己弱小、依赖人或者与人疏远,他们就不会尽其所能地表现自己或者在很长的时间里停滞不前。但是,如果领导者让成员们觉得自己强大而有能力,他们能做的比他们过去认为的更多,他们将把全部的力量使出来,甚至超出他们的预期。如果领导者是建立在这样一种信任和自信的基础上,人们将接受风险,进行改变,赋予组织和行动以活力。

5. 激励人心

如果项目领导者想要项目组成员付出自己的全部,将整个身心都奉献出来,他们就必须首先制定清晰的标准。标准一词含有目标和价值两个方面的含义,目标具有某种短期的含义,是非常具体的可见标准,价值意味着某种更加持久的东西。完成某项任务达到这项任务的技术标准、进度标准、成本标准就属于目标的范畴。培养员工、团队文化建设、以客户为中心就属于价值的范畴。目标能够帮助团队统一意见和避免分歧,设定目标,团队就会采取行动,有目的的行动。设定目标能够让一个人坚定信心,阻断与目标无关的行动,合理安排自己的行动。

项目领导者应该鼓励项目组成员设定自己的目标,尽管这个目标本身是可以有参考的(知识管理的成果),而且是和项目经理沟通最终确定的。对于项目经理而言,有一点必须记住,每当和项目组成员沟通项目任务时,要让他们知道这件事为什么重要,以及最终的结果应该是什么样，这种交流有助于项目组成员更具活力，对工作更负责任，更有价值感。

每一个项目组的成员都希望知道，他们在实现团队目标过程中的作用，标准有助于实现这一功能。正因为此，项目管理平台建设中的知识管理是极其必要的。

为保证整个团队取得优秀的成绩，项目领导者必须意识到采取必要的措施让优秀的人才脱颖而出，这与高标准的期望紧密相连，高期望值往往导致高业绩。社会心理学家将这种情况称为"皮格马利翁效应"，这源自于希腊神话。皮格马利翁是一位雕塑家，他雕刻一名美丽女人的雕像，后来就深深地爱上了这座雕像，在他的殷切期望下，这个雕像活过来了。在开发人们潜能时，领导者要发挥类似于皮格马利翁那样的作用。

"将项目组成员置于挑大梁的位置，给与他们所需要的培训和指导，鼓励他们做出最好的成绩，最后他们确实做到了"，这就是13号线自动化系统项目经理的实践。他还说："如果项目经理对所追求的标准非常清楚，并且相信和盼望大家能够像胜利者一样充分展示自己的才华，他们将会发现很多人做事的方法正确，而且正在做正确的事"。

项目需要团队，团队成员需要相互支持，更需要得到上层领导的支持，在一种支持性的环境中，人们愿意相互帮助以获得成功。在这种更加开放的环境中，人们更愿意让你知道还存在哪些问题，并在这些问题恶化之前通过团队的力量加以解决。

三、考试训练

考试要点：理解并掌握领导和管理的区别；了解在项目环境下如何开展领导工作。

1. 下列哪些活动属于领导的范畴？

A. 决定去做什么，即确立方向

B. 项目计划和预算

C. 努力培养合作精神，建立信任的氛围

D. 组织和配备人员

参考答案：A、C。

2. 下列哪些做法符合"皮格马利翁效应"？

A. 将项目组成员置于挑大梁的位置，给与他们所需要的培训和指导，鼓励他们做出最好的成绩，最后他们确实做到了

B. 项目经理相信和盼望大家能够像胜利者一样充分展示自己的才华

C. 项目经理让人们觉得自己强大而有能力，让团队成员觉得，他们能做的比他们过去认为可能的更多

D. 项目经理让其追随者感到自己弱小、依赖人，团队成员不愿意尽其所能地表现自己，甚至在很长的时间里停滞不前

参考答案：A,B,C,D。"皮格马利翁效应"认为，人们会像领导者所期望的那样去行动。

模块二　项目团队的管理

一、知识点

学习本模块的目的在于了解如何在项目环境下进行团队的管理。本模块的知识点包括：

项目环境下的团队管理、找出正确的事、用正确的方法做事、精心确定事情的主次、事情的
四个层次、关注大画面、发现关键的驱动因素。

二、知识点分析

1. 项目环境下的团队管理

项目环境下的团队管理，就是通过项目的团队管理，达到组织所期望的"效能"。就像
世界上的锁必然有与之相对应的钥匙一样，问题与方法也是共存的。而如何找到最合适，最
高效的工作方法，是每一个项目经理需要认真对待的问题。事实上大多自动化系统工程的项
目经理出身于技术，在他们的角色转变以后，心理和工作方法没有相应转变，于是在项目管
理过程中有很多的挫折感。

项目管理的工作，就是通过不同的手段，达到解决问题、实现目标的过程。在这个过程
中，选择好的方法至关重要，因为在好的方法指导下，团队能以最少的时间、最少的资源达
到目标。这样不仅节省了时间，更使团队在与别人的竞争中占尽先机，处于领先地位。

优秀的方法，能够使团队不浪费一点一滴的时间和精力，使所有的物质和精神财富都最
大限度地发挥作用。优秀方法的本质是一种效能法则，这种法则的应用将会使得你所在的整
个团队工作顺利和生活幸福。多少项目经理无法平衡其工作和生活，卓越的方法可以帮助你
达成两者的平衡，而不再是"零和"。

2. 找出正确的事，用正确的方法做事

管理大师的大师彼得·德鲁克曾在《有效的主管》一书中简明扼要地指出："效率是以正
确的方式做事，而效能则是做正确的事"。效率和效能不应偏废，但这并不意味着效率和效
能具有同样的重要性。我们当然希望同时提高效率和效能，但两者不能兼得时，我们首先应
着眼于效能，然后再设法提高效率。

"正确地做事"与"做正确的事"有着本质的区别。正确做事，更要做正确的事，这不
仅仅是一个重要的工作方法，更是一种很重要的管理思想。对于项目经理而言，首先是要找
出"正确的事"。

要正确地做事，就必须一开始时心中就怀有最终目标。一开始时心中就怀有最终目标会
让团队逐渐形成一种良好的工作方法，养成一种系统思考、理性判断的良好工作习惯。一开
始时心中就怀有最终目标会让团队呈现出与众不同的状态。

3. 精心确定事情的主次

一个人在工作中常常难免被各种琐事、各种干扰所纠缠。很多项目经理由于没有掌握高
效能的工作方法，被这些事弄得精疲力疾，总是不能静下心来去做最应该做的事。这些项目
经理甚至被看似急迫的事所蒙蔽，根本就不知道哪些是最应该做的事，结果白白浪费了时
光，致使工作效率不高。更为糟糕的是，由于项目经理该做的事情没有做到位，项目组成员
的工作安排不合理，导致整个项目组的效率很低，但大家却干得很忙，很辛苦。

那么，哪些是最应该做的事呢？所谓"最应该做的事"，即指对实现目标越有贡献的事
越重要，也就越应该优先处理；对实现目标越无意义的事越不重要，也就越应该延后处理。

因此，团队要解决的第一个问题是，要明白要干什么？项目经理应紧紧围绕目标展开工
作，将一切和目标无关的事情统统抛掉。接下来的事还要弄清楚，必须做的这些事情是否必
须你来做，非做不可，但并非一定要你自己亲自做的事情，可以委托别人去做。

　　然后，应该把时间和精力集中在能够最大限度的实现团队目标的事情上，对于项目经理应该集中在项目经理应该做的最重要的事情上，一定不要缺位，错位和越位；对于项目组成员而言，应该集中于完成项目任务。在这方面，可以用帕累托定律来引导自己，人们应该用80%的时间去做能够带来最高回报的事情，而用20%的时间做其他事情，这样使用时间是最有效率的。

　　最后，能够带来最高回报的事情不一定就能给自己带来最大的满足感。因为这个最高的回报是根据你所处的团队角色及其应该实现的团队价值来定义的。但无论你处于什么样的角色，你总需要将部分时间用于做能够带给你满足感和快乐的事情上，这样你会始终保持生活的热情。

　　现在，就可以根据上面的建议来判断即将面对的纷至沓来的事情，不至于陷入到事务性的泥潭中，人们可以很快地确定出事情的主次，用最有效的方法做将会获得最大成果的事情。

4. 事情的四个层次

　　所有的事情，按照轻重缓急的程度，可以按下图 5.2-1 坐标分为以下四个层次，即重要且紧迫的事（A 象限）；重要但不紧迫的事（B 象限）；紧迫但不重要的事（C 象限）；不紧迫也不重要的事（D 象限）。

　　（1）重要而且紧迫的事情

　　这类事情是对目标（可能是长期目标，也可能是短期目标，但一般是短期目标）影响很大，而且是当务之急。这种任务表现在自动化系统中如：集中发货、某个问题必须在系统验收前解决、设计联络会前的某些尚未准备好的文件的准备等。这些事情往往受到时间的限制，不管是什么原因导致的，反正它们是实现当前目标的关键环节，有的也可能和你的生活息息相关，只有它们得到合理高效的解决，你才有可能进行别的工作。

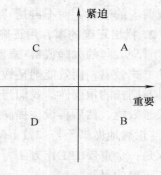

图 5.2-1　事情的四个层次

　　（2）重要但不紧迫的事情

　　在人们的工作生活中，大多数真正重要的事情都不一定是紧急的。表现在自动化项目中，如将工作进行合理划分，精心计划、考虑项目可能出现的风险、团队建设等。这种事情要求你具有更多的主动性、积极性和自觉性。从一个人对这种事情处理得好坏，可以看出这个人对事业目标和进程的判断能力。

　　这种事情在生活中如锻炼身体、和家人在一起、读几本有用的书。这些事情重要吗？它们会影响你的健康、事业还有家庭关系。但是它们急迫吗？不。所以很多时候你都可以拖延下去，并且似乎可以一直拖延下去，直到你后悔当初为什么没有重视，没有早点来着手解决它们。

　　（3）紧迫但不重要的事情

　　这样的事情随时随地会出现。例如，一早你来到办公室，本来准备好好地思考一下本周的工作，对本周的工作做一个精心安排，忽然电话响起，你的有个同事要向你请教一下关于家居装修的事（因为你们家刚完成装修，你被认为积累了一些经验，现在你的这个同事也要着手装修他的新房子）。你就是没有足够的勇气回绝他，你不想让你的同事失望。你答应了，一个上午的大部分时间就这样流逝了，你在懊恼中忙着这一天中的别的工作。

你被别人牵着走了，而你认为重要的事情却没有做，这容易造成你很长时间都比较被动。

（4）既不紧迫又不重要的事情

很多这样的事情会在人们的工作和生活中出现，它们或许有点价值，但如果你毫无节制地沉溺于此，你就是在浪费大量的宝贵时间。比如，你在上床睡觉之前，打开电脑上网浏览，却常常不知道想看什么。往往浏览完毕后觉得百般无聊，觉得不如读一读书，不如到外面跑跑步。

现在，你的时间都花费在哪个象限了呢？如果是 A，可以想象你每天的忙乱程度，这样做会耗费你巨大的精力，而一个又一个的问题会像大浪一样向你冲来。对于项目经理而言，你早晚有一天会被击垮，或许现在的你正是焦头烂额。

如果是 C，你的工作效率就可想而知了。紧急的事具有很大的迷惑性，停下来想一想，是否也很重要。实际上，这些紧迫的事常常是由别人的轻重缓急决定的，可怜的你始终在被别人牵着鼻子走路。

相信你不会老做着 D 象限的事，如果是，而且长此以往，你将一事无成。

只有在象限 B，它才是卓有成效的个人管理的核心。这些事不紧急，但决定了你的工作效率和业绩、生活质量、工作能力的积累等。只有养成"做要事不做急事"的良好个人习惯，你工作起来才会游刃有余。你会精心地计划，采取措施预防风险，经常锻炼身体，保持良好的状态，并且避免意外紧急情况的出现。

5. 关注大画面

前面的关于电力监控系统跟法国的直流保护装置进行接口的案例，给项目经理的另外一个启示就是：始终牢记要完成的目标。作为项目经理，从接手任务的时候，就应该坚定这样的信念，那就是无论遇到什么困难，最终目标就是把任务完成，把问题解决。这样就能让项目经理即使历经坎坷，却能够从容不迫。

项目管理的实践表明从大的画面去思考问题始终能够让你得出正确的判断。当你被困难而复杂的问题所缠绕时，退后一步，琢磨琢磨要想达到的目标，然后看一看正在干的事情，再问问自己现在正在干的事情与大画面吻合得如何？

在工作的过程中，时刻都要防止偏离主要目标，远离大画面的情况。很多项目经理总是为了忙碌而忙碌，当一天的时间都被各种事物充满时，他们就心安理得。这里有几个提问可以帮助你搞清楚工作的目标和要求，这些问题包括：你是否认识自己工作的全貌，从全局着眼观察整个工作？应该从哪个地方开始，应该注意哪些事情，避免影响目标的达成？有哪些可用的工具和资源？

关注大画面，还有很重要的一点就是，不计较眼前的得失，把关注点一直放在自己的目标上。这适用于项目管理，也适用于个人在单位营造一个融洽的工作环境。对待客户也是这样，当你多做一点力所能及的事时，用户会感激在心里，对于争取后续的项目和保持良好的客户关系都非常有帮助。

6. 发现关键的驱动因素

为了能够集中思想和精力完成既定的目标，一个人必须懂得什么事对自己是最重要的，什么事是次要的。为了全力以赴去做重要的事情，就必须牺牲一些次要的利益，必须使自己从无关紧要的事情中脱身，保证有足够的时间和精力去思考，去做最重要的工作。

对于一个自动化系统工程的项目经理，当他承担复杂的项目时，必须具有战略头脑，要善于深入思考，运筹全局，遇到事情能够拿出主意，处理问题善于做出决断，能够在错综复杂的情况下判别事情的本质，一定不要为一时一事的得失所困惑，善于排除干扰。

无论是发现关键的驱动因素，还是具体地完成任务，请记住，要依靠团队的力量。个人的知识和能力是有限的，依靠和利用团队成员的知识、经验共同完成项目才是明智的选择，不要担心功劳被别人抢走。

大连快轨 3 号线电力监控系统的项目经理讲了这样一个故事：当时他们做的这个项目是国内第一个城市轨道交通自动化系统，他们在实施过程中碰到了很多团队内部解决不了的困难，他于是将视野投向了全公司，而同样的问题在别的部门早就解决了，于是他学会了借力发挥，即当问题出现时，先看看公司的其他部门是否已经有解决方案。后来他认识到，不论是什么样的问题，总有某些人在某些地方已经从事过同样或类似的工作，同他们建立联系，这会节省许多的时间和精力。这次项目管理的经历，使他坚信了组织知识管理的重要性，对于同一类项目，彼此间相像的地方要多于彼此间有差异的地方。

三、考试训练

考试要点：了解项目环境下的团队管理工作；了解如何做正确的事和正确的做事及其关系；掌握和应用事情的四个层次划分；学会在工作中关注大画面；学会在工作中发现关键的驱动因数，充分依靠团队的力量，不要寄希望于一个人将所有问题解决。

1. 如何正确地理解"用正确的方法做正确的事"？

参考答案： 效率是以正确的方式做事，而效能则是做正确的事。效率和效能不应偏废，但这并不意味着效率和效能具有同样的重要性，当两者不能兼得时，首先应着眼于效能，然后再设法提高效率。也就是说，首先应该找出正确的事，而后才是用正确的方法做事。

2. 下面是事情划分的四个层次，其中哪一个层次才是卓有成效的个人管理的核心？

A. 重要而且紧迫的事情

B. 重要但不紧迫的事情

C. 紧迫但不重要的事情

D. 既不紧迫又不重要的事情

参考答案： B。

3. 对于项目团队的管理，下列哪一种观点是不可取的？

A. 不要计较眼前的得失，把关注点一直放在自己的目标上

B. 当一天的时间都被各种事物充满而忙碌时，就可以心安理得

C. 项目经理必须懂得什么事对项目目标是最重要的，什么事是次要的

D. 在工作的过程中，时刻都要防止偏离主要目标，远离大画面的情况

参考答案： B。

第三单元 项目沟通管理和冲突管理

在所有的项目管理技能中，沟通是最重要的。项目经理的主要工作就是与项目利益者沟通，在某种程度上，项目的成败取决于项目利益相关者之间沟通的有效性。

在多年的项目管理实践中，有一些事情非常令人难以忘记，那就是不得不处理的人与人之间的分歧。由于这些分歧的存在，项目经理时不时地就会面对不和、争论，甚至是公开的冲突。当分歧出现时，激动的情绪也随之而来，工作目标被抛到脑后，甚至私人关系也变得岌岌可危，项目经理发现自己进入了进退两难的困难处境。项目环境下的冲突是不可避免的，关键在于努力变冲突为项目的有利促进因素，最大程度地减少冲突给项目带来的负面影响。

模块一 项目沟通管理

一、知识点

本模块在说明沟通重要性的基础上，对沟通基本原理，包括沟通模型、沟通通道的选择、沟通障碍、沟通成本及降低成本的措施进行了比较详细的阐述；其次，说明了项目沟通管理体系包含的以下四方面内容：编制项目沟通计划、项目信息发布、项目状况报告和项目管理收尾；最后，分别从项目经理在高效沟通中的作用、注意事项两个方面，说明了如何使项目团队达到高效沟通。

二、知识点分析

1. 沟通的重要性

沟通，简而言之，即信息传递和理解的过程。沟通有四种主要的功能：控制、激励、情绪表达和信息。项目经理最重要的工作之一就是沟通，其沟通对象是客户、团队成员、合作方、分包商、上级主管，有时还需要与政府、公众、媒体等进行多方沟通，因此项目经理常常处于沟通中心的位置。另一方面，随着技术条件的改进，制约项目成功的技术因素逐渐减少，很多项目的失败不同程度上是沟通上的失败导致的。沟通漏斗清晰地表明，沟通信息源想表达的内容，信息接受者平均只能听到 60%，理解 40%，记住 20%，失真程度是相当高的。为此，重视沟通工作，建立良好的管理沟通意识，熟练掌握和应用管理沟通的原理，掌握谈判与合作等技巧，对项目经理来说十分重要，也使沟通成为项目经理最重要的技能之一。

2. 沟通基本原理

（1）沟通模型

沟通模型描述了沟通过程或流程，如图 5.3-1 所示。这一模型包括 7 个部分，即沟通信息源、编码、信息、通道、解码、接受者、反馈。

编码是信息源将头脑中的想法生成信息的过程。信息的编码受到四个因素的影响，第一个因素是技能，如听、读、说及逻辑推理技能；第二是态度；第三是知识，人们无法传递自己不知道的信息，如专业术语；第四个因素是社会文化系统，如所持的观点和见解等。

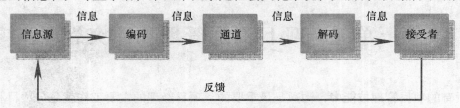

图 5.3-1　沟通模型

信息是经过信息源编码的物理产品，如说出的语言信息、写出的书面报告、画出的图片等，人们作的手势、面部表情等。

通道是传送信息的媒介物。常用的沟通通道包括面对面交流、电话、电子沟通（如图文传真、电子会议、电子邮件）、书信、公告、电视或广播等。通道一般由信息源选定，信息源必须确定哪些通道是正式的，它由组织建立并遵循组织中的权力网络，如审批和发布的规定等，一般用来传递工作中的重要活动信息；哪些通道是非正式的，如社会信息和个人信息。

解码是在信息被接受以前，接受者必须先将通道中加载的信息翻译成他能够理解的形式。信息解码的影响因素与编码相同。

反馈是对信息的传递是否成功及传递的信息是否符合原本意图进行核实的过程，用以确定信息是否被正确理解。

沟通看似简单，实际上相当复杂，原因在于沟通模型中的大部分因素都有造成失真的潜在可能性，在实际工作中很难控制。例如设计更改控制不严，采用口头方式传递，经过几个人后，在项目验收或阶段性检查时，往往会出现结果和预期局部不符，甚至大相径庭的情况，这一点需要项目经理特别注意。

（2）沟通通道的选择

由于文化背景、技术背景和工作经验不同，人们对同一信息的理解偏差很大，因此，根据不同的沟通对象、情境和信息内容选择沟通通道非常重要。选择通道时，一般要考虑通道的丰富性和所传递信息类型两个方面。通道的丰富性是指通道在以下方面传递信息的能力：a）同一时间处理多种线索；b）促进快速反馈；c）直接亲身的接触。信息类型根据内容的明确程度分为常规和非常规，误解的可能性越高，常规程度越低。几种主要通道的丰富性如下图 5.3-2 所示。为了保证沟通有效，采用丰富程度低的通道传递常规信息，选择丰富程度高的通道沟通非常规信息。

项目管理中沟通形式是多种多样的，常用的途径有四种：正式书面沟通、非正式书面沟通、正式口头沟通和非正式口头沟通。

书面沟通大多用来进行通知、确认和要求等活动。一般对客户、公司外成员、公司内上级主管使用正式书

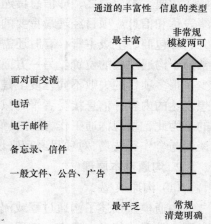

图 5.3-2　沟通通道的选择

面方式，如项目报告、设计确认函等；非正式书面方式包括内部备忘录、个人笔记等。书面沟通一般在描述清楚事情的前提下尽可能简洁，以免增加负担而流于形式。

正式口头沟通如演讲、答辩和介绍，非正式口头沟通如谈话等，常用于解决争端或批评教育某个成员。

口头沟通包括会议、评审、私人接触、自由讨论等。这一方式简单有效，更容易被大多数人接受，但是不像书面形式那样"白纸黑字"留下记录，因此不适用于类似确认这样的沟通。口头沟通过程中应该坦白、明确，避免由于文化背景、民族差异、用词表达等因素造成理解上的差异，这是特别需要注意的。

（3）沟通障碍

影响有效沟通的障碍主要有过滤、选择性知觉、情绪、语言等。

过滤是指信息在传递过程中受损失的现象，是信息发送者有意操纵信息，以使信息显得更有利于接受者，同时将个人兴趣和自己看重内容的认识也加入编码。组织中的每个层级几乎都会对信息进行过滤。

选择性知觉即沟通过程中，接受者往往根据自己的需要、动机、经验、背景及其他个人特点有选择地接受信息，并在解码时，将自己的兴趣和期望带进信息之中。

情绪即接受者的感受会影响到他对信息的解释。不同的情绪感受会使个体对同一信息的解释不同。强烈的情绪体验会干扰正常思维，代之以情绪化的判断。

语言沟通障碍是由于同样的词汇对不同的人来说含义并不一样，或是因为不懂技术术语而引起的。年龄、教育和文化背景主要影响一个人的语言风格和对词汇的界定。

其他方面的障碍有非语言因素、环境混乱、不信任和敌对等有害的态度、地位差异、缺乏反馈、先入为主的假设和偏见等。

（4）沟通成本及降低成本的措施

尽管沟通的作用很大，很多时候是必不可少的，但沟通也需要付出一定的成本。最主要的成本是两方面的：一是沟通所花费的时间和精力，二是沟通过程中信息的失真和损失。成本的大小取决于发送者和接受者的表达能力、理解能力、观点和思维的一致性以及达成一致的意愿强烈程度等多种因素。有人分析说，如果说沟通的效果是算术级数增加的，则沟通成本将成几何级数递增的。

降低沟通成本的措施很多，建议如下：

● 在沟通之前充分准备，对沟通的基本概念、术语达成共识，并界定希望达成的目标；

● 在沟通中必须时刻清楚沟通的目的，并意识到沟通的时间就是成本；

● 在沟通中需要设置时间和回合的限制，不能陷于无休止的折中和调和中。应在耐心听完对方陈述后，集中就讨论的问题达成意向或结果，并争取得到最终负责人的决定；

● 利用现代计算机网络技术推进信息化进程，构建一个统一的信息化沟通平台，保证沟通到位。这种平台尤其适合于项目管理跨地区、国际化的情况。

3. 项目沟通管理

项目沟通管理是及时、准确地产生、收集、发布、储存和最终处理项目信息所需的各个过程。它提供了项目成功所必需的人、思想等信息之间的重要联系。

对于工程项目来说，一个比较完整有效的项目沟通管理体系应包含以下四方面内容：编制项目沟通计划、项目信息发布、项目状况报告和项目管理收尾。

（1）编制项目沟通计划

编制沟通计划需要确定项目干系人的信息和沟通诉求。即分析谁、何时需要得到什么信息，以及通过何种通道得到所需的信息，并在沟通计划中体现。

现以典型的自动化系统工程设计项目为例，说明项目沟通计划的编制要点。

在设计院完成自动化系统工程设计（即可行性研究设计、初步设计及施工图设计）后，系统工程承包方将成立项目组，对自动化系统（如分布式控制系统）进行工程化设计。工程化设计一般包括招标前准备、选型与合同、系统工程化设计和生成、现场安装与调试、运行与维护五个阶段。每个阶段每个项目干系人都有很多沟通要求需要考虑。

项目经理应定期向项目管理部门做进展分析报告，项目干系人的利益要受到项目成败的影响，因此他们的需求必须予以考虑。

最典型也最重要的项目干系人是客户，客户需要的内容有进度报告，有的客户希望定期检查项目成果。通常业主和承包商会在合同中规定需要定期按周/月/季/年提交一些指定格式的进展报告，以了解项目的状态。

项目经理和职能经理的上司也是较重要的项目干系人。所有这些人员各自需要什么信息、在每个阶段要求的信息是否不同、信息传递的方式上有什么偏好，都是需要细致分析的。

项目沟通计划的编制时机是在项目开工阶段，与项目组织计划同步编制，并在过程中不断完善和修改的。项目沟通计划是项目整体计划中的一部分，它的作用非常重要，但常常被只关注技术层面工作的项目经理或组织忽视，使很多项目没有完整的沟通计划，沟通仅凭借客户关系或以前的经验进行，导致沟通混乱。为了实现高效沟通，必须将各项活动落实到规范的计划编制中，而不是装在某个人的头脑中。

（2）项目信息发布

即项目沟通计划的实施，根据计划规定的时间、通道，将需要的信息及时发送给项目干系人。

（3）项目状况报告

收集并发布项目状态、项目进展、风险、下一阶段工作安排与结果预测等信息报告。绩效报告收集和传播执行信息，包括状况报告、进度报告和预测。

（4）项目的管理收尾

项目或项目阶段在达到目标或因故终止后，需要进行收尾。项目收尾工作包括项目结果文档的形成、项目记录收集、对符合最终规范的保证和对项目的成功经验或失败教训进行总结，最后将所有有价值的信息归档保存。

归档的文件或信息一般包括与具体项目相关的合同、报告、项目经验、过程文档、技术资料等。这些文档不仅仅只用来管理，更重要的是利用其信息价值。其实，每一个项目的文档都是企业显性知识的一部分，可供项目成员和企业中的其他员工学习、利用，以提高工作效率。

4. 使项目团队达到沟通高效

在项目管理中，沟通的有效性对项目成败的影响很大。持续性的有效沟通对于推动项目进展、识别潜在问题、征求建议和改进项目绩效、满足客户要求和避免意外是非常重要的。在实际中，关注项目经理在沟通中的作用、关注基本的沟通技能和如何使会议有效等，能促进项目团队达到沟通高效。

（1）项目经理在有效沟通中的作用

首先，项目经理在观念上必须认识到与项目干系人进行充分沟通对实现组织目标的重要性，并将这种观念通过与观念一致的言行渗透到项目成员中，营造和激发一个双向沟通的氛围，使自上而下和自下而上的沟通达到平衡。

其次，项目经理是沟通的组织者，注意重视面对面的沟通。他必须在合适的时机将成员或其他人员召集起来，组织沟通，建立正式的或非正式的沟通渠道。项目成立后，有经验的项目经理往往会召开项目开工会，使成员会面，建立工作关系，明确大家的共同目标，建立责任关系。

第三，在沟通的过程中，项目经理承担的角色是主持协调者，他需要掌控沟通的进程，使沟通变得更容易。项目经理是沟通冲突发生时的仲裁人，是信息解释者，他综合信息，管理信息流，根据听众调整设计与他们的沟通方案，以避免误解。项目经理还是项目组与客户沟通的桥梁，通过随时沟通，了解客户预期的变化和客户的满意度等。

第四，项目经理必须掌握沟通技巧，并能够担任提高项目成员沟通技巧的指导者或培训者。

（2）沟通注意事项

首先，提倡成员主动沟通，鼓励反馈。主动沟通既能建立紧密的联系，更能表明对项目的重视程度，会大大提高接受方的满意度，这对获得对方的支持非常有利。积极的反馈能随时保证信息的一致性。

第二，提倡尽早沟通。这不仅容易发现当前存在的问题，很多潜在问题也能暴露出来。在项目中出现问题并不可怕，可怕的是问题没被发现。沟通得越晚，暴露得越迟，带来的损失越大。

第三，成为积极的倾听者。倾听是沟通的一半，忽略倾听会导致失败。有效倾听应做到以下几点：a）使用目光接触，用表情表示赞许和听的兴趣；b）通过提问澄清对听到内容的误解，使理解准确；c）复述说话者所说的内容；d）不要多说。

第四，充分认识沟通的误区，并避免不自觉地进入沟通误区。常见的沟通误区有：轻易评价和说教、过分或不恰当的询问、讽刺挖苦、喜欢发号施令和威胁、语义模棱两可、随意打断别人的话、滥用术语、发言冗长超时等。

第五，避免成为沟通的阻断器。沟通中"这绝对不可行"、"让我们现实一些"等话语，往往会使沟通无法进行。

（3）使会议有效

会议是双向沟通中的一种，有效的会议一定要明确目标，准备好议程，做好会议记录并将记录反馈给大家。

除以上内容之外，沟通应有良好的环境以减少干扰，使大家集中在同一问题上，这样有利于提高沟通效率。

三、考试训练

考试要点：了解沟通的重要性；掌握沟通模型、沟通通道的选择、沟通障碍；理解项目沟通管理的四个方面内容；掌握项目经理在高效沟通中作用、沟通应注意的事项。

1. 简述沟通模型中，编码、通道、解码、反馈的含义。

参考答案：编码是信息源将头脑中的想法生成信息的过程，通道是传送信息的媒介物；解码即在信息被接受以前，接受者必须先将通道中加载的信息翻译成他理解的形式；反馈是对信息的传递是否成功及传递的信息是否符合原本意图进行核实的过程，用以确定信息是否被正确理解。它们都是沟通的环节。

2. 沟通中信息编码受哪些因素的影响？

参考答案：信息的编码受到四个因素的影响。第一是听、读、说及逻辑推理等技能；第二是态度；第三是知识，人们无法传递自己不知道的信息；第四是社会文化系统，如所持的观点和见解等。

3. 以下沟通通道中，丰富程度最高的通道是____；信息类型最清楚明确的通道是____。

A. 面对面交流　　　B. 电话　　　C. 电子邮件　　　D. 备忘录、信件

参考答案：A、D。

4. 沟通的主要障碍有哪些？

参考答案：影响有效沟通的障碍主要有过滤、选择性知觉、情绪、语言等。

5. 简述一个比较完整有效的项目沟通管理体系应包含哪四个方面的内容？

参考答案：包含编制项目沟通计划、项目信息发布、项目状况报告和项目管理收尾四部分。编制沟通计划即确定项目干系人的信息和沟通诉求，分析谁、何时需要得到什么信息，通过何种通道得到所需的信息，并在沟通计划中体现；项目信息发布即根据计划规定的时间、通道，将需要的信息及时发送给项目干系人；项目状况报告即收集并发布项目状态、项目进展、下一阶段工作安排与结果预测等信息报告；项目的管理收尾包括项目结果文档的形成，项目记录收集，对符合最终规范的保证、对项目的成功经验或失败教训进行总结，最后将所有有价值的信息归档保存。

6. 为了达到高效沟通，应注意的事项是什么？

参考答案：提倡成员主动沟通，鼓励反馈；提倡尽早沟通；成为积极的倾听者；充分认识沟通的误区，如轻易评价和说教、讽刺挖苦、语义模棱两可、随意打断别人的话、发言冗长超时等，并避免不自觉地进入沟通误区；避免成为沟通的阻断器等。

模块二　项目冲突管理

一、知识点

本模块在冲突概念的基础上，说明了传统和现在看待冲突的两种观点。现在人们用相互作用观点看待冲突，区分冲突的类型，鼓励管理者维持一种冲突的最低水平。在项目环境中冲突有七种来源，包括计划进度、任务优先级、资源分配等。

认识冲突的来源后，本模块从满足自己的意愿和满足对方的意愿两个角度来考虑，提出五种冲突处理策略以及面对冲突的恰当反应。

二、知识点分析

项目经理在处理分歧之前，要正确认识和理解以下两个基本假设：一是人与人之间的分

歧不应该被看作是与生俱来的"优点"或"缺点"。有时有不同的意见会对组织有积极的作用，但有时它们也会是破坏性的，会从整体上降低个人和组织的效率；二是绝不是只有一种处理分歧的"正确"方法，在变化的环境中，可以有避免分歧存在，压制分歧，激化分歧使之成为明显的冲突三种解决方案，还可以利用他们创造出更多的解决方案。

注意，经常做和事佬的项目管理者不一定是最有效率的管理者。过分强调个性和分歧，以致忽略了合作和团队精神的管理者也绝对不会成功。有效的项目管理应该善于使用不同的方法处理分歧，能对问题的各个方面进行深刻的剖析和理解，并能在此基础上，做出明智的选择。

1. 冲突及冲突的相互作用

冲突是一种开始于一方感觉到另一方对自己关心的事情产生消极影响或将要产生消极影响的过程。冲突必须是双方能感知到的，是意见的对立或不一致，并有一定程度的相互作用。传统观念认为，冲突的出现表明群体内的功能失调，应该避免；现在人们用相互作用观点看待冲突，认为冲突是不可避免的。鼓励管理者维持一种冲突的最低水平，通过不断的自我审视，不断创新，使群体保持旺盛的生命力。冲突对于团队的好坏作用取决于冲突类型。

一些冲突是建设性的，可以成为团队内的积极动力，并能提高团队的工作绩效，称为功能正常的冲突。功能正常的冲突能带来新的信息、新的方法，帮助项目组另辟蹊径，寻找到更好的问题解决方案。

另一些冲突会阻碍团队绩效，具有破坏性，称为功能失调的冲突。不加抑制的冲突和对立会带来成员的不满，引起比较明显的不良结果，如沟通的迟滞、团队凝聚力降低、团队之间充满意气之争，使大家对团队目标的关注度下降到一个次要的位置。

2. 项目中冲突的来源

项目过程中，冲突来源多种多样，它一方面涉及到项目组的所有成员甚至客户，另一方面涉及到项目的各个阶段。冲突的来源可以分为以下七类：

（1）计划进度

冲突可能来源于对完成任务所需的时间、任务之间的排序和进度计划的看法不一致。这其实是一个时间资源的问题。实际工作中，项目经理要根据合同的完工时间来分配各项目任务的时间资源，因此常常会出现项目经理分配的时间要短于任务承担者预估的完成时间的情况。

（2）任务优先级

冲突可能源于不同的项目成员在活动和任务安排的优先顺序上意见不同。当多个项目安排之间存在争夺瓶颈资源的情况时，项目的优先级是很难安排的。

（3）资源分配

任务分配往往伴随着配套资源的分配。对应于某项任务的资源（包括人力资源）应如何分配，资源数量是多少，成员间往往看法不一致。项目经理在资源分配时应综合考虑多方面因素。

（4）技术标准与执行情况的权衡

这源于不同成员对待任务中的技术问题时，对技术规范标准和执行情况之间存在不同的理解。在实际中，实施结果与技术意见的符合程度，需要考虑多种因素进行权衡。

（5）管理程序

很多企业采用矩阵型组织，即职能型和项目型组织结构的混合体来运作项目，职能管理和项目管理并存。项目管理与企业职能管理程序、规范和制度之间存在的差异，会产生冲突。通常部门经理拥有人员调配权，当项目组成立时，就可能需要重新约定部门经理、项目经理在人员支配上的相关权限。另一方面，成员对项目经理建立的项目内部组织管理流程的不同看法，如某些文件的审批规定，也是组织问题的冲突源。

（6）成本

项目进程中，会由于估算的工作成本有所变动产生冲突，例如项目进展到一定程度，发现成本高于预计费用；支持部门成本估算与项目成本也会存在差异。

（7）个体差异

这种冲突源于项目成员之间个人价值观、对待事情的态度、个人偏好等方面的差异。正因为价值观的差异，使得人们对个体的贡献和应得的报酬等问题上，很难达成一致。

以上七种冲突来源，存在于项目生命周期的每个阶段，阶段不同冲突的强度不同。在启动过程，存在项目优先权、管理程序的主要冲突；在计划过程，表现的主要冲突是进度计划、任务优先级、资源分配以及技术方面；在执行阶段，进度、专业技术方面的冲突更为明显；在收尾过程，计划进度仍是主要冲突，但此时由于项目成员会考虑今后的工作，并关注企业和项目组对自己的评价，个性差异冲突可能会上升到主要地位。可以看到，进度计划的冲突贯穿项目的全过程，是项目管理的重中之重。

3. 五种冲突处理策略

冲突的过程首先是存在潜在的对立和不一致，这是冲突可能产生的条件。当条件对某一方关心的问题产生的消极影响出现时，各方会认识到或感觉到冲突。有经验的项目经理此时应能够界定冲突的可调和程度，并形成采用什么行动处理冲突的意向。进入冲突行动阶段，各方公开地试图实现各自的愿望，冲突各方相互作用后导致了最后结果。

在冲突发生前，考虑处理冲突的行为意向，可以事先冷静地界定各方需要达到的目标，这有助于为冲突情境中的各方提供总体的行为指导。如下图 5.3-3 所示，从满足自己的意愿和满足对方的意愿两个角度来考虑，可以有五种行为意向或处理冲突的策略供选择。

（1）竞争

即更多地考虑满足自己的意愿而较少考虑满足对方的意愿。竞争将形成赢—输的结果，赢方得到该结果的条件是有制约对方的因素，通过施加压力，使对方放弃自己的目标。

（2）双赢

也称为协作。双方均希望满足两方的利益，并积极寻求相互受益的解决办法，得到双赢的结果。双赢策略需要创造性地寻求可行方案，需要双方都能坦率沟通，理性地在一起分析问题，澄清差异，研究针对各种可接受目标的可行方案，尽量实现双方目标。

在结果对双方都十分重要并且不能妥协和折衷时，当需要融合不同人的观点时，可以选用此策略。

（3）回避

即意识到了冲突的存在，但不做处理，希望逃避或

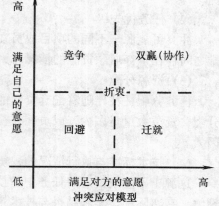

图 5.3-3 冲突应对模型

忽视以抑制冲突的发生。回避可能会使一些当前的问题经过自行发展后而不成为问题，例如情绪下的判断而引起的误解和观念转变后自然形成的结果。

在下列情况下可以选择回避策略：当解决问题会得不偿失时；当拖延能够赢得需要的时机时；当立即决策的信息和条件还不具备时；当一个问题会引发其他问题时；当你目前需要处理更重要的问题时等。

（4）迁就

迁就即将对方的利益放在自己的利益之上，或屈从对方，以实现对方的利益为重。一般是一方为了维护或改善双方的相互关系，甘愿自我牺牲。

在应用这种策略时，首先要区分是否是原则性的问题。非原则问题如情绪上的冲突、客观问题引起的失误等迁就对方后，可以避免冲突升级，维持良好的关系；对于原则性的问题如资源规划、责任划分、违背法律等，迁就并不能解决问题，并会给项目后期带来更多问题。

迁就策略适合于当稳定和融洽的关系比当前利益更重要时；当对方赢的结果对你影响不大时；当你需要建立彼此的信任时；当你知道自己有错并希望显得通情达理时等。

（5）折衷

即双方愿意共同承担一些冲突问题，都放弃部分目标，达到一个双方都可获得一些利益，但都得不到彻底满足的结果。折衷方案没有明显的输赢方，其前提条件是能满足双方的基本利益期望。

当目标十分重要，但达到完全满足目标要付出的代价太大，可能得不偿失时；当时间紧迫或问题太复杂，需要权宜之计时；当对方能为共同的目标做出一些承诺时，可以选择折衷策略。

4. 面对冲突的恰当反应

在项目过程中出现冲突，应如何面对？即一方有行为时，应该如何反应？这不仅仅是项目经理的责任，还需要项目团队以积极的态度，控制情绪，群策群力来共同面对，有效控制冲突水平。

在项目过程中功能失调的冲突往往表现强度较大，存在不同程度的公开质问、武断地言语攻击、威胁甚至挑衅性的身体攻击等。面对这类冲突，以下是部分恰当的反应：

- 冲突双方通过坦诚的讨论来重新认识问题，找出冲突的真正原因，并寻找解决方案；
- 重新提出一个需要冲突双方努力协作才能达到的共同目标；
- 采取回避、缓和、折衷的策略；
- 通过上级主管或行政命令来调和；
- 通过沟通和培训等，改变造成冲突的态度和行为；
- 对于资源缺乏造成的冲突，考虑对资源进行开发。

相反，在功能正常的冲突过低时，如项目组成员大多数情况下都随声附和，很少对安排提出质疑，则需要激发冲突。以下是几种做法供借鉴：

- 利用模棱两可的信息造成不同理解，提高冲突水平；
- 在团队中补充一些背景、观念、态度等与目前的成员相差较大的人员；
- 任命一名批评者，让他有意持与大多数人不一样的观点，激发思考；
- 调整团队，营造更为民主的氛围，消除不利于有效冲突的不利因素，打破现状。

三、考试训练

考试要点：掌握冲突概念、看待冲突的相互作用观点、冲突的两种类型；掌握在项目环境中冲突的七种来源、五种冲突处理策略以及面对冲突的恰当反应。

1. 相互作用的观点是如何看待冲突的？

参考答案：相互作用观点看待冲突，认为冲突是不可避免的。鼓励管理者维持一种冲突的最低水平，通过不断的自我审视，不断创新，使群体保持旺盛的生命力。

2. 从对团队产生的作用效果来看，有哪两种冲突类型？

参考答案：一类为功能正常的冲突，是建设性的，可以成为团队内的积极动力，并能提高团队的工作绩效；另一类为功能失调的冲突，具有破坏性。不加抑制的冲突和对立会带来成员的不满，最终阻碍团队绩效。

3. 项目中冲突的一般来源是什么？

参考答案：项目中冲突的来源分为以下七类：计划进度、任务优先级、资源分配、技术标准与执行情况的权衡、管理程序、成本和个体差异。

4. 处理冲突的五种方法和处理过程是什么？

参考答案：从满足自己的意愿和满足对方的意愿两个角度来考虑，处理冲突的五种方法是竞争、双赢、回避、迁就、折衷。冲突发生前要考虑处理冲突的行为意向，界定各方需要达到的目标，然后再选择以上方法处理冲突。

第六部分　计划、进度与成本

第一单元　整体管理、范围管理和项目计划

项目管理，是通过项目各方面的项目干系人的合作，把各种资源应用于项目，以实现项目的目标，使项目干系人的需求得到不同程度的满足。相应的，项目管理也具有同样的整体性特征，项目整体性管理要有全局的整合观念。质量、时间和费用三个项目管理的传统目标既互相关联，又互相矛盾，项目管理需要整合三者的关系。

模块一　项目整体管理

一、知识点

学习本模块的目的在于了解如何进行项目的整体管理。本模块的知识点包括：什么是项目整体管理、项目整体管理的基本内容、项目整体管理的三个主要过程、项目计划、整体变更控制。

二、知识点分析

1. 什么是项目整体管理

项目整体管理是保证项目各要素相互协调所需要的过程。注意，项目整体管理不是各种不同组成部分的简单相加。自动化系统的项目整体管理，就是在结构化所有项目任务，理清项目实施各阶段及其活动的基础上，通过系统思考，为项目的全局和整体利益所做出的管理努力。

从管理项目的角度，在任何给定的一天，"整体管理"都要从多种选择中决定应集中的资源和努力，预测潜在问题并加以处理，避免日后恶化，为项目的整体利益而协调工作。因此，"整体管理"还必须努力在各个相互冲突的目标与方案之间权衡取舍。

在自动化系统工程中，各个过程是紧密联系，相互作用的，"整体管理"可在项目管理中发挥明显的作用。例如，当工期被明显压缩的情况下，制定赶工并按时达成目标的计划，就要求综合考虑项目时间管理、项目费用管理、项目人员管理以及项目还可能出现的风险。

2. 项目整体管理的基本内容

项目经理负责项目的整体管理。经验丰富的项目经理会强调"整体管理非常重要，也非常困难"。整体管理的内容包括：

(1) 正式批准项目及其项目阶段的确定

项目经理被授权在项目活动中动用组织的资源。项目组织形式被确定并授权项目经理组建项目队伍。

（2）理清项目初步工作范围，并形成初步的工作分解结构

可以用"基于文档的结构化"方法，理清项目初步工作范围。

（3）制定项目管理计划

项目经理负责协调并集成项目实施计划。项目经理收集其他计划过程的结果，并将其汇总成为一份连贯、一致的文档。项目实施计划的制定是一个渐进的过程，项目初期至少要形成一个总体计划，后续的每个里程碑完成前要形成下一阶段的详细计划。根据项目的不同要求还要形成更加详细的月计划和周计划。

（4）指导与管理项目执行

项目经理通过应用项目管理知识和行业技术知识，按项目实施计划展开项目的管理，达到项目理想的效果。

（5）监控项目管理工作

监视和控制项目（包括项目、项目的某一阶段或项目的某一项具体任务）的启动、规划、执行和结束过程，实现项目管理计划中确定的实施目标。

（6）整体变更控制

审查所有的变更请求，批准变更并控制可交付成果。

（7）项目收尾

最终完成所有项目管理过程组的所有活动，正式结束项目或项目阶段。

3. 项目整体管理的三个主要过程

项目计划制定、项目计划实施和综合变更控制，是项目管理的三个主要过程。

4. 项目计划

项目管理知识体系指南（A Guide to the Project Management Body of Knowledge，简称 PM-BOK）定义：项目计划是指导项目执行和项目控制的一份正式批准的文件。项目计划的主要用途是把计划编制的假定和决定文档化，方便项目干系人之间的沟通，并将已经批准的范围、成本和进度的基准计划文档化。项目计划可以是综合的，也可以是详细的。

项目经理在制定项目计划时要注意遵循以下三个方面的原则：

（1）项目经理是一个综合集成者

项目经理应该和技术专家、项目队伍成员或项目管理办公室一起努力做出计划。项目经理需要将管理方针和约束条件考虑进去，通过权衡和系统思考，制定项目计划。在这里，项目经理要识别哪一部分计划最好由谁来完成。

（2）历史信息、约束条件和假定

历史信息：历史信息有助于提高项目计划编制的效率。注意收集历史信息，对于知识管理水平比较高的组织，其提供的历史信息既方便查询，又具有很大的参考价值。

约束条件：约束是指影响项目执行情况的那些限制因素。约束条件如：进度约束、产品技术约束、组织资源约束、组织政策和组织文化等。

假定：假定是为了编制计划，将某些条件被认为是真实确定的因数，假定包含一定程度的风险。

（3）权衡

项目往往致力于达成所有项目目标，包括范围、时间、成本、质量、干系人，但各种约束条件、风险和各种不确定性会妨碍达到这些目标。项目经理或项目团队成员必须根据重要程度，做出选择和决策。

5. 整体变更控制

整体变更控制所关心的是：对引起变更的各种因素施加影响，以保证这些变更是征得同意的；确定变更是否已经发生；当变更发生时，对实际变更进行管理。

PMBOK中定义了整体变更的五个控制过程包括：范围变更控制、进度变更控制、成本变更控制、质量控制和风险控制，每一个变更控制都是为了达到项目的部分目标。整体变更控制就是要达到整个项目的目标。

（1）整体变更控制要求

● 维护绩效测量基准计划的完整性，所有已同意的变更都应当反映在项目计划中；

● 确保产品范围的变更反映在项目范围定义中；

● 协调各项目要素之间的变更。

（2）变更控制系统

变更控制系统包含一个控制小组，负责批准或否决项目变更请求。一个自动化系统的变更控制通常要经过工程审查（审查内容包括工期的变更、资源投入的变更）、技术审查（审查技术是否能够满足要求及其满足这种要求所引起的风险）。

变更控制系统还必须包括某些程序，用来处理无需预先审查就可以批准的变更。对于某些确定类别的变更，典型的变更控制系统会允许这些变更自动确认。但这些变更也必须进行文档化。

因此，变更控制系统：

● 是一系列正式的、文档化的程序；

● 定义了正式项目文档变更的步骤；

● 包括文档工作、跟踪系统和用于授权变更的批准层次。

三、考试训练

考试要点：理解并掌握什么是项目的整体管理；掌握整体管理的基本内容及其整体管理的三个主要过程；了解整体管理中项目计划时要遵循的原则；了解整体变更的五个控制过程及其整体变更控制要求和整体变更控制系统。

1. 什么是项目整体管理？

参考答案：项目整体管理是保证项目各要素相互协调所需要的过程。

2. 项目整体管理的三个主要过程是什么？

参考答案：项目整体管理的三个主要过程是，项目计划制定、项目计划实施和综合变更控制。

3. 项目经理在制定项目计划时要注意遵循哪三个方面的原则？

参考答案：项目经理是一个计划的综合集成者；综合考虑历史信息、约束条件和假定；权衡项目所有目标，根据重要程度，做出选择和决策。

4. 作为进度控制的一项输入，项目进度计划的目的是：

A. 反映如何管理进度变更

B. 提供进度执行绩效的信息

C. 充当进度基线

D. 确定是否需要修订进度计划

参考答案：C。

5. 在建立项目变更控制之前必须先完成：

A. 项目章程

B. 工作分解结构

C. 基线

D. 项目预算

参考答案：C。

模块二 项目范围管理

一、知识点

项目的范围就是规定项目的任务是什么？作为项目经理，首先必须搞清楚项目的商业利润核心，明确把握项目发起人期望通过项目获得什么样的产品或服务。对于项目的范围约束，容易忽视项目的商业目标，而偏向技术目标，导致项目最终结果与项目干系人期望值之间的差异。

本模块的学习目的在于了解如何进行自动化系统项目的范围管理。本模块的知识点包括：范围管理中的几个基本概念、工作分解结构用于范围定义、产品范围的控制、其他工作范围的控制、范围核实。

二、知识点分析

1. 范围管理中的几个基本概念

范围管理"是用以保证项目包含且只包含所有需要完成的工作，以顺利完成项目所需要的所有过程"。对于范围管理，首先需要弄清楚以下几个概念：

（1）范围

范围是"项目所提供的产品或服务的总和"。项目范围是"为了交付具有特定属性和功能的产品而必须完成的工作"。产品范围是"表征产品或服务的特性与功能"。项目范围包含了产品范围。

在自动化系统范围控制过程中，产品范围的控制往往是项目范围控制的主要内容，其他项目工作范围一般是为完成产品进行的，但也可能是为长期的项目合作而展开的。基于后者的原因，优秀的项目经理，在项目工作范围管理的思维中应不仅仅局限于当前的项目本身。

（2）可交付成果

无论是在范围管理中，还是在整个项目管理中，可交付成果都是一个非常关键的术语。可交付成果总是可测量的，因为总是可以用某种方式计算或观测它们。

PMBOK 对可交付成果的定义是"为了完成项目或其中的一部分，而必须做出的可测量的、有形的及可验证的任何成果、结果或事项"。

可交付成果通常更狭义地被理解为并用于"只是对外交付的成果"。外部可交付成果需经项目发起人或顾客批准。

（3）工作分解结构（WBS）

在项目管理中，工作分解结构（WBS）是最重要的内容之一。WBS处于计划编制过程的中心，同时，WBS也是制定进度计划、成本预算、人员需求、质量计划、文档管理等的基础。

WBS是"面向可交付成果的对项目任务的分组，它组织并定义了整个项目范围"。WBS看起来像组织结构图或交错的活动列表，WBS必须是系统化的，每细分一个层次表示对项目任务更细致的描述。

（4）工作包

工作包是WBS的最低层次的可交付成果，这一可交付成果可以分配给另一位项目经理或职能经理进行计划和执行，即可以通过子项目的方式得以完成，这时工作包可进一步分解为子项目的WBS或各个活动。

工作包应当由惟一一个部门或分包商负责。为了区分内部工作包和外部工作包，将外部工作包定义为"委托包"，委托包用于在组织之外分包或采购的工作。

在自动化项目管理中，对于工作包应牢记"80小时法则"即两周法则。完成工作包的时间应当不超过80小时，在每个80小时或80小时的期间结束之前，报告该工作包的结果。通过这种定期检查的方式，可以尽早控制项目的变化。

2. 工作分解结构用于范围定义

利用工作分解结构可以对一个项目的工作范围进行定义，但并不能对产品进行完整的定义。在自动化系统中，通常按系统的体系结构和工程阶段来进行工作结构的分解，同时用技术规格书对产品的范围进行定义，通过对各方责任的划分来定义产品以外的工作范围。

制定WBS的过程非常重要，因为在项目的分解过程中，项目经理、项目组成员和所有参与项目的职能经理都不得不思考该项目的所有各个方面。制定WBS的一般过程为：

①相关人员阅读项目章程或合同，在自动化系统工程中，一般是合同，包括商务部分和技术部分。

②项目经理约见有关方面的人员，集体讨论所有主要领域和项目阶段。在此基础上分解项目，定义子项目或生命周期阶段。如果有现成的模板或类似的工程，就使用现成的模板。

③将主要可交付成果细分为更小的、易于管理的工作包。工作包必须详细到这样的程度，即可以对工作包进行估算、安排进度、作出预算、分配负责人员或组织单位，以便顺利完成项目。

④检查WBS是否已经完整地包含合同规定的工作范围。

下表6.1-1是一个自动化系统的WBS，由于篇幅的限制，3级及其以下的工作分解和工作包是不完整的：

表 6.1-1　典型自动化系统的 WBS

某自动化系统工程项目	某自动化系统工程项目
1. 需求分析和系统设计	2.2.4 软件集成测试
1.1 初步设计	3. 系统出厂
1.1.1 硬件初步设计	3.1 工厂出厂验收
1.1.1.1 紧急后备盘的初步设计	3.2 包装运输
1.1.2 软件初步设计	3.3 设备到货检验
1.1.2.1 人机界面体系的初步设计	4. 现场安装调试
1.2 初步设计审查	4.1 现场安装指导
1.2.1 硬件初步设计审查	4.2 现场调试
1.2.2 软件初步设计审查	4.2.1 单机调试
1.3 详细设计	4.2.2 车站局部联调
1.4 详细设计审查	4.2.2.1 XX
2. 工厂制造	4.2.3 中心大联调
2.1 硬件制造	5. 用户培训
2.1.1 紧急后备盘的制造	5.1 用户工厂内培训
2.1.2 服务器、操作员站、网络设备的采购	5.2 用户现场培训
2.2 软件开发	6. 系统验收
2.2.1 数据库组态	6.1 系统预验收
2.2.2 人机界面组态	6.1.1 系统文档的提交
2.2.3 软件接口开发	6.2 系统保证期
2.2.3.1 软件接口测试	6.3 系统最终验收

3. 产品范围的控制

产品范围的控制对于自动化系统是非常重要的，最好的办法就是重视技术规格书，用技术规格书来规定产品的范围。在自动化系统中这些技术规格书通常包括：软件需求技术规格书；硬件需求技术规格书；软件设计技术规格书；硬件设计技术规格书；人机界面设计；详细接口规范；详细功能规范等。

根据项目复杂程度，可以将某一个技术规格书再细分成平行的几个技术规格书，如将详细接口规范分成每一个接口有一个详细接口规范。另外也可以根据文件的深度，将文件分为初步设计和详细设计，或总体设计和详细设计。

4. 其他工作范围的控制

自动化系统工程通常需要多方的密切合作，才能保证工期和质量，这些合作方通常包括业主建设单位、设计单位、安装单位、业主运营单位、主设备供应商等。需要通过某种形式界定各方在整个自动化系统工程中的责任，下表 6.1-2 是在一个自动化系统合同中自动化供应商和业主在设计联络会的第一设计阶段和第一次设计联络会的一个责任约定案例：

表 6.1-2　责任约定案例

项目活动	自动化供应商责任	业　　主
设计联络:(适用于所有的设计联络阶段)	● 负责自身的资源及成本,包括人力和会议室。	● 负责自身的交通(在北京); ● 对于由业主审核的所有文档,业主应在 2 周内将书面意见返回给自动化供应商; ● 督促设计单位、接口厂商按计划给自动化供应商提交相关文件。
第一阶段设计联络	● 在合同签署后 60 日内,组织实施第一阶段设计联络,为期 21 天,包括第一次设计联络会和若干次接口联络会; ● 在北京筹备和组织第一次设计联络会,会议召开前 30 天提供演示用文档和业主要求的相关文档; ● 在北京筹备并组织第一阶段接口联络会,主要内容是接口规范,任务包括:准备详细接口规范(DIS)的初稿,并在会议开始前 30 天内将其发给业主确认;将初步的 DIS(详细接口规范)发给各接口系统/设备供应商;筹备并组织接口联络会议; ● 编辑和签署会议纪要。	● 接口设计联络会议的重要先决条件:为了讨论接口方案,应在召开接口会议之前 2 个月选择并确定接口商。在该方面的任何延迟均会导致项目的延迟; ● 对于所有接口,为了满足紧迫的项目日程安排,应避免使用专有协议,提倡并坚持使用开放式标准协议。接口商在与业主签署合同之前应同意该项要求; ● 确保接口商出席接口联络会议,并在会议期间将其书面意见提交给自动化供应商; ● 主持设计和接口联络会,在会议期间,当接口商同和利时公司之间出现争议时,进行调停; ● 会议结束时,与接口商签署会议纪要。

　　另外一个责任分工案例是软件供应商和自动化厂家的各自工作范围。在该项目中,应用软件采用了国外公司的成熟软件。下表 6.1-3 表示了软件供应商和自动化系统集成商的工作范围:

表 6.1-3　软件供应商和自动化厂家的工作范围

项　　目	自动化供应商(A)	应用软件分包商(B)	备　　注
1. 项目活动			
1.1 项目系统工程	×(表示负责)	×	A:负责计算机及外围设备、网络、IBP、大屏幕的设计与采购。 B:负责软件。
1.2 接口工程	S(表示提供支持)	×	
2、子系统设计、制造、FAT 和现场交货		×	
2.1 计算机及外设		T(表示技术负责)	
硬件	×		
软件		×	
2.2 前端处理机 FEP		T	
硬件	×		
软件		×	

（续）

项　　目	自动化供应商(A)	应用软件分包商(B)	备　　注
2.3 网络		T	
硬件	×		
软件	×		
2.4 控制台与设备		T	
硬件	×		
2.5 OPS(大屏幕系统)		T	
硬件	×		
软件	S	×	控制器由 A 提供,人机界面图像由 B 提供
2.6 综合后备盘(IBP)		T	
硬件	×		
软件	×		
2.7 工厂验收测试(FAT)	×	T S(表示技术支持)	
2.8 集成工厂验收测试 (iFAT)	×	TS	
3、现场安装督导	×		
4、现场测试及试运行	×	TS	
5、保证期		TS	
硬件	×	S	
软件	S	×	

5. 范围核实

范围核实是项目干系人正式接受项目范围的过程，范围核实需要审查可交付成果和工作结果，以确保它们都已经圆满地完成。范围核实不同于质量控制，前者主要关心对工作结果的"接受"，而后者主要关心工作结果的"正确性"。这些过程一般平行进行，以确保可接受性和正确性。

三、考试训练

考试要点：掌握项目范围管理中项目范围和产品范围的概念；掌握可交付成果、工作分解结构和工作包的概念；了解一般的自动化系统的工作分解结构；了解如何进行产品范围的控制；了解如何进行产品范围以外的其他工作的范围控制；区分范围核实和质量控制。

1. 下列哪些文件是项目团队和项目客户之间通过确定项目目标及主要的项目可交付成果而达成协议的基础？

A. 项目实施计划

B. 项目章程

C. 工作授权计划

D. 工作范围说明书

参考答案：D。

2. 项目范围：

A. 只要在项目的需求分析阶段加以考虑

B. 应该在项目的概念形成阶段到项目收尾阶段一直加以管理和控制

C. 仅仅是属于项目执行期间变更控制程序处理的一个问题

D. 在系统设计确认以后就不成为问题了

参考答案：B。

3. 为了有效地管理项目，工作应该分解为小的单位，下列哪项没有说明每个任务应该分解到多细的程度？

A. 可以进行进度估算、费用预算

B. 由一个人就可以完成

C. 可以在两周以内完成

D. 不可能被进一步进行逻辑细分

参考答案：B。

4. 工作包是：

A. 最底层次工作分解结构的可交付成果

B. 具有惟一标识的任务

C. 可以分配到一个以上组织单位的任务

D. 工作分解结构中的三级以下的任务

参考答案：A。

5. 项目范围变更控制系统是指：

A. 规定项目正式文件变更步骤的正式的、文档化的程序

B. 规定在范围变更时，同时对成本、时间、质量和其他可交付成果进行调整的程序

C. 变更像 WBS 中定义的事先规定的项目范围的一套程序，包括书面工作、跟踪系统和授权变更的批准级别

D. 用于项目的命令，未经事先检查与签字，就不能变更范围的管理计划

参考答案：C。

第二单元　项目计划和项目时间管理

编制项目计划是项目管理中的重点工作之一，但大部分项目经理又觉得计划的编制是一件让他们头疼的事情，这种头疼主要表现在三个方面：一是项目计划到底应该包含哪些内容；二是计划总是变化；三是如何编制详细的项目实施计划。

项目计划的另一个难点是如何将进度控制的重点放在关键的项目活动中，网络进度计划技术将帮助项目经理找出项目中的关键路径。

模块一　项目计划管理

一、知识点

学习本模块的目的在于了解项目计划管理。本模块的知识点包括：项目计划的范围、项目计划中的里程碑、详细项目计划。

二、知识点分析

1. 项目计划的范围

根据项目的复杂程度不同，计划可以由一个主计划和几个子计划组成。一个自动化系统项目计划通常包括下表 6.2-1 所示内容：

表 6.2-1　自动化系统项目的计划内容

序号	内　　容	相关的项目管理过程
1	工作说明、范围说明、工作分解结构	范围计划编制
2	综合进度计划、主要里程碑	进度计划制定
3	质量计划、技术规范书	质量计划编制
4	文档定义、文档分类和管理方法	文档管理计划制定
5	预算和成本控制系统、现金流量预测	成本控制计划制定
6	执行情况汇报、报告和审查程序	沟通计划编制
7	活动事件网络计划	详细进度计划制定
8	设备制造、采购、物流	设备和物流计划制定
9	项目组织计划、项目人员计划、关键人员和责任分配矩阵	组织计划编制
10	尚未定论的问题和有待做出的决策、风险评估	风险管理计划编制

这些计划的制定也并不是在项目一开始就全部完成的，而是随着项目的展开逐步完善项目实施计划中的某些部分。比如，只有当已经开发出初始项目计划和识别出风险，并对风险进行了定性和定量分析时，才能开发应对这些风险的计划。

2. 项目计划中的里程碑

有经验的项目经理总是通过用好里程碑来有效地控制项目的进度，并在此基础上，通过里程碑点和 WBS 来制定项目详细的实施计划。下表 6.2-2 是某地铁综合监控自动化系统项目的里程碑点的定义，具有一般自动化系统的特点：

表 6.2-2　某地铁综合监控自动化系统项目的里程碑点

序号	名称	开始时间	完成时间	备注
1	合同谈判及签署	2005 – 8 – 22	2005 – 10 – 22	
2	合同签订	2005 – 10 – 23	2005 – 10 – 23	里程碑
3	施工设计与出厂调试	2005 – 10 – 24	2006 – 6 – 19	阶段
4	设计联络会一（接口）	2005 – 10 – 24	2005 – 11 – 14	
5	签订各接口协议（含监控点表）	2005 – 11 – 15	2005 – 11 – 15	里程碑
6	系统设计	2005 – 11 – 15	2005 – 12 – 30	
7	设计联络会二（功能）	2005 – 12 – 1	2005 – 12 – 22	
8	签订功能技术规格书	2005 – 12 – 30	2005 – 12 – 30	里程碑
9	设备制造和采购	2006 – 1 – 4	2006 – 2 – 28	
10	应用软件开发	2006 – 1 – 4	2006 – 4 – 28	
11	接口试验工厂验收	2006 – 3 – 1	2006 – 6 – 16	
12	厂内调试通过（FAT）	2006 – 6 – 16	2006 – 6 – 16	里程碑
13	设计联络会三（工程实施）	2006 – 4 – 3	2006 – 4 – 27	
14	制定工程实施方案	2006 – 4 – 28	2006 – 4 – 28	里程碑
15	工程设计	2006 – 5 – 8	2006 – 6 – 16	
16	完成施工设计并出图	2006 – 6 – 19	2006 – 6 – 19	里程碑
17	设备到货	2006 – 6 – 26	2006 – 12 – 29	阶段
18	设备全部到货	2006 – 12 – 29	2006 – 12 – 29	里程碑
19	现场安装和调试	2006 – 7 – 5	2006 – 12 – 29	阶段
20	变电所综合自动化系统调试	2006 – 7 – 5	2006 – 9 – 4	
21	车站 PSCADA 调试	2006 – 9 – 5	2006 – 10 – 30	
22	车站 BAS 调试	2006 – 7 – 5	2006 – 11 – 30	
23	车站 PSD 调试	2006 – 12 – 4	2006 – 12 – 28	
24	传输系统开通	2006 – 10 – 31	2006 – 10 – 31	里程碑
25	全线变电所发电	2006 – 11 – 20	2006 – 11 – 20	里程碑
26	各子系统全部调通	2006 – 12 – 29	2006 – 12 – 29	里程碑
27	系统联调	2006 – 12 – 4	2007 – 3 – 11	阶段
28	车站 CISCS 联调	2006 – 12 – 4	2006 – 12 – 29	
29	中心 CISCS 联调	2007 – 1 – 4	2007 – 2 – 28	
30	系统联调完成	2007 – 3 – 1	2007 – 3 – 1	里程碑
31	144 小时测试	2007 – 3 – 5	2007 – 3 – 10	
32	（144 小时测试通过）	2007 – 3 – 11	2007 – 3 – 11	里程碑
33	试运行与系统验收	2007 – 3 – 12	2007 – 6 – 30	阶段
34	3 个月试运行	2007 – 3 – 12	2007 – 6 – 11	
35	竣工验收	2007 – 6 – 12	2007 – 6 – 30	里程碑
36	质保期	2007 – 7 – 1	2009 – 7 – 1	
37	竣工验收备案工作	2007 – 7 – 1	2007 – 9 – 1	

3. 详细项目计划

工作分解结构反映了随着项目范围一直具体到工作组合的程度而变得越来越详细的演变过程。项目计划随着项目的逐步深入可以进行滚动计划，总体计划中规划在全部时期完成的，处于工作分解结构中上层的工作。详细项目计划是项目逐渐完善的一种表现形式，近期要完成的工作体现了工作分解结构最下层的工作。

有了 WBS 和项目的总体进度计划（如上面体现里程碑的计划），项目经理和项目组成员就可以应用"文档化"的方法来进行项目详细实施计划的编制。

在项目计划中，项目经理经常碰到的一个非常头疼的问题是计划变化太快，尤其是项目的详细计划。经常性的变化会让项目经理及其团队成员对项目计划缺乏信心，使得项目计划缺乏严肃性，很多项目经理甚至因为计划修改太频繁，而不愿意花太多的时间去修改。本书在前面的章节中谈到过，利用里程碑来做为项目详细计划的基准点，当里程碑点变化时，才需要修改计划，项目详细计划会随着里程碑的变化而自动变化。作为项目组成员，始终需要牢记里程碑点，这样才可以很好地理解项目详细计划并自觉执行。

三、考试训练

考试要点：通过本模块的学习，掌握一般自动化系统项目实施计划的内容和范围；掌握一般自动化系统进度计划的阶段和里程碑定义；掌握用好里程碑来制定项目详细计划。

1. 项目团队正处在为公司的一个新产品开发项目制定项目计划的过程中。下列除哪一项外都是适合项目团队使用的工具和技术？

A. 项目计划编制方法

B. 工作授权系统

C. 项目管理信息系统

D. 领导能力

参考答案：B。工作授权系统在项目实施期间才使用，它向项目团队成员授权开始具体工作包的工作。

2. 当项目正处于一个项目的初始项目计划开发过程时，项目团队正在寻找输入数据，下列哪项不是？

A. 风险应对计划

B. 为这个项目制定的预算

C. 员工绩效评价的指导方针

D. 以前项目绩效的文件

参考答案：A。只有当已经开发出初始项目计划和识别出风险，并对风险进行了定性和定量分析时，才能开发应对这些风险的计划。员工绩效评价指导方针和以前项目绩效的文件是组织政策和历史信息的例子，两者都是项目计划开发的有效输入。制定的预算是项目的约束条件。

3. 项目经理如何克服由于项目计划的频繁变更对团队带来的影响？

参考答案：项目经理一定要将这种影响限制在一定范围之内，项目经理可以利用里程碑来做为项目详细计划的基准点来克服计划经常性变更的困难，因为大部分变更来自于项目详细计划。

模块二 项目时间管理

一、知识点

项目的时间约束就是规定项目需要多长时间完成，项目的进度应该怎样安排，项目的活动在时间上的要求，以及在时间安排上的先后顺序。当进度与计划之间发生差异时，如何重新调整项目的活动历时，以保证项目按期完成，或者通过调整项目的总体完成工期，以保证活动的时间与质量。

学习本模块的目的在于了解如何进行有效的项目时间管理，以及进度管理是项目时间管理的主要方面。本模块的知识点包括：项目时间管理过程、活动排序的工具和技术、活动持续时间估算、制定进度表、进度控制。

二、知识点分析

1. 项目时间管理过程

项目时间管理包括使项目按时完成必须实施的各项过程。项目时间管理包括以下五个主要过程：

①活动定义：确定为产生项目各种可交付成果而必须进行的具体计划活动。

②活动排序：确定各计划活动之间的依赖关系，并形成文件。

③活动持续时间估算：估算完成各计划活动所需的工时单位数。

④制定进度表：分析活动顺序、活动持续时间、资源要求，以及进度制约因素，从而制定项目进度表。

⑤进度控制：控制项目进度计划的变化。

项目计划的关键在于制定进度计划。项目组成员应将所有约束和选择方案考虑到进度计划中并制定进度计划。

2. 活动排序的工具和技术

活动排序有两种基本的方法，即紧前关系绘图法（Precedence Diagramming Method，简称 PDM）和箭线绘图法（Arrow Diagramming Method，简称 ADM）。大多数项目管理软件使用 PDM，因此本书只介绍 PDM。

（1）紧前关系绘图法（PDM）

PDM 是一种用方格或矩形（叫做节点）表示活动，并用表示依赖关系的箭线连接节点构成项目进度网络图的绘制法。PDM 包括 4 种依赖关系：

● 完成对开始，即后继活动的开始要等到先行活动的完成；

● 完成对完成，即后继活动的完成要等到先行活动的完成；

● 开始对开始，即后继活动的开始要等到先行活动的开始；

● 开始对完成，即后继活动的完成要等到先行活动的开始。

（2）三种依赖关系

在确定活动之间的先后顺序时，有三种依赖关系：

1）强制依赖关系

项目管理团队在确定活动先后顺序的过程中，要明确哪些关系属于强制性的。强制性依赖关系指工作性质所固有的依赖关系，往往涉及实际的限制。如，自动化系统中控制柜的生产必须是在设计全部完成以后才能进行；接口测试必须在接口开发完成以后才能进行。强制性依赖关系又称硬逻辑关系。

2）优先选用逻辑关系

项目管理团队在确定活动先后顺序的过程中，要明确哪些关系属于优先选用逻辑关系。优先选用逻辑关系通常根据对具体应用领域内部的最好做法而确定。项目的这些非寻常方面造成即使有其他顺序可以采纳，但也希望按照某种特殊的顺序安排。优先选用逻辑关系包括根据以前完成同类型工作所取得的经验而选定的计划活动顺序。

3）外部依赖关系

项目管理团队在确定活动先后顺序的过程中，要明确哪些关系属于外部依赖关系。如，对系统的集成测试，需要依赖外部采购的硬件是否已经到位；现场自动化系统的调试需要依赖被控对象的安装调试是否已经完成。

（3）超前与滞后

超前逻辑关系中指示允许提前后续活动的限定时间。如，在一个有 10 天超前时间的完成—开始关系中，后续活动在前导活动完成前 10 天就能开始。

滞后逻辑关系中指示推迟后续活动的限定时间。如，在一个有 10 天延迟时间的完成—开始关系中，后续活动只能在前导活动完成 10 天后才能开始。

超前与滞后使活动的相关关系更加精确。超前时间是重叠的时间，滞后时间是拖后时间或等待时间。

3. 活动持续时间估算

活动持续时间估算的依据来自于项目团队最熟悉具体计划活动工作内容性质的个人或集体。持续时间估算是逐步完善和细化的，估算过程要考虑数据依据的有无与质量。在自动化系统中，随着项目设计工作的逐步深入，可供使用的数据越来越详细，越来越准确，因而提高了持续时间估算的准确性。这样，就可以认为持续时间估算结果逐步准确。

活动持续时间估算过程要求估算为完成计划活动而必须付出的工作努力数量，估算为完成计划活动而必须投入的资源数量，并确定为完成该计划活动而需要的工作时间数。活动持续时间估算可以使用以下一些方法：

（1）专家判断

专家判断是一种最常用的时间估算方法。项目经理可以请求职能经理提供这方面的帮助，职能经理往往是项目相关活动的时间估算专家，因为职能经理掌握了大量的历史信息。各位项目团队成员也可以提供持续时间估算的信息，或根据以前的类似项目提供有关持续时间的建议。

当与以前的项目确实类似，而且参与这种估算的项目成员具备必要的专业知识时，持续时间估算最可靠。

（2）参数估算

将应当完成的工作量和生产率进行比较后，就可以估算出活动持续时间。如，自动化系统接口测试中的点对点测试，所有的需要测试的点除以每天能测试的点，就是需要持续活动的时间。

（3）三点估算

考虑原有估算中风险的大小，可以提高活动持续时间估算的准确性，三点估算就是在确定三种估算的基础上做出的。这三种估算分别是最可能持续时间、乐观持续时间和悲观持续时间。

最可能持续时间是在为计划活动分配的资源、资源生产率、可供该计划活动使用的现实可能性、对其他参与者的依赖性，以及可能的中断都已给定时，该计划活动的持续时间。

当估算最可能持续时间依据的条件形成最有利的组合时，估算出来的持续时间就是活动的乐观持续时间。当估算最可能持续时间依据的条件形成最不利的组合时，估算出来的持续时间就是活动的悲观持续时间。

（4）后备时间

项目团队可以在总的进度表中以"应急时间"、"时间储备"或"缓冲时间"为名称增加一些时间，这种做法是承认进度风险的表现。

4. 制定进度表

制定项目进度表是一个反复多次的过程，这一过程确定项目活动的开始与完成日期。制定进度表可能要求对持续时间估算和资源估算进行审查和修改，以便进度表在批准之后能够当作跟踪项目绩效的基准使用。

制定进度表过程随着工作的绩效、项目管理计划的改变、预期的风险发生或消失或识别出新风险而贯穿于项目的始终。制定进度表可以使用以下工具和技术：

（1）进度网络分析

进度网络分析使用一种进度模型和多种分析技术，如关键路线法，以及资源平衡来计算最早、最迟开始和完成时间。进度网络分析还可以计算项目计划活动未完成部分的计划开始和计划完成时间。

在使用进度网络分析时，如果模型中使用的网络图含有任何网络回路或网络开口，则需要对其加以调整，然后再选用上述分析技术。某些网络路径可能含有路径会聚或分支点，在进行进度压缩分析或其他分析时可以识别出来并加以利用。

（2）关键路径法

关键路径法是利用进度模型时使用的一种进度网络分析技术。关键路径法沿着项目进度网络路线进行正向与反向分析，从而计算出所有计划活动理论上的最早开始与完成日期、最迟开始和完成日期而不考虑任何资源限制。由此计算而得到的最早开始与完成日期、最迟开始和完成日期不一定是项目的进度表，它们只不过指明计划活动在给定的活动持续时间、逻辑关系、时间提前与滞后量，以及其他已知制约条件下应当安排的时间段与长短。

由于构成进度灵活余地的总时差可能为正、负或零，最早开始与完成日期、最迟开始和完成日期的计算值可能在所有的路线上都相同，也可能不同。在任何网络路线上，进度灵活余地的大小由最早与最迟日期两者之间正的差值决定，该差值叫做"总时差"。关键路线有零或负值总时差，在一个确定性的模型中，通常按照总时差小于或等于某个指定的值（通常是0）的活动来确定关键路线。

在关键路线上的活动叫做"关键活动"，关键活动是整个项目中最长的路径，关键路径上的任何活动延迟，都会导致整个项目完成时间的延迟。

（3）进度压缩

进度压缩通常是通过赶工和快速跟进两种途径来实现。

赶工，就是在分析了如何以最小的成本最大限度地压缩历时的大量替代方案后，采取措施压缩项目总时间。这是成本和进度之间的权衡，是向关键活动增加资源。赶工并非总能产生可行的方案，反而常常增加费用。

快速跟进，就是通常按顺序进行的活动，因为要压缩项目进度，而将其重叠安排。快速跟进常常需要重新返工，通常也会增加风险。这种办法可能要求在取得完整、详细的信息之前就开始进行，其结果是以增加费用为代价换取时间，并因缩短项目进度时间而增加风险。

无论是赶工还是快速跟进，首先都要在关键路径上进行。一旦压缩了总项目时间，就要重新检查关键路径，因为总时间压缩以后，可能出现新的关键路径。

（4）资源平衡

资源平衡是一种进度网络分析技术，用于已经利用关键路线法分析过的进度模型中。资源平衡主要是考虑：

- 处理时间安排需要满足规定交工日期的计划活动；
- 处理只有在某些时间才能动用，或只能动用有限数量的必要的共用的或关键资源的局面；
- 处理用于在项目工作具体时间段按照某种水平均匀地使用选定的资源。

关键路线法的计算结果是初步的最早开始与完成日期、最迟开始与完成日期进度表，这种进度表在某些时间段要求使用的资源可能比实际可供使用的数量多，或者要求改变资源水平，或者对改变资源水平的要求超出了项目团队的能力。

将稀缺资源首先分配给关键路线上的活动，这种做法可以用来制定反映上述制约因素的项目进度表。将资源平衡的结果经常是项目的预计持续时间比初步项目进度长，这种技术叫做"资源决定法"，当利用项目管理软件进行资源平衡时尤其如此。将资源从非关键活动重新分配到关键活动的做法，是使项目始终尽可能接近原来为其设定的整体持续时间而经常采用的方式。

5. 进度控制

进度控制包括以下几个方面的工作：

- 判断项目当前的进度状态；
- 对造成进度变化的因素施加影响；
- 查明进度是否已经改变；
- 在实际变化出现时对其进行管理。

6. 进度表案例

项目进度表既可以简要概括，也可以详细具体。简要概括的项目进度表有时候叫做总进度表或里程碑进度表。项目进度表虽然可用表格形式，但更常见的做法是用以下一种或多种格式的图形表示：

- 项目进度网络图；
- 横道图；
- 里程碑图。

下面图 6.2-1、图 6.2-2、图 6.2-3 分别是某项目的进度里程碑图、概括性进度表和详细进度表（甘特图）。

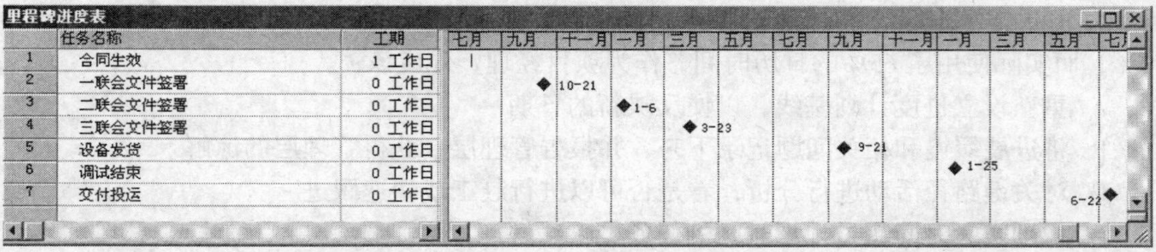

	任务名称	工期
1	合同生效	1 工作日
2	一联会文件签署	0 工作日
3	二联会文件签署	0 工作日
4	三联会文件签署	0 工作日
5	设备发货	0 工作日
6	调试结束	0 工作日
7	交付投运	0 工作日

图 6.2-1　项目进度里程碑图

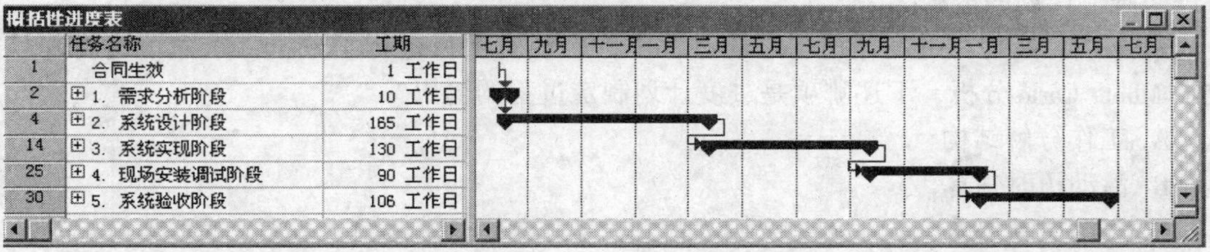

	任务名称	工期
1	合同生效	1 工作日
2	⊞ 1. 需求分析阶段	10 工作日
4	⊞ 2. 系统设计阶段	165 工作日
14	⊞ 3. 系统实现阶段	130 工作日
25	⊞ 4. 现场安装调试阶段	90 工作日
30	⊞ 5. 系统验收阶段	106 工作日

图 6.2-2　概括性进度表

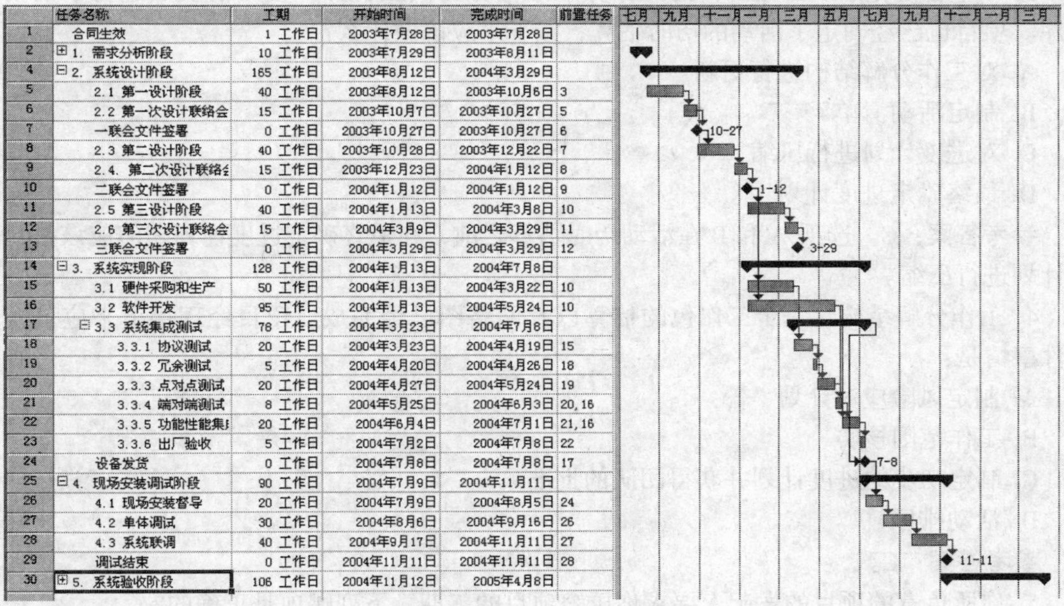

	任务名称	工期	开始时间	完成时间	前置任务
1	合同生效	1 工作日	2003年7月28日	2003年7月28日	
2	⊞ 1. 需求分析阶段	10 工作日	2003年7月29日	2003年8月11日	
4	⊟ 2. 系统设计阶段	165 工作日	2003年8月12日	2004年3月29日	
5	2.1 第一设计阶段	40 工作日	2003年8月12日	2003年10月6日	3
6	2.2 第一次设计联络会	15 工作日	2003年10月7日	2003年10月27日	5
7	一联会文件签署	0 工作日	2003年10月27日	2003年10月27日	6
8	2.3 第二设计阶段	40 工作日	2003年10月28日	2003年12月22日	7
9	2.4. 第二次设计联络会	15 工作日	2003年12月23日	2004年1月12日	8
10	二联会文件签署	0 工作日	2004年1月12日	2004年1月12日	9
11	2.5 第三设计阶段	40 工作日	2004年1月13日	2004年3月8日	10
12	2.6 第三次设计联络会	15 工作日	2004年3月9日	2004年3月29日	11
13	三联会文件签署	0 工作日	2004年3月29日	2004年3月29日	12
14	⊟ 3. 系统实现阶段	128 工作日	2004年1月13日	2004年7月8日	
15	3.1 硬件采购和生产	50 工作日	2004年1月13日	2004年3月22日	10
16	3.2 软件开发	95 工作日	2004年1月13日	2004年5月24日	10
17	⊟ 3.3 系统集成测试	78 工作日	2004年3月23日	2004年7月8日	
18	3.3.1 协议测试	20 工作日	2004年3月23日	2004年4月19日	15
19	3.3.2 冗余测试	5 工作日	2004年4月20日	2004年4月26日	18
20	3.3.3 点对点测试	20 工作日	2004年4月27日	2004年5月24日	19
21	3.3.4 端对端测试	8 工作日	2004年5月25日	2004年6月3日	20, 16
22	3.3.5 功能性能集	20 工作日	2004年6月4日	2004年7月1日	21, 16
23	3.3.6 出厂验收	5 工作日	2004年7月2日	2004年7月8日	22
24	设备发货	0 工作日	2004年7月8日	2004年7月8日	17
25	⊟ 4. 现场安装调试阶段	90 工作日	2004年7月9日	2004年11月11日	
26	4.1 现场安装督导	20 工作日	2004年7月9日	2004年8月5日	24
27	4.2 单体调试	30 工作日	2004年8月6日	2004年9月16日	26
28	4.3 系统联调	40 工作日	2004年9月17日	2004年11月11日	27
29	调试结束	0 工作日	2004年11月11日	2004年11月11日	28
30	⊞ 5. 系统验收阶段	106 工作日	2004年11月12日	2005年4月8日	

图 6.2-3　详细进度表

三、考试训练

考试要点：掌握项目时间管理的五个主要过程；掌握活动排序的工具和技术中的紧前关系绘图法及其活动之间的三种依赖关系；掌握活动持续时间的估算方法；掌握制定进度表的方法；掌握如何进行进度控制。

1. 由于技术难题、人员流失和设计返工导致项目遭受了重大延迟。项目完工百分比为50%，而实际使用了65%的日历时间，作为项目经理，你应该：

A. 重新设立进度计划基线，以便反映新的日期

B. 将进展缓慢和相关问题记录下来，并报告管理层，获得管理层的谅解

C. 对关键路径活动进行分析，看是否可以进行赶工或快速跟进

D. 识别实际时间超过计划时间的任务

参考答案：C，D。重新设立基线，只能隐藏问题，而不能通过透明的形式管理问题。识别延迟的原因可以帮助如何更好的解决这些问题，与此同时，需要安排必要的赶工或快速跟进来赶上计划的进度。

2. 某项目经理在进度计划制定的过程中，已经对项目进行了分析，压缩了进度并且完成了 Monte Carlo 分析，下述哪项是进度计划制定过程的输出？

A. 工作分解结构

B. 活动历时估算

C. 资源更新要求

D. 纠正性措施

参考答案：A。

3. 一个自动化系统工程项目的工作分解结构分为四层，并且使用箭线法进行了活动的排序。项目也已经确定了活动的历时估算，接下来应该做什么？

A. 对工作分解结构进行更新

B. 制定活动清单

C. 对进度计划进行压缩

D. 最终确定进度计划

参考答案：C。选项 A 和 B 在活动历时估算之前，在最终确定进度计划之前应该是对进度计划进行压缩。

4. 工作分解结构、每个工作包的估算以及网络图已经完成。项目经理接下来应该做的一件事情是：

A. 制定风险应对计划

B. 工作范围核实

C. 制定初步的进度计划并获得团队的批准

D. 活动排序

参考答案：C。

5. 你所负责的项目的发起人要求你压缩项目的工期，下列哪项是正确的？

A. 赶工总是会缩短项目历时，但是经常会增加风险

B. 快速跟进经常导致返工，赶工经常导致成本增加

C. 如果项目目前的实际费用低于预算，则赶工是惟一可行的选项

D. 与赶工相比，快速跟进将减少由于并行而导致的返工机会

参考答案：B。

模块三　项目成本管理

一、知识点

项目的成本约束就是规定完成项目只能花多少钱。关键是通过成本核算，能让项目干系人，了解在当前成本约束之下，所能完成的项目范围及时间要求。当项目的范围与时间发生变化时，会产生多大的成本变化，以决定是否变更项目的范围，改变项目的进度，或者扩大项目的投资。

项目费用管理包括费用规划、估算、预算、控制等过程，以便能在已经得到批准的预算内完成项目。本模块从以下四个方面对项目的成本管理过程进行阐述：基于 WBS 确定项目预算、成本控制、变更管理、项目管理平台对成本管理提供的支持。

二、知识点分析

1. 基于 WBS 确定项目预算

基于工作分解结构（WBS）确定项目预算，需要重点了解和考虑以下三个方面的问题：

（1）自动化系统项目的成本主要构成

自动化系统的成本主要由两个部分组成，一是软硬件成本，二是服务成本。成本的管理就是对这两部分的管理，其中对软硬件的成本管理通常由生产部门和采购部门提供管理支持，生产部门负责自产品的成本控制，采购部门负责外购设备的成本控制。因此项目经理对成本的控制主要集中于服务成本的控制。

项目的服务成本是为了完成项目任务而产生的，项目的工作分解结构包含了所有的项目任务，所以自动化系统的服务成本可以基于 WBS 确定项目预算。项目的服务成本预算和采购部门，生产部门提供的物资成本预算加以汇总，就可以形成一个项目总体的预算。

（2）预算编制中的部门协同和权衡

编制项目预算可以自上而下估算，也可以自下而上估算，所有的基准参数由财务部门和采购部门提供。项目活动是为项目目标服务的，但项目往往是多目标的，这些目标的达成对财务的要求可能是矛盾的，如：提高设计联络会的住宿标准，会使客户高兴，但损害公司股东利益；降低项目组成员的出差补助标准，会降低出差费用，但损害了项目组成员的利益；价格较低的设备可能节约当前的采购成本，但后续维护成本可能升高，降低用户满意度，使得总成本升高。

另外还要考虑项目是否出于某种战略或策略的考虑，如果一个项目是对于进入某个新兴行业至关重要，投标时可能压低价格，但为了将项目做漂亮，却需要增加项目实施的投入。

项目经理就是要跟财务部门、采购部门、生产部门一起权衡这些问题，使得预算一定要围绕项目目标，为达到项目的目标服务。因为预算是分析项目成本绩效的基准之一，费用的合理与否，在一定程度上决定了是否使用了合理的资源达成项目目标，同时也减少变更的可能性，提高项目在成本控制方面的效率。因此有经验的项目经理会十分重视项目的预算。

（3）结合自上而下估算和自下而上估算的预算方法

编制项目预算可以自上而下估算，也可以自下而上估算，从而拿出一个合理的预算。

通常，合同的价格是市场竞争的结果，即并不完全取决于企业自身的成本和对利润的要求，它应该合理的反映行业平均成本和社会平均利润。因此合同的价格具有很大的不确定性，但总的来说，一般的合同对于企业应该是有利润的，除非像上面说的是出于某种战略或策略的考虑。在应用预算方法时，高层领导、项目经理和相关支持部门都应该认识到这一点。

以自上而下估算为例，预算方法通常分为两步循环，直到预算合理。首先，组织对项目确定一个内部利润指标，确定项目总预算，将项目总预算按照 WBS 分摊到项目工作分解结构中的各个高级别的大纲中（一定级别的模块），进一步将每个模块的成本再次分配到各项任务上；然后，将各项目任务的预算与支持部门提供的参数相比较，看看是否合理，如果不合理，就进行调整项目总预算，再分解，再比较。反复这两个过程，就是不断权衡的过程。

自下而上的方法就是先用支持部门提供的参数，统计各个模块的费用，汇总各个模块为总费用，看看总费用是否能够满足组织对项目内部考核利润的要求。同样反复权衡，得出一个各利益干系人满意的预算。

（4）基于 WBS 的预算案例

自动化项目实施过程中主要包括工程设计、应用开发、设备采购及生产、工厂测试、现场调试、项目验收活动。图 6.2-4 所示为某自动化项目带有分摊预算成本的工作分解结构，图中只标注了每个工作包的总预算成本，实际项目实施中通常需要将不同成本要素分别标注。对于不同规模的项目应考虑不同的成本控制最小单位，例如万元、千元等等。

2. 成本控制

对于自动化系统项目，成本控制主要体现在两个方面，一是设备成本，二是工程服务成本。设备成本的控制主要在采购管理中加以阐述，在本模块中，对于设备成本，讨论的问题仅限于设计选型对总成本的影响，因为设计选型仍然属于工程项目组完成的范畴。工程服务成本的控制将是本模块重点讨论的内容。

（1）设计选型对总成本的影响

项目产出的产品质量并非越高越好，超过合理水平时，属于质量过剩。无论是质量不足或过剩，都会造成质量成本的增加。自动化项目在需求分析和设计阶段应当正确的识别用户需求，确保产品功能最恰当的满足用户需求，避免画蛇添足和锦上添花的产品功能造成项目成本的增加，而技术人员往往有这方面的冲动。

在硬件设备的选型中，应该考虑到当前的采购成本和可能导致的后续维护引起的成本。设计人员在考虑设备成本方面最好树立整个产品生命周期的意识。要考虑到使用的地点、场合可能引起的设备易损和维护。如在一个地铁综合监控系统项目中，20 来个车站通常需要50 个左右的 8 口网络交换机，有经验的厂家通常会选择价格比普通交换机贵 2 倍甚至 3 倍的工业网络交换机，这是因为考虑到车站的工作环境恶劣，工业交换机几乎没有维护工作量，而普通交换机却需要经常维护的原因。考虑到维护需要投入的人力成本和再购买成本，使用工业网络交换机反而成本更低，更不用说由系统可靠性的提高而带来的高用户满意度。

（2）工程服务成本的控制

工程服务成本的控制首先要区分以下几项成本：

● 人员工资及其福利，通常随技术水平和工作能力的不同而不同，这是自动化系统工程服务成本中最大的一块，约占工程服务成本的 40%；

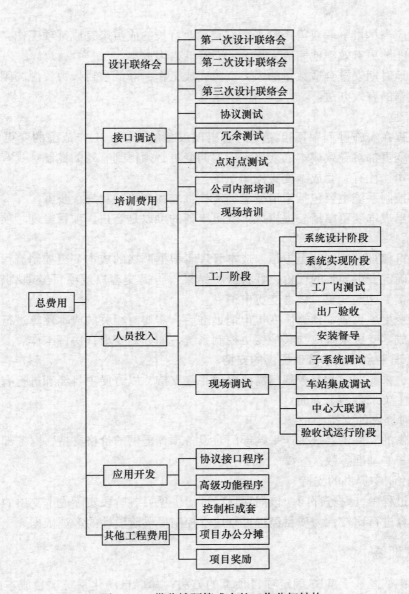

图 6.2-4　带分摊预算成本的工作分解结构

● 差旅费用，对于自动化系统来说，现场安装和调试必须到现场，因此将产生高额的出差费用。只要出差的时间相同，不同的工程人员的差旅费用基本是相同的。这部分费用也约占工程服务成本的 40%；

● 用户培训，设计联络会议费用，约占 10%，这一部分费用是基本固定的；

● 其他分摊费用，约占 10%，这是一个跟人员相关的固定费用。

有经验的项目经理在控制工程服务成本方面通常会从控制人员投入，减少不必要的出差入手。项目经理可以通过以下努力减少人员的投入和减少出差到现场；

● 努力找出正确的事，一定要围绕目标来展开资源的使用；

● 通过有效的沟通，争取一次将事情做到位；

● 通过有效的团队建设和激励，提高团队的整体作战效率；

● 重视需求分析和设计，尽可能在系统出厂之前完善系统，减少现场的返工和维护。

项目经理应当尽量争取获得经验丰富或有专业特长的成员来完成某项工作，因为通常经验丰富的成员能够更有效率地完成工作，从而降低人力成本。

在最合适地时期安排合适数量的人力资源完成工作，降低项目人力资源的闲置率同样也是降低项目成本的有效办法。

3．变更管理

自动化工程在实施过程中不可避免的会出现设备的变更、工作范围的变更和进度的变更，所有这些变更都将导致成本的变更，成本的变更必须得到有效的控制。具有完善的项目管理平台的公司往往有一套成本变更控制系统。

成本变更控制系统主要包括申请变更、审核批准和变更预算三个步骤。

首先是提出成本变更申请。提出成本变更申请的可以是客户、项目经理、项目成员等一切项目干系人。

第二步是审核批准成本变更申请。成本管理者根据严格的成本变更控制流程对变更申请进行评估，以确定变更导致的代价，并将分析结果报告提交客户或项目经理/职能经理，由他们确定是否接受这些变更，核准变更申请。

最后需要变更项目成本预算。变更申请批准后，需要对相关的成本预算进行调整。特别需要注意项目成本变更系统应与其他变更控制系统，如计划变更，协调工作。

4．项目管理平台对成本管理提供的支持

生产部门、采购部门和财务部门需要提供一些支持，以方便项目经理进行有效的成本控制，这种支持主要来自两个方面：

（1）预算时提供的支持

预算时提供的支持主要是生产采购部门对设备预算提供的价格支持，财务部门对工程服务的预算提供一些基准参数。

（2）过程控制中提供的支持

项目实施过程中，财务部门应该向项目经理提供项目各阶段实际成本支出的报告，进行实际成本与预算进行比较，为项目经理进行成本控制提供阶段性的客观依据。

三、考试训练

考试要点：掌握基于 WBS 确定项目预算的方法；掌握自动化系统项目成本的主要两个组成部分；掌握项目预算的两种方法；掌握成本控制的主要途径；掌握成本变更的主要步骤。

1．自动化系统的成本主要由哪两个部分组成？

参考答案：一是软硬件成本，二是服务成本。

2．编制项目预算常用的两种方法是什么？

参考答案：自上而下估算和自下而上估算。

3．项目经理在控制工程服务成本时，可以从哪几个方面入手？

参考答案：合理安排工作，控制人员投入，减少不必要的出差；合适的项目阶段安排合适数量的项目人员，降低人员闲置率；通过挑选、培养和激励等措施提高团队的整体效率。

4．成本变更控制系统包括哪三个步骤？

参考答案：提出成本变更申请、审核批准成本变更申请、变更项目成本预算。

第七部分 项目风险管理

第一单元 风险管理概念及其过程

风险管理被证明几乎适用于每一种项目，但由于项目自身的因素，如项目规模、项目类型、客户归属、与企业战略计划的密切程度及企业文化等因素，风险管理的实施程度在不同项目中不一样。在大型的自动化系统或采用新产品涉足新行业的自动化系统项目中，风险管理的重要性尤为突出。

目前，企业已经开始在项目中实施成本风险管理、进度风险管理、技术风险管理。风险管理已经成为总体项目管理的一个组成部分，它要求高层经理和项目管理者着眼于不确定性的未来并制定出应对行动计划，洞察并防范任何有可能给项目带来不利影响的潜在事件。

许多自动化系统公司中的风险管理并不是系统化实施的，大多数项目经理都没有系统风险管理的经验，但这并不意味着项目经理不需要注意项目的风险管理。相反，项目经理必须充分认识到风险管理的重要性，必须对风险管理过程有一个清晰的了解，了解项目生命周期内风险是怎样发生变化的以及如何制定风险应对措施。

模块一 风险管理基本概念

一、知识点

项目风险管理包括项目风险管理规划、风险识别、分析、应对和监控的过程。项目风险管理的目标在于增加积极事件的概率和影响，降低消极事件的概率和影响。本模块阐述涉及风险管理的一些基本概念，这些概念有：风险的定义、风险容忍度、风险管理的定义、成本风险、进度风险和技术风险。

二、知识点分析

1. 风险的定义

所谓风险是一个不确定性的事件或条件，一旦发生，将会对项目目标产生正面或负面的影响。风险通常是不容易评估的，这是因为事件本身发生的概率及所产生的后果一般都不是容易直接测评的参数，而必须借助于统计资料或其他程序才能获得。

(1) 风险的两个要素

对于某个既定的风险事件而言，风险包含两个要素：

● 某事件发生的可能性；

● 该事件发生所带来的影响，即风险程度。

从概念上看，每个事件的风险都是"可能性"和"影响"的函数，即：风险 = f（可能性，影响）。当"可能性"和"影响"两个自变量中的任何一个增加时，风险也会增加。因此风险管理中必须考虑到"可能性"和"影响"的因数。

（2）风险的正负两个方面

通常，风险也意味着对未来某个时间的无知。一般来讲，未来可能出现的好的事件被称为"机会"，而不好的事件则被称为"风险"。因此风险管理也具有正负两个方面，一是使积极事件的概率和后果最大化；二是使对项目目标有负面影响的事件的概率和后果最小化。

（3）危险因数和保险因数

某种事物的出现或是缺乏，通常会导致风险。我们将产生风险的因数称为"危险因数"，人们如果了解危险因数，并采取相应的行动，可以在相当大的程度上克服这种引起风险的因数。我们将用于克服风险的因数称为"保险因数"。因此风险的另外一个表达式为：风险 = f（危险因数，保险因数）。风险随"危险因数"的增加而增大，但随"保险因数"的增加而减少。这个公式表明，好的项目管理结构应该能识别"危险因数"，设置"保险因数"以克服"危险因数"。如果项目中有足够的"保险因数"，风险就会被降低到一个可接受的水平。

2. 风险容忍度

项目管理者必须依赖明智合理的判断和可用的风险管理体系来处理风险，不管这么样，关于处理风险所做的最后决策则部分地以项目管理者本身对风险的容忍度为基础。关于风险的容忍度通常有三种类型：

（1）风险规避者

通常情况下，风险总是跟效用联系在一起的，效用越高，风险越大。风险规避者往往是风险越高，其对风险的容忍度越低。

（2）冒险者

对于作为冒险者的项目管理者来说，其风险容忍度随着效用在风险中的增大而逐渐提高。

（3）风险中立者

风险中立者，其风险容忍度随着效用在风险中的增大而线性提高。

风险规避者较喜欢确定性的结果，因此会要求额外的资源或补偿作为他们涉足风险的代价，但是，冒险者则多半倾向于非确定性的结果，有时甚至甘愿增大成本来冒险一试。

3. 风险管理的定义

风险管理是指处理风险的实践活动，包括风险的计划、识别及分析、应对风险计划的提出和风险监控。项目风险管理是：

（1）项目整体管理的一个部分

风险管理和质量管理一样，不是一项局限于风险管理部门本身的独立活动，风险管理应该与关键的项目实施过程紧密相连。正如产品的质量和项目的质量取决于管理责任、质量系统和组织的能力，项目风险管理的责任不完全由项目经理来承担，但项目经理绝不能因此推卸项目风险管理相应的责任。

（2）贯穿于整个项目生命周期的项目风险管理

正如质量管理一样，项目风险管理也贯穿于整个项目生命周期，适用于组织中的所有活动，并且也适用于所有的项目。要想取得成功，组织必须承诺在整个项目进程中积极并一贯地采取风险管理。

（3）主动性很强的管理工作

风险管理是一项主动性很强的管理工作。例如，某项目经理接到一个自动化项目，该项目要求在 9 个月内完成，但项目设计人员考虑到网络冗余部分存在"双网切换"的技术风险，认为 12 个月更加接近实际。如果项目经理是主动反应类型的，他会马上拟定一份处理风险的计划；如果项目经理是被动反应型的，他可能无动于衷，直至有事件发生。到那时项目管理者不得不快速做出反应，但可能已经失掉了大量宝贵时间，其实一些偶然事件早已露出端倪。因此风险管理者应尽力减少某个不利事件发生的概率，如果不幸发生，则应尽力缩小其影响范围。

4. 成本风险、进度风险和技术风险

在自动化系统项目中存在的风险，通常可以分为三类，即成本风险、进度风险和技术风险。大多数高层领导和项目经理习惯于将项目风险的决策放在成本和进度上，较少地考虑技术方面的风险。事实上，很大一部分成本风险和进度风险是由技术风险引起的。技术风险或来自于组织对技术的掌握及其利用技术的组织能力的不确定，或来自于由于技术进步引起的技术环境的变化。对于开发软件产品或经历 1 年以上的大项目，项目经理就需要充分考虑技术环境的变化。

许多优秀的高层领导和项目经理在风险管理过程中已经整合了成本风险、进度风险和技术风险，在这之前，自动化系统软件开发项目经理往往存在以下方面的问题：

● 软件的设计中很少考虑后续工程设计和工程实施的效率和成本；

● 软件的设计中很少考虑后续系统的维护，维护困难；

● 软件的设计中很少考虑后续系统升级的问题，升级后软件体积增大，复杂度升高，系统可靠性差。

三、考试训练

考试要点：本模块是风险管理中的一些基本概念，通过本模块的学习必须掌握风险的定义；掌握关于风险容忍度的三种类型；掌握风险管理的定义；了解自动化系统项目中存在的成本风险、进度风险和技术风险及其三类风险的关系。

1. 什么是风险，风险的两个要素是什么？

参考答案：风险是一个不确定性的事件或条件，一旦发生，将会对项目目标产生正面或负面的影响。风险包含两个要素：一是某事件发生的可能性；二是该事件发生所带来的影响，即风险程度。

2. 风险的容忍度通常有哪三种类型？

参考答案：风险规避者、冒险者和风险中立者。

3. 对于风险管理，下列哪一种说法是不正确的？

A. 风险管理是项目整体管理的一部分

B. 风险管理贯穿于项目的整个生命周期

C. 风险管理是一个动态的过程

D. 风险管理完全由项目经理来承担

参考答案：D。风险管理犹如质量管理，还需要从组织层面上提供支持。

4．一位项目经理应对风险的主要策略是接受风险。因此该项目经理：

A．不敢面对风险

B．讨厌风险

C．敢于冒风险

D．转移风险

参考答案：C。

模块二　风险管理过程

一、知识点

本模块阐述风险管理及其过程：风险管理规划、风险识别和分析（风险评估）、风险应对规划、风险监控。

二、知识点分析

1．风险管理过程

风险管理应在项目之初建立，并将项目工期内所发生的风险记录在案，风险管理过程包含以下几个互相关联的部分：

（1）风险管理规划

在该阶段，项目经理应形成一套易掌握、条理性强的风险管理方法，描述在项目生命周期中风险识别、风险定性和定量分析、风险应对计划编制、风险检测和控制是如何构成和实施的。风险管理计划并非专注于对具体风险的应对，应对措施出现在风险应对计划中。

（2）风险识别和分析

风险识别和分析是尽可能达到成本、进度等各方面项目目标的关键技术过程。风险的识别过程实际上就是对各个领域进行检查，以便发现风险并记录下来。风险的分析就是对每一项已识别出的风险进行检查以精确描述风险，分析出风险产生的原因并确定其结果（对项目目标总体的影响）。

（3）风险应对规划

针对项目目标制定降低威胁的方案和行动。该过程包括以下一些问题：谁去完成？应该在什么时间完成？谁对此负责任？相关的成本和进度情况如何？风险的处理方法不外乎承担、规避、控制减少和转移。最理想的风险管理方法是，风险一旦确定，就会为此设计出相关的应对方案。

（4）风险监控

在整个项目生命周期中，对风险应对计划的实施过程进行系统化的追踪和评估。通过对监控信息的反馈可不断对风险的处理方法进行调整，使其适应项目的发展。

2．风险管理规划

风险管理计划应该是项目管理计划的一部分，制定风险管理计划的输入内容包括：项目目标、风险管理政策、干系人风险承受度、工作分解结构（WBS）等。项目经理先致力于建立项目管理目标，分配不同工作领域的责任归属，识别所需要的专业技术，描述形成风险处理方法的程序，建立监控标准，并明确报告、记录和沟通等需要。

风险管理计划实际上是一张风险管理的地图，告诉项目团队应从何处开始并要达到何种目的。做好一份风险管理计划的关键是将尽可能多的资料提供给项目小组，使每个成员对项目风险管理的目的、过程都心知肚明。

风险管理计划在某些领域非常具体，比如不同员工的风险责任。而在某些领域比较宏观，以使得执行者选择最有效率的方法，因为具体执行者往往掌握了最充分的信息。因此风险评估者可能会有来自执行者的几种可供选择的评估方法。在实际的项目风险管理计划中，关于评估技术的描述可能会简单一些，评估者可以根据项目当时的具体情况进行选择。

3. 风险识别和分析（风险评估）

风险评估是风险管理中明确问题的阶段。风险评估的工作结果对后续的风险管理工作来说是一个关键部分，它是风险管理过程中最艰苦、耗时最长的一个阶段。评估者可以采用某些工具来帮助评估，但如果对评估工具使用不当，则会误导评估过程。

风险评估过程尽管极为复杂，但却是风险管理中最为重要的阶段之一，因为评估的质量会给项目的结果造成极大的影响。风险的评估分为前后衔接的识别和分析两个过程。

（1）风险识别

风险识别的第一步是将事件分解到足够细致的程度以使评估者能了解风险发生的原因及结果，这是识别大中型项目中经常发生的大型的、多种多样的风险的一种实用的方法。

一定程度的风险通常存在于项目本身的技术、生产、工程及物流等各个环节。在自动化系统工程中常常面临的风险包括成本风险、进度风险和技术风险。技术风险通常体现为是否可以达到项目实施要求的风险、设计方案是否具有可行性的风险和与所用工艺、软件有关的风险；生产风险包括包装、制造、原料的获得、提前时间等问题；支持风险则与维护后续运营及培训能力有关。

对风险的全面理解需要经验和大量的时间，风险的识别必须贯穿于项目全过程。在自动化工程过程中，出现的高风险通常反映了管理者组织及支持系统的无能，也可能反映出设计或开发领域的一些技术性难题。

一种在自动化系统中风险分析常用的方法是"以体系结构为中心的工作分解结构"方法。这种方法是以体系结构为中心，尽可能早地在项目中建立工作分解结构系统，并将其用在结构化方法中去估计潜在的风险范畴。采用这种方法，工作分解结构中的某级中的要素可被一步步分解直到第四或第五级以方便进行风险分析。系统中的某一个部分或子系统，都可以用某些特性来评估，如软件、硬件的成熟度。

（2）风险分析

每一个风险范畴（成本、进度或技术），都包含一套核心的评估工作，这些工作应该是整合的，这要求项目风险评估人员能在不同领域内进行支持分析，以确保评估工作的整合。每个企业都应该对项目的经验教训进行总结，以便形成项目风险检查表，这种检查表可以帮助同类项目进行有效风险评估。成本、进度和技术评估的一些特点如下：

1）成本评估

● 以进度及技术评估的结果为基础，将技术和进度风险反映到成本风险中；

● 通过整合技术风险、进度风险对资源的影响和成本估算本身的不确定性，导出成本估算；
- 记录成本基础和风险评估中的风险问题。

2）进度评估
- 估计进度的底线；
- 反映技术基础、设计边界及其他技术和成本因数；
- 对进度计划进行分析；
- 外部输入对进度的可能影响；
- 记录进度基础和风险评估中的风险问题。

3）技术评估
- 提供技术基础；
- 分析外部输入的技术风险和组织内部技术风险；
- 分析技术风险对进度、成本的影响；
- 分析是否有特殊或苛刻的技术需求；
- 分析成功是否依赖于新的产品、服务或技术；
- 分析对于与其他系统的接口是否存在外部依赖性（甚至是国外公司）；是否存在极不灵活的可用性和安全性需求；
- 分析系统的用户是否对产品没有经验；
- 记录技术基础和风险评估中的风险问题。

4. 风险应对规划

风险处理方法包括风险承担、风险规避、风险控制和风险转移。现在来考察这四类方法：

（1）风险承担

风险承担的项目管理者会说："我知道风险存在并了解产生的后果，我乐于等待其发生，我接受风险及其产生的后果"。风险承担是承认风险存在的事实并接受与其相关的风险，几乎不做任何对风险加以控制的努力，只是在资源上做一些准备，以应对这种风险事件的发生。这种方法认为并不是所有已识别出的风险都需要特别处理，因此，这种方法一般用于风险程度较低的场合。

（2）风险规避

风险规避的项目管理者会说："我不会接受这个选择，因为潜在结果不利"。风险规避就是以风险较低的解决方案替代高风险或中等程度风险的活动。在自动化系统的项目后期，当显示有些需求无法完全实现时，这种方法也可用来解决成本和进度方面所受的影响。

（3）风险控制

风险控制的项目管理者会说："我会采用必要的手段来控制风险"。风险控制不仅要努力消除有风险的来源，而且要尽可能地降低其风险度。

（4）风险转移

风险转移是在系统内各个部分之间进行风险的再分配，以此降低全面系统风险。这可以是自动化供应商和客户之间的风险再分配。风险转移应被视为系统需求分析过程的一部分，风险转移实际上是风险分担的一种形式，而不是单方面风险的消除，这可能会影响成本目标。在自动化系统工程中，风险转移的效果很大程度上取决于系统设计过程。

风险处理方法及其应用拓宽了成本和进度的含义，项目经理应该整合风险处理方法、成本和进度，成本计划和进度计划应包含风险处理方法。一个重要项目的风险处理方法往往由企业的高层决定，风险处理方法一旦确定，其对成本和进度的影响就能被识别出来，并被包含在行动计划和进度之中。

5. 风险监控

风险监控过程是系统化的风险追踪过程，也是运用已建立的标准体系评估风险处理效果的过程。对于项目风险监控，项目经理应该注意以下几点：

（1）风险监控贯穿于项目的整个生命周期

风险监控是项目周期中反复进行的一个过程，监控结果可用来识别新的风险或对原有的计划进行部分修正。

（2）与项目干系人进行风险沟通

为了定期对项目风险水平的可接受程度进行评估，需要与所有项目干系人进行沟通。项目会议中最重要的议题应该是风险管理。

（3）定期审核风险应对计划的有效性

非关键风险可能转化为关键风险，项目经理应该要求项目风险应对措施承担人定期报告风险应对计划的有效性。

风险监控过程的关键是在项目中建立有效的对成本的、进度、绩效的指示系统，项目经理通过该指示系统及时发现潜在风险。从某种意义上讲，所谓的风险监控并非是解决问题的技术，而是一种为尽早识别风险而预先主动地获取信息的技术。有两个风险监控技术经常运用到整个项目的所有阶段，它们是：

1）挣值

这是采用基准成本和进度数据同实际执行的成本和进度进行对照、比较和评估。其结果为判断风险处理活动是否达到预期目的提供了基础。

2）技术测评

通过工程分析和检测，评估在采用某种处理风险方法之后实际中的一些关键性参数的值，实际上是在产品设计过程中经常使用的设计评估技术。

指示系统和对风险的周期性评估构成了风险评估的两个重要要素，在风险监控和重新评估风险的过程中发挥着关键作用。

三、考试训练

考试要点：掌握风险管理过程包含的几个互相关联的部分；掌握如何进行风险管理的规划；掌握如何进行风险的识别和分析；掌握风险应对的四类方法；掌握风险监控应该注意的几点及其风险监控的技术。

1. 风险管理过程包括哪几个互相关联的部分？

参考答案：风险管理规划、风险评估和分析、风险应对规划、风险监控。

2. 什么是风险转移？

参考答案：风险转移是在系统内各个部分之间进行风险的再分配，以此降低全面系统风险。

3. 你不能确定在可交付成果的现场集成测试时可能遇到什么问题，这对你的项目是一个风险，但是你决定不在这个时候处理它。这是一个_____的例子。

A. 风险规避

B. 风险转移

C. 风险接受

D. 风险减轻

参考答案：C。

4. 在风险监控过程中，风险应对负责人应该：

A. 确定需要监控的风险项目

B. 告诉项目经理中间需要的任何纠正措施

C. 识别新的风险并修改风险应对计划

D. 就风险缓解的新策略向干系人提供最新信息

参考答案：B。必须让项目经理随时了解最新的变化。

5. 影响分析是风险管理的哪个步骤地内容？

A. 风险识别

B. 风险定量分析

C. 应对计划

D. 风险监控

参考答案：B。

6. 风险管理的哪个步骤将影响项目计划？

A. 风险识别

B. 风险定性分析

C. 风险应对计划

D. 风险监控

参考答案：C。风险应对计划的输出是项目计划的一个输入。

第二单元　风险管理实践

项目风险管理并不是等到风险实际发生，已经成为问题后才决定对它采取行动。与风险发生后采取补救措施相比，及早管理项目风险就可以付出更少的代价，经历更少的痛苦。项目风险并不可怕，可怕的是发现它的时候已"为时太晚"。

任何项目经理都必须能够敏锐地意识到隐藏的陷阱，觉察隐藏风险的信号。许多技术风险都可以通过转移、控制等处理方法积极地防范、化解，而不必坐等发生后再考虑收拾残局。

项目经理必须意识到并非所有的风险都已经被识别出来。因此需要在项目发展中对其他潜在的风险不断加以检测。周期性的风险检测和评估的意义还在于认识到风险的形成并非一日之功，风险都是经历较长的过程才发展成为"问题"的。

在风险的管理中，经验是一位优秀的教师。所有教训都应该被记录下来，这样后来的项目管理者就可从过去的错误中吸取教训。

模块一　技术风险管理实践

一、知识点

在本部分的第一单元中对风险管理的基本概念及其风险管理过程进行了阐述，本模块在上述基础上结合自动化系统工程过程来阐述自动化各过程中潜在的技术风险及其管理风险。本模块的内容包括：需求分析过程风险、系统设计过程风险、硬件生产和采购风险、软件开发过程风险、现场安装调试过程风险。

二、知识点分析

1. 需求分析过程风险

在项目生命周期的各个过程中，越是前面的阶段，不确定性越大，给项目带来的风险也越大。很多项目的失败通常在项目需求分析阶段就埋下了失败的隐患，当这些隐患积攒到项目的后期形成"问题"时，项目管理人员已无力回天，给项目的收尾造成了巨大的困难。这里将从讨论自动化系统项目需求的多层次性入手，进一步讨论自动化系统工程需求分析阶段的风险主要来源的几个方面：

（1）项目需求的三个层次

利益相关者对项目的需求是多方面的，其中既有对项目进度、成本和技术方面的需求，又有在感情等方面的需求。简单说来，这些需求可以分为三类：一类是实现系统基本目的所必须具备的系统功能或进度要求；第二类是利益相关者希望得到的能够丰富项目成果的功能；第三类是对利益相关者越多越好的东西。

显然对利益相关者而言，其重要性是相对递减的，但在项目的实施过程中，利益相关方向项目承担者表达的频率却常常是递增的。有经验的项目经理总是善于区分这三类需求，并辨别真正的项目潜在风险所在。

（2）不同相关利益者的需求

某项目经理在一个地铁自动化系统项目实施中，碰到的建设方并不是最终使用这个系统的用户，即建设方是地铁建设公司，最终用户是地铁运营公司。这种建设和使用分开的项目模式在政府大型项目中普遍存在，被称为"代建制"。项目经理常犯的错误就是仅将合同客户，即地铁建设方作为需求的惟一来源和需求的最终确认方。有经验的项目经理在需求的获取时，通常会与利益相关各方进行沟通，并要求利益相关各方进行确认。

（3）项目谈判阶段形成的需求风险

项目谈判阶段是指供应商被宣布中标，到正式签订合同期间的技术条款和商务条款的确认阶段。仍然以地铁自动化系统的项目建设模式为例，因为这种模式在大型的自动化系统项目的工程中普遍存在。在这种模式中的项目前期，往往建设方处于主导地位，但到了项目的后期，主导地位慢慢会被使用方所取代，因为使用方最终要接管项目的成果。

在项目谈判阶段，应该尽可能将需求限制在一类需求上，将二类需求限制在项目能够承受的风险范围之内。有经验的项目经理会将谈判的重点放在技术需求，因为技术上的风险将引起进度和成本的风险。在这个阶段，往往由建设方主导，建设方容易接受供货商的风险管理建议，因为合同一旦签订，建设方是要和供货商共同努力将系统达成合同规定的技术要求，移交给使用方，最终要让使用方接受，才能使整个项目顺利收尾。建设方既要考虑项目达到建设的目的，完成一类需求，并加上适量的二类需求，又要使得项目顺利完成。使用方接受项目技术成果往往对照合同的要求进行，建设方和供货商应充分认识到这一点。

这个谈判阶段非常重要，项目经理要使建设方明白其中的利害关系，使得合同条款既能达成项目的目标，又消除后续收尾可能出现的风险。遗憾的是很多的项目经理，在这个时候，沉浸在项目中标的喜悦中，匆匆签订合同，又在兴奋中匆匆启动了项目。

2．系统设计过程风险

系统设计过程的风险主要来源于以下三个方面：

（1）系统设计风险

系统设计的风险主要来源于，当人们选择并打算展示某一设计思想时却极少考虑计划的可行性问题。比如在硬件的研发到生产过程中，一个明显的风险源是生产设计的失败。如果在设计过程中，设计师不能充分考虑到生产过程并通过生产人员的设计复查和评审，一项看似完美的设计，在现实的生产环境中就会漏洞百出。同样，自动化系统产品的设计还需要参与工程实施的工程人员和最后用户的评审，而且要考虑整个产品生命周期的可维护性和维护成本。

（2）设计复查风险

尽管大部分项目都要求进行正式的设计复查，但由于复查的要求中缺乏明确的方向和准则，因而复查这一行为常流于形式，无法满足两个主要目标，即：

● 在设计中补充新知识以扩大设计的基础，同时在设计中采用的不成熟技术应限制在风险可以接受的范围之内，因为系统设计中不成熟技术的比例越高，风险越大。

● 对目前已完成的令人满意的设计和分析工作提出挑战，以求下一阶段做得更为出色。

（3）应用环境风险

在一个自动化项目中，系统设计人员选择了一种以前没有使用过的网络设备，经过实验室的测试，其功能和性能都满足了技术规格书的要求，但没有考虑现场环境的高电磁干扰。另外在设计机柜等产品时，没有考虑北方的风沙对机柜密封性能的要求。所有的设计都应该放到其应用环境中去，否则可能导致设备的维护频率大幅升高，甚至不可用。

3. 硬件生产和采购风险

对于外购设备的选择，应该优先考虑那些与公司有着良好合作关系的供应商的产品，并要了解这些产品在其他项目中的应用情况。对于确实需要选择新的设备或新的供应商时，项目经理一定要做好调查，注意防范来自以下几个方面的风险：

- 国外采购的采购周期和汇率波动的风险，对于海外采购额大，而且使用外币支付的合同，应该采取汇率避险措施；
- 当前价格需要和后续提供的技术服务统一起来考虑，避免当前价格便宜，但后续服务能力不足，或后续服务成本过高的风险。

采购的产品一定要得到严格检验，尤其是被采购的设备需要应用于相对恶劣的环境时。如果在实验室环境下没有条件检验，一定要在合同中规定，货物合格的条件应包含"使用于现场，一定时间段内不出现问题"或合同中明确规定产品满足特定的技术标准并有相关认证机构的检验证明的条款。

4. 软件开发过程风险

在自动化系统工程中，软件开发过程通常包括三个方面的内容，包括：

(1) 通常意义上的工程组态

这是对成熟软件进行数据库、人机界面的设计和实现。数据库点表需要在合适的时候加以固化，否则点的增加或任何点属性的修改都将导致返工。人机界面也是如此，很多工程由于在设计阶段没有将工作做到位，结果在项目验收阶段，会不得不在使用方的强大压力下进行数据库和人机界面的修改。

预防这种事情发生的最好办法是给设计阶段以充分的时间讨论相关的内容，并且需要相关的人员，包括最后的系统用户必须到场。

(2) 接口的开发

对于系统集成商来说，接口管理是一个复杂而且至关重要的工作，有经验的项目经理通常将接口的管理作为其管理的重点之一。这里的风险主要来源于两个方面，一是系统集成商接口开发和接口管理能力不足，不能及时地向被集成方提出相关的接口文件和其他支持，引起接口开发的进度风险、接口的效率风险和接口稳定性风险；二是被集成方没有能力提供技术支持，或因为其他原因支持不够，系统集成商面临更多的不确定性风险。

对于自动化集成商，如果不能顺利的解决接口问题，则根本无法完成系统的最基本功能。但对于被集成方而言，即使不被集成，其基本功能也已具备，只是不能具备远方的监视和控制等功能。因此，被集成方工作的重点不在接口，虽然有义务提供支持，但缺乏支持的压力和动力。项目经理应该认识到接口的这个特点，通过提高接口规范化管理的水平，调动包括业主在内的各种力量，积极地推动接口工作的顺利开展。

(3) 定制应用开发

虽然大部分同行业的用户对系统的基本功能是相同的，但仍然有不少客户提出了一些个性化的需求，而且这种个性化的需求有不断增加的趋势。能否满足这种日益增加的个性化需求是自动化系统厂家核心竞争力的重要组成部分。

现有的软件为定制开发提供的工具、定制开发队伍的能力、定制开发的需求以及项目经理管理定制开发的能力决定了定制开发的风险程度。项目经理对现有的软件通常影响力很少，但项目经理可以在定制开发的需求上加以控制。项目经理在合同谈判期间就要充分评估系统需求对定制开发的风险，通过谈判降低此类风险。

系统特定需求对定制开发的风险评估应该考虑以下几个方面：

- 定制开发对系统结构的影响，当定制开发需要涉及系统结构时，需要慎重评估；
- 定制开发对稳定性的影响，多个工程对同一应用软件的持续定制开发，可能会使得软件体积越来越大；
- 软件是否提供足够的应用开发工具；
- 现有的开发人员能否满足进度、质量的要求。

5. 现场安装调试过程风险

优秀的项目经理一般不会将系统的问题留到现场去解决，因此现场安装调试的最大风险可能是工期的不确定性。自动化系统的现场调试是建立在被控对象（主设备）全部安装就位并调试完毕的基础之上的，主设备安装调试每推迟一天，自动化安装调试的工期就会缩短一天。项目经理应该努力给自动化系统的调试争取足够的时间，因为不会有业主或安装公司因为他们耽误了工期而减少自动化系统应该承担的责任。

现场安装调试的另外一个风险是当问题出现时，到底谁应该为这个问题的解决负责。现场调试时，主设备和自动化系统已经融为一体，即已经成为一个系统。任何这个系统的问题，不管是主设备的问题、安装的问题，还是自动化系统本身的问题都会在自动化系统中得到反映。项目经理应该认识到，太多的人容易被表面现象所迷惑，以为全部是自动化系统的问题。

项目经理需要冷静地分析问题所在，并说服相关人员，尤其是业主，相信问题的真正所在。其实大部分时候，自动化系统恰恰帮助诊断了问题的所在。从这个意义上讲，自动化系统的项目经理不仅仅是管理方面的专家，而且同时是技术专家，而且是要对被控对象也有一定程度熟悉的专家。所以自动化系统的项目经理需要是真正的复合型人才。

三、考试训练

考试要点：掌握自动化系统项目需求的三个层次，了解不同利益相关者的不同需求给项目所带来的风险；掌握系统产品设计过程中，重点应该考虑和防范的风险，了解设计复查风险；掌握软件开发中，通常意义上的工程组态可能存在的风险；掌握系统软件定制开发需要评估的风险；掌握接口管理存在的风险。

1. 自动化系统项目的需求可以分为哪三个层次？

参考答案：第一个层次的需求是实现系统基本目的所必须具备的系统功能或进度要求；第二个层次的需求是利益相关者希望得到的能够丰富项目成果的功能；第三是对利益相关者越多越好的东西。

2. 系统产品设计过程中，重点应该考虑和防范哪些风险？

参考答案：产品的设计一定要从产品的整个生命周期中的各个环节集成起来考虑，如考虑到生产过程、工程实施过程、可维护性和维护成本等。

3. 通常意义上的工程组态风险主要体现在哪几个方面？

参考答案：在不恰当的时候（如工程实施的中后期）提出测点的增加或人机界面的修改。

4. 系统定制开发重点要评估哪几个方面的风险？

参考答案：定制开发对系统结构、稳定性的影响，进度和是否具备足够的开发工具等。

5. 作为系统集成商，接口管理的风险主要体现在哪几个方面？

参考答案：一是系统集成商接口开发和接口管理能力不足，引起接口开发的进度风险、效率风险和稳定性风险；二是被集成方没有能力提供技术支持，系统集成商面临更多的不确定性风险。

模块二　团队风险管理实践

一、知识点

在项目管理中，大多数项目经理比较关注技术风险，往往忽略团队建设中的风险。事实上团队风险和技术风险是相互作用，密不可分的。本模块从以下三个方面来阐述团队的风险管理：消极的"皮格马利翁"效应、团队文化偏离公司文化的风险、"精英"式管理风险。

二、知识点分析

1. 消极的"皮格马利翁"效应

管理人员在影响下属的生产效率方面通常有不同的方式。有些管理人员总是用引导下属做出优秀业绩的方式对待下属，但是大多数管理人员无意识地以一种引导其下属做出低于其实际能力水平的业绩方式对待下属。

根据"皮格马利翁"效应，如果管理人员的期望高，其下属的生产率就可能会是优秀的；如果期望低，其下属的生产率则可能会是不佳的。这就好像有一种法则，左右着下属人员工作绩效的提高和降低，使之符合管理人员的期望。

（1）"皮格马利翁"效应在项目管理中的效率风险

在大量的项目管理实践中，也证明了这种"皮格马利翁"效应，并得出以下结论：

● 项目经理对项目组成员的期望以及对待项目组成员的方式在很大程度上决定了这些成员的工作绩效和职业进步；

● 优秀项目经理的一个独特特征是，有能力创造一种项目组成员能够实现的高绩效期望。而低效的项目经理没有建立那样一种高的期望，其项目组成员的生产率受损；

● 通常，下属人员会去做他们认为管理者期望他们做的事。

"皮格马利翁"效应在项目管理中的风险在于大多数项目经理不自觉地引导其团队成员做出低于其实际能力水平的业绩，慢慢地导致团队士气低落。

（2）人员流动风险

大型的自动化系统工程项目通常要历时两年甚至三年，一个项目可能会影响一个项目组成员的职业生涯。因此，项目经理的关注点不仅仅在于挖掘团队的生产力，而且要关注团队成员的职业发展，而这两者却往往又是相辅相成的。

遗憾的是，大部分项目经理缺乏培养项目组成员的生产能力所必需的知识和技能。所以很多项目组成员就在比较差的项目环境下开始了他们的工作。由于他们知道自己的能力没有被开发出来或没有得到发挥，他们就会消极对待他们的工作，为了完成任务而完成任务。从某种意义上讲，对于项目团队的最大挑战就是要解决开发不足、利用不足以及无效管理的弊端，充分利用其宝贵的资源。

当团队成员在这样的项目环境中工作时，自然就找不到自我满足感，为了避免进一步失去自尊，他们就会申请离开这个项目团队，要求加入另外一个项目团队。

2. 团队文化偏离公司文化的风险

当项目经理所承担的项目规模比较大，时间比较长时，有必要倡导项目团队的价值观和共同的理念，进而形成项目文化。但项目文化一定要建立在公司价值观和公司文化的框架之内。在一个大型的自动化项目中，团队的文化对于出色地完成项目任务会起到非常好的促进作用。这种与公司文化相一致的文化也有利于减少或解决组织内部团队之间的冲突，因为大家更容易理解冲突的根源，并更容易形成一致的冲突解决方案。

当一个项目团队建立了一种脱离公司文化的项目文化后，即使项目勉强完成，但给项目组成员和公司带来的效果将会是负面的，因为项目组成员在项目结束以后要回到他所在的部门，文化的冲突将会影响其迅速地重新融入其原来所在的部门。

3. "精英"式管理风险

同步协调是项目具体运作中最为困难和最讲究艺术性的一部分。在提高项目组成员的能力和素质时，应努力致力于通过团队成员的协作和人员的合理配置，提高作为一个团队整体的能力和素质，而不是纯粹"精英"式的能力和素质。也就是说，在提高项目组个体的执行能力和素质的同时，需要精心设计一种高绩效的工作方式，即业务流程。切记把人力资源管理放在项目的首位，你的成就将取决于你拥有多少一流的人才，以及你是否能够让他们在一起良好的合作。

有关业务流程的思考应该建立这样一个共同的信念，即目标的达成源于精心设计的工作方式。这种工作方式从来不会贬低出色人才的作用，但是不管多么出色的人才都必须融入整个业务流程中，由业务流程根据每个人的能力进行资源配置。业务流程调动每个人的能力，而不是过分依靠某一部分人或某个人的能力，无论一个人多么出色，也超不过集体的力量。过分依靠一部分人，对组织而言，风险太大，也不利于构建组织长远发展的平台。

4. 团队风险管理案例

某公司在轨道交通领域实现综合监控的第一个项目时采用了较多的不成熟技术。太多的不成熟技术给项目带来了很大的风险。在工程实施过程中，所碰到的困难，包括产品本身的问题和管理上的问题，其深度和广度都远远超出了团队的想象，这些困难对工程人员的情绪造成了很大的冲击。

（1）困难的出现

2002 年的 12 月份，这一年北京的冬天特别寒冷，而调试现场没有开通暖气，也没有水。在这种恶劣的工作环境下，以下三个方面的问题使得项目团队中的工程组面临严峻的考验：

- 工程组内部任务分配不合理导致的重复劳动；
- 软件组的开发进度和质量不能满足工程调试进度的要求而导致的工程人员的大量的重复劳动；
- 硬件组部分硬件的程序存在问题，解决问题后重新调试导致的工程人员大量的重复劳动。

对于第一方面的问题，工程组比较容易接受，认为这是内部的问题，总结调整容易解决，更何况是自己犯的错误。后两者对于大部分工程组人员看来是外部的糟糕输入而造成的，于是有人开始抱怨，寻找种种借口为自己的糟糕输出开脱，甚至在与开发人员的配合中推三阻四，不再愿意与开发人员配合，团队中各组的冲突不断升级。

（2）项目经理在解决士气方面的努力

项目经理在这样的情况下面临着巨大的压力，除了启动了一系列风险预案，项目经理积极开展了鼓舞士气的工作，让大家认识到三点：首先，无论是硬件的完善还是软件的开发，他们的活动本身也是工程的一部分，对于客户而言是一个整体，一个广义的工程队伍。工程组与开发组配合得越好，整体输出就会越好；其次，请大家记住，这是你的工作！既然你们加入了这个团队，选择了工程实施这个岗位，就必须接受它的全部，而不是仅仅只享受它给你到来的益处和快乐，就算是屈辱和责骂，那也是这个工作的一部份；最后，团队中的每一个成员必须更加动脑筋，更加勤奋的工作，必须用更漂亮的工程弥补当前产品的不足。如果软硬件组已经有三个错误，而工程再加两个错误，那调试过程中对用户而言就是五个错误。团队的努力应该是，杜绝后两个错误，并尽力协助解决前三个错误。后来的实践证明，团队的士气提高了，并通过各种测试手段和方法逐渐做到"杜绝后两个错误"。工程组与开发组的合作越来越愉快，和开发组一道，预防和解决"三个错误"，提高了软件发布的一次成功率。

三、考试训练

考试要点：理解"皮格马利翁"效应对团队绩效的作用；理解"精英"式管理的含义，掌握如何在项目管理中避免"精英"式管理。

1．"皮格马利翁"效应在项目团队成员绩效管理中是如何表现的？

参考答案：根据"皮格马利翁"效应，如果管理人员的期望高，其下属的生产率就可能会是优秀的；如果期望低，其下属的生产率则可能会是不佳的。

2．在团队建设中如何避免"精英"式的管理。

参考答案：出色的项目团队总是基于一种精心设计的高绩效工作方式，这种工作方式就是业务流程。再优秀的团队成员，也应该将其融入到业务流程中。

3．对项目团队成员的管理，下列哪一种说法是不正确的？

A．项目经理有责任培养项目组成员，使他们具备为达成项目目标而必须的知识和技能

B．项目团队建设的最大挑战来自于对团队潜能的充分开发，解决开发不足的问题

C．项目经理对项目成员的期望，在很大程度上决定了这个成员在团队中的绩效

D．为了保护"精英"的积极性，项目经理可以允许"精英"游离于流程之外

参考答案：D。不管多么出色的人才都必须融入整个业务流程中，由业务流程根据每个人的能力进行资源配置。

4. 对于团队文化建设，下列哪一种说法是错误的？

A. 团队文化的建设应该在公司的文化框架之内

B. 出色的团队文化对团队效率有很好的促进作用

C. 如果有必要，完全可以不考虑公司的价值观和文化，建设一种适合于团队的独立的文化

D. 共同的价值观和文化可以有效地减少冲突，同时将促进冲突的解决

参考答案：C。与公司文化不相符的团队文化会带来很多问题。

第八部分　质量管理

第一单元　质量管理及其与项目的融合

在过去的 100 年中，质量管理的观点发生了巨大的变化。在 20 世纪初到 20 世纪 50 年代，质量管理主要被看作是从产品中检查并挑选出优质品的工作，重点在于发现问题，即现在所说的质量控制。从 20 世纪 60 年代开始，质量控制演变为质量保证，重点从发现问题到如何采取措施避免问题。如今质量管理的重点被放在战略质量管理上，它包括如下方面：质量由用户定义；质量管理通过可获利能力将市场和成本联系起来；质量管理已经成为一个竞争武器；质量管理是战略规划过程的一部分；质量管理需要由整个组织去完成。

质量管理包括三个重要的过程，一是质量计划编制，即确定项目的质量标准，决定怎样满足这些质量标准；二是质量保证，通过评价项目整体绩效，建立对质量的信心；三是质量控制，确定项目结果与质量标准是否相符，确定消除造成不满意绩效影响因数的方法。

客户驱动的项目管理融合全面质量管理和项目管理，使组织以客户全面满意为中心。该方法已经被进一步拓展为一种处理业务的新方法，它将客户的要求作为完成项目可交付成果的驱动力，该方法强调完全的客户满意、持续改进和员工的参与。

模块一　质量管理基础

一、知识点

项目质量管理过程包括保证项目满足原先规定的各项要求所需的质量规划、质量保证、质量控制和质量持续改进等过程。本模块阐述质量管理的几个重要概念，包括：质量的定义、质量成本、质量管理、质量领导和新世纪的质量组织。

二、知识点分析

1. 质量的定义

质量是"内在系列特征满足要求的程度"（美国质量协会，2000 年）。就项目而言，质量管理的一个关键是通过利害相关者分析，将利害相关者的需求、期望转化为项目范围管理中的要求。

注意，适用性才是真正的需求。要记住"不要镀金膜（No Gold Plating）"，镀金膜的意思是为客户提供的产品或服务超过了他们的要求。例如在一个地铁综合监控系统项目中增加了"设备管理系统"。"综合监控系统"本身是一个对设备进行监控的实时系统，这是用户实施的最初目的，反映的是人与设备的关系，关系相对简单。"设备管理系统"是对设备管理流程的信息化支持系统，其流程反映的是"人与人"之间的关系，其实施的前提是清晰的流程，需要高层领导的参与。由于用户对设备管理系统根本不理解，更谈不上需求，因此用户方也没有人来支持实施该系统，从而影响了整个项目的最终验收。

质量是一个过程，而不仅仅是指产品质量，产品质量是质量过程的结果。更准确地说，质量是一个持续改进的过程，在这个过程中取得的教训被用于提高未来产品和服务的质量，目的是留住现有的客户、重新吸引流失的客户和赢得新用户。

预防胜于检查，防患于未然的代价总是小于检查所发现错误的纠正代价。正是基于这样的一种思维，在自动化工程实施的五个主过程（系统需求分析、系统设计、设计实现和工厂测试、现场安装调试和系统验收）中，要特别重视前两个过程。系统的质量与其说是控制出来的，不如说是设计出来的。在每一个过程的每一个环节中，同样要贯彻这样一种思维。

2. 质量成本

质量成本是指与质量相关的所有投入的总费用。为了更好地对质量成本进行管理，有必要对成本加以区分，一种简单的区分是可以将成本分成"一致成本"和"非一致成本"。一致成本包括培训、指导、查证、确认等质量活动；非一致成本包括损耗、返工、维修许可、产品招回和投诉处理。通过缩减一致成本来节省项目费用会大大增加非一致成本，甚至导致丢失顾客的危险。

还有一种通用的划分质量成本的方法，将成本划分为预防成本、评估成本、内部故障成本和外部故障成本。

预防成本是指这样一种预先成本，这种成本关注第一个及以后逐个系统产品对顾客的满足要求。如需求分析和系统设计评价、质量计划及其实施、供应商评价等投入成本。

评估成本是指评价系统产品（也可能是某个里程碑的输出）是否满足利益相关者的需求而产生的费用。如接口测试、系统工厂内测试，系统验收发生的费用。

内部故障成本是指与系统产品在出厂之前出现问题进行纠偏而发生的费用。如第一次设计没有到位，经审核需要局部返工；某个员工的离职导致的停工，工期延长等发生的费用。

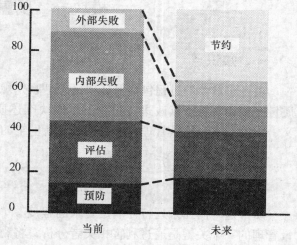

图 8.1-1　总质量成本

外部故障成本是指系统产品没能满足顾客的需求相联系所产生的成本。包括设计缺陷导致的现场返工，处理客户抱怨，甚至导致回款滞后所引起的成本。

图 8.1-1 显示了全面质量管理系统在质量成本方面的期望值。当整个组织耗费在预防方面的成本较多时，质量检查的成本下降，评估成本也会降低，最大的节约会来自返工、重做、损耗等内部故障成本的降低。

质量成本的构成原理要求组织在考虑自动化系统工程的实施时注重系统需求分析和系统设计阶段的质量管理投入。另外，知识的管理有利于减少预防成本的投入，也就是说，预防成本并不总是增加的。知识管理可以通过消除评估、检查和审核等系统的需要来降低质量成本。

3. 质量管理

项目管理知识体系指南对项目质量管理给出的定义是：项目质量管理是通过质量计划、质量保证和质量控制将质量活动集成到项目管理核心过程中，而不仅仅是外部的审核和评价工具。

既然质量是内在系列特征满足客户要求的程度，同时质量活动又是融入到了项目管理的核心过程，那么在项目管理中是否就应该鼓励在整个项目生命周期中与客户建立密切的持续关系。通常，项目经理在这种情况下可能会招来额外的风险，承受更大的压力。随着客户和项目团队对项目过程了解的加深，这种参与活动很可能引起项目范围的变更或用户的不恰当的干涉。实践证明，这样的风险是值得的，尤其是项目经理与客户在信任的基础上建立了彼此坦白真诚关系的情况下更是如此。一个基本的经验是，项目过程中的变更是不可避免的，但它可能不及时，越到项目的后期，变更引起的投入成本就越大，因此需要通过建立信任和理解，通过协作和妥协对变更进行管理。

质量环境强调第一次就正确完成正确的事，但更为重要的是出现问题时要坦白和直接面对问题，不管它是正面的还是负面的都应该向客户提供清楚的信息。项目经理必须致力于建立这样一种项目质量环境，使项目团队持续以过程、可交付成果、交付标准和客户为中心。

4. 质量领导

在传统的管理方法中有一种按结果管理的方法。这种方法表现在自动化系统工程实施中就是强调最终结果，即各个里程碑的输出，里程碑中各个环节的输出。强调供应商的账期，强调使用低成本的工程人员。强调等级的一系列指令，目标融入工作标准或配额中来指导员工的行为。这些量化目标的应用会减少思考时间、误导工作重心，造成担心和低工作效率、捏造数据、内部冲突和对客户需求的漠不关心。

质量领导是另外一种方法，强调运用方法的结果。这种管理方法是要求对每一个项目阶段，每一个环节进行研究和不断改进，这样持续努力的结果不仅能达到而且能超过客户的期望。质量领导原理是以客户为核心、质量第一、有效的工作节奏、控制但有自由、目标统一、过程缺陷的确认、工作在团队之中和教育培训。这些原则对于长期思考、正确指导投入和为客户的积极考虑是很有意义的。

项目经理必须能够营造一种能在团队成员之间培育信任和合作的环境。项目经理必须支持团队成员对问题的确认和报告，并且要不惜任何代价避免在头脑中"将信息抹杀"。

在总结国内第一个地铁综合监控项目的一个会议上，一位项目组成员这样总结说："能够在这个团队工作真是一件非常愉快的事，虽然项目碰到的困难远远超过了大家的想象，虽然大家没日没夜地干，但大家非常高兴，不觉得辛苦，因为大家互相信任。当问题出现的时候，大家总会一起解决问题，交流是如此的坦诚。大家总是毫无保留地说出问题，大家相互提醒可能会出现的问题，对出现过的问题分享解决的经验。"

5. 新世纪的质量组织

项目成功管理的关键经常归于两个关键因数：1）进行工作的个人素质；2）项目管理的组织平台。

项目质量管理以人为本。创建项目质量管理系统首先应确保执行项目工作的个人是有能力负责的，也是会负责的专业人员，这是个人层面的质量功能部署。这里包含了两层含义，一是有能力负责，二是有主动负责的精神。在此强调的是要自下而上的创建项目质量管理，从正确的招聘和培养团队成员开始。这种质量组织方式与从最高层开始逐渐细化的工作分解结构不同，质量组织是始于工作包和个人素质的，它完全由人来创造。这将是真正的实践，而不是会议室里的纸上谈兵，组织通过对个人的管理，通过个人意志力来加强质量管理，不断超越自我，达到出众的质量水平。

这种质量组织方式的一个关键因素是领导艺术和组织的凝聚力，这种组织能够激发个人和团队项目质量意识、敬业精神并使个人在预算内按时对质量工作负责。回归个人的质量运动将责任置于其应处的位置。

项目管理平台的建设就是为了优化项目组织结构及其对单个项目的支持能力。如知识管理中的需求分析模块有助于促进在广义的系统规模上将客户要求转化为产品规范，这是组织层面的质量功能部署。

有五种力量将形成未来的质量组织，它们是：
● 对职业道德严肃认真的献身精神和能发挥重要作用的个人意志和热情；
● 组织结构灵活，组织行为和知识管理为成功的项目质量管理创造条件；
● 客户的全过程参与，客户可以直接就规范、设计问题、变更做出决策，并驱动项目质量过程；
● 渗透式的质量管理，在项目管理领域，将质量工作渗透到任务分配、产品设计和工程过程；
● 通过网络开发沟通新渠道，与客户、供应商和关键干系人建立伙伴关系，从而改变了项目质量管理的方法。

三、考试训练

考试要点：理解质量的定义；掌握基于系统的质量成本思考，掌握一致成本和非一致成本的概念；掌握通用的质量成本划分方法；区分质量管理和质量领导；了解新世纪的质量组织。

1. 质量是：
  A. 与客户欲望的一致
  B. "镀金"以便使客户高兴
  C. 与要求、规范及适用性一致
  D. 与质量控制人员的要求相一致
参考答案：C。质量是符合要求、规范和适用性的程度。

2. 下列哪一项是满足客户真正需求的质量特性？
  A. 高等级
  B. 安全与环境
  C. 适用性
  D. 与规范一致
参考答案：C。适用性是质量的真正需求。

3. 下列哪项是质量的一致成本的例子？

　　A. 返工

　　B. 质量培训

　　C. 投诉处理

　　D. 担保成本

参考答案： B。质量培训是一致成本的例子。

4. 一种质量成本的划分方法可以将质量总成本分解为四个部分，这四个部分分别是什么？

参考答案： 预防成本、评估成本、内部故障成本和外部故障成本。

5. 什么是外部故障成本？

参考答案： 外部故障成本是指系统产品没能满足顾客的需求相联系的成本。包括设计缺陷导致的现场返工，处理客户抱怨，甚至导致回款滞后所引起的成本。

模块二　融项目管理和质量管理为一体

一、知识点

融项目管理和质量管理为一体是整合项目管理和质量管理的一种创新项目管理方法。本模块从以下四个方面对这种方法进行阐述：客户驱动的项目质量管理概念、客户驱动的项目质量管理方法是一种组织策略、将客户期望转化为项目的规范、将项目质量管理融入项目管理过程。

二、知识点分析

1. 客户驱动的项目质量管理概念

在项目管理成熟度模型中谈到，当公司开始认识到将几个流程置于一套方法下产生协同效应时，最先局部结合的是项目管理和全面质量管理。客户驱动的项目管理提供了在全面质量管理和项目管理方面的崭新范例。

客户驱动的项目质量管理将现代管理方法，全面质量管理和项目管理融为一体，使组织以客户（包括组织外部客户和组织内部客户）满意为中心，强调采用项目管理方法进行计划编制、控制并成功交付可交付成果。这样组织就能自始至终地在客户驱动下创造实际价值，留住老客户，吸引新客户，保持组织长期的发展动力。该方法就是将客户的要求作为完成项目可交付成果的驱动力，旨在建立组织内和组织间的新过程和新关系模式。

下面的一个自动化工程项目经理的抱怨将有助于理解这个概念。他说，他在被任命为项目经理后，着手组织召开客户和相关各方一起参加的设计联络会。在这次设计联络会上对用户反映在技术合同上的需求进行了逐条梳理，并形成技术规范文件，大家签字确认。随后他的项目团队就根据这个规范进行了卓有成效的工作，8 个月以后，他们按规范在进度计划和预算要求内完成了系统的设计、实现和厂内测试，准备出厂验收并发往现场。在这 8 个月中，项目组也与客户进行了一些沟通，但都是停留在进度或局部的需求确认上，这些需求是十分零散的。当客户来厂验收看到这个系统时，发现有些必要的功能原来被疏漏了，而且对某些功能的人机界面也不满意，要求变更。此时如果允许变更，将投入相当多的人手，而且工期紧，需要高强度的加班，费用会很大。项目经理拿出了当时设计联络会签署的文档并拒绝修改，因此与客户发生了争执。最后项目经理在强大的压力下进行了变更，但仍然不能完全满足用户的要求，因为变更实在来得太晚了。客户也在妥协中勉强同意出厂。更糟糕的是这些不能满足的功能在后续的现场调试和验收过程中经常被提起，干扰了项目后续的工作。

在这个案例中，项目经理在完成项目目标方面似乎做得不错，但客户最终并不满意。事实上，自动化工程的项目经理应该认识到以下几个问题：

（1）用户的需求和期望是不断变化的

项目经理必须意识到并正视客户变更的可能性。对于项目管理的组织而言，必须发展和完善对客户不断变化的需要和期望做出快速响应的能力。对于组织而言，这也是一个学习的过程。

（2）将变更限制在合适的时间和合适的范围之内

对于自动化系统而言这个合适的时间就是在最后一次设计联络会（一般是三次）结束之前，合适的范围即用户的真正需求，但不超越组织的技术能力和产品战略边界。

（3）让客户参与到过程中来

不管是通过设计联络会的方式（项目经理必须高度重视而且高效安排设计联络会），还是通过因特网形成的虚拟团队的方式。记住，光沟通进度是不够的，重要的是质量（满足用户需求和期望的程度）。在这个过程中与客户建立持久的关系，不仅稳定项目关系和长远的合作关系，并通过客户反馈的有关已经完成的项目信息实现不断改进。

2. 客户驱动的项目质量管理方法是一种组织策略

客户驱动的项目管理是着眼于未来的一种项目管理方法。前面我们谈到采用项目管理是组织的一种战略考虑，客户驱动的项目管理是一种项目管理策略，提供的是一种操作方法。

图 8.1-2 中的三角形将有助于理解客户驱动的项目质量管理方法在组织管理中的位置和作用：

前景规划总是致力于追求卓越，其表现形式是全面客户满意，包括内部和外部客户的全面满意（满足或超过客户的期望）。这要求建立和维护客户驱动的组织文化，尽一切努力增加客户价值。

战略以灵活、快速的响应为中心，通过获得授权的客户驱动的团队来实施。战略要求组织结构类型为客户驱动的项目团队结构。

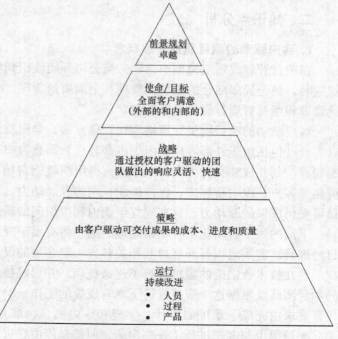

图 8.1-2　客户驱动的项目质量管理方法

策略包括由客户的意见来控制项目可交付成果、进度计划和质量。这种方法就是以最理想的生命周期成本提交尽可能好的可交付成果。要使你所在的业务成为一流的业务，不管可交付成果是产品、服务或两者的组合，它们都必须是一流的。

3. 将客户期望转化为项目规范

必须将客户的期望和要求梳理出来形成规范，因为项目是无法成功地满足模糊的或未说明的期望的。

大部分自动化系统工程的项目经理都知道将相关各方的期望转化为规范的重要性，但在付诸真正的行动的时候，他们或认为做起来困难，或甚至不知道怎么做。质量是对期望的满足程度，将期望转变为规范以后，质量就在某种程度上转化为对特定项目规范的满足程度，在质量落实上就变得清晰和具体。

自动化系统工程规范可以分为：项目技术规范和组织流程规范。项目技术规范是指完成项目所需要的软件技术规范和硬件技术规范，包括系统功能规范、系统性能和系统接口规范。组织流程规范是指项目任务在组织中是如何驱动的，用什么样的方式来完成。

从组织层面看，项目技术规范是项目管理平台建设中知识管理的结果，是基于特定产品面向特定类型工程的技术规范。这些具有共性的技术规范可以为单个项目的技术规范的整理提供模板和标准，单个项目只需要增加特殊要求的部分，删除不必要的部分。组织流程规范也是项目管理平台建设的结果，单个项目通常遵循这个组织流程规范，需要例外的地方根据项目政策进行例外处理。

将期望转化为规范，是针对某个特定的项目，以组织知识管理的成果和组织流程规范为基础，形成这个项目的技术规范和操作流程规范。对于单个自动化系统工程而言，规范不是一蹴而就的，规范有一个逐渐完善的过程。对于组织而言，规范是一个持续改进的过程。前面在"文档化方法"中列出的某接口规范的目录有助于加深对期望转化为规范工作的理解。

这个接口规范有以下两个方面的特征：

（1）包含且只包含所有该项目任务需要完成的工作和过程

用以保证某个接口项目任务包含且只包含所有该接口需要完成的工作、过程。

（2）规定了交付标准

这里的测试标准，包括如何测试及测试应该达到的标准。形成了一个有形的，可测量的可交付成果的标准。

规范的作用就是沟通的基础和介质。供应商和客户的沟通需要有一种良好的沟通方法，确保用户的期望能够很好地得到体现，并形成交付成果的标准。如第一次设计联络会，这是合同签订后的第一次正式沟通，一方面双方需要确定谈什么，在什么的基础上谈。一个初步的规范就是基础，初步的规范就是供应商在组织知识管理成果的基础上，结合对合同的理解而形成的。规范的水平很大程度上决定了沟通的效率、准确程度和决定是否能够在合适的时候充分挖掘用户的需求，争取整个系统工程实施的主动。

规范是供应商和客户通过协商形成的对工作范围，产品标准的一致理解。所以规范是系统设计、产品实现和工厂测试、现场调试、验收的依据和标准。规范也是产品采购和集成的依据和输出标准。

4. 将项目质量管理融入项目管理过程

自动化系统是一个系统工程，项目经理必须充分认识到质量管理的真正内涵，重视过程的策划和过程的质量领导、质量控制，才能保证最终的输出结果满足用户的期望。

这里有一个简单的案例，如把这个活动当作一个项目，将有助于理解项目的质量管理是如何融入项目管理过程的。某项目计划在 5 月 30 日将一批机柜从北京的自动化厂家发送到广州的客户。在这个任务中，包装分包给专业的包装公司，这个计划在 5 月 8 号落实到采购和集成部的相关负责人。发货前的一天包装公司前来负责包装，项目经理得到报告，其木制的包装箱没有按照自动化厂家要求的包装规范进行制作，木板的厚度没有达到要求，而且没有考虑防雨和防潮（客户在合同中有这方面的要求）。如果重新制作包装箱需要一周时间，也就是说发货将推迟一周。于是补救行动开始了，跟用户协商推迟两天，当然用户勉强同意但心中很是不快的，另外购买一些如用于增加包装的一些材料等，整个包装费用整整增加了40%，但包装仍然很难令人满意。

一件非常简单的事情，却制造了很大的麻烦，增加了很大的成本，而且用户不能满意。原因可能是多方面的，但是如果项目经理能加强对质量过程的策划和领导，一是考虑这个活动需要哪几个质量控制点（提供给分包商的包装规范应该是客户驱动的，与合同要求一致；应该提前一周对包装箱是否符合规范要求进行核对）。两个质量检查点花不了多少时间，但效果很好。

很多项目经理，关心模块的划分，关注模块的输入输出，但很少关注模块过程，他们想当然地认为应该有良好的输出，更糟糕的是，他们不区分模块和工作包，将模块当工作包，细节关注不够。他们很忙，但绝大部分的时间却是在进行补救工作。

具有讽刺意味的是项目经理的错误却也是组织容易犯的错误。作为质量运动的一部分和为相应国际标准化组织注册要求而建立起来的那些质量办公室，在很大程度上已经成了质量工作的障碍，而且正是这种组织影响着项目经理和部门经理的思维。很多公司的质量培训参加者并不是项目经理或部门经理或骨干员工，相反会有超过 60% 的行政秘书或类似的角色。部分原因是这些公司已经建立了独立的质量办公室，质量内审经常参与的是质量办公室的人和这些秘书，由其履行独立的监管职能，质量工作并不被融入到项目过程中。

外部质量工具只能对某一结果进行审核，这样做的结果就是补救。此问题反映在自动化系统工程中，就是要求在正式应用于现场前进行关键测试和验证。将质量工作融入项目过程中就是根据技术规范书（可能是不断完善的）和产品原型来指导测试工作。因此这些活动都应该编入项目工作分解结构中，并明确地将这个任务分配给项目团队。这种质量管理方法可以客观地在产品过程中提高质量，而且不会增加项目公司和客户的成本。让客户参与到项目中来，客观上可以发展并完善产品过程中的质量标准。

三、考试训练

考试要点：理解并掌握客户驱动的项目质量管理方法的概念；理解客户驱动的项目管理方法是组织的一种项目管理策略，提供的是一种操作方法；掌握如何将客户期望转化为规范，并理解规范的重要性；理解如何将项目质量管理融入项目管理过程。

1. 什么是客户驱动的项目质量管理？

参考答案： 客户驱动的项目质量管理将现代管理方法全面质量管理和项目管理融为一体，使组织以客户（包括组织外部客户和组织内部客户）满意为中心，强调采用项目管理方法进行计划编制、控制并成功交付可交付成果。

2. 关于客户驱动的项目管理，下列哪一种说法是正确的？

A. 客户驱动的项目管理是组织的一种战略考虑

B. 客户驱动的项目管理是一种项目管理策略，提供的是一种操作方法

C. 客户驱动的项目管理要求客户代表担任项目经理

D. 客户驱动的项目管理就是要求满足客户的所有要求，包括不断增加的变更

参考答案：B。

3. 关于规范，下列哪一种说法是错误的？

A. 规范的作用就是沟通的基础和介质

B. 规范是供应商和客户通过协商形成的对工作范围，产品标准的一致理解

C. 质量是对期望的满足程度，因此没有必要将期望转变为规范，增加中间环节

D. 项目技术规范是指完成项目所需要的软件技术规范和硬件技术规范，包括系统功能规范、系统性能规范、硬件设计规范和系统接口规范等

参考答案：C。必须将客户的期望和要求梳理出来形成规范，因为项目是无法成功地满足模糊的或未说明的期望的。

4. 很多公司花重金请了质量管理的咨询公司来培训自己的员工，可是参加的人员中大部分往往是一些并不是处于关键岗位的员工，甚至几乎没有管理人员参加，你认为这个公司质量意识方面可能存在哪些问题？

参考答案：通常由质量办公室来召集并组织员工的质量培训，正是质量办公室对于质量理解的偏差导致了培训对象的偏差。

第二单元　质量管理和质量领导

在质量方面，项目经理应该具备开展并领导质量工作的能力。与项目的质量管理不同，质量领导强调的是以客户为核心、有效的工作节奏、控制但有自由、目标统一、团队工作和教育培训。这些原则对于从长远思考、正确指导投入和真诚地为客户着想是很有益的。

为了质量领导，原来的管理等级结构必须改变成有统一目标的项目团队的结构。一个人和一个组织的决策可以有很大的差别，一个人的知识和经验都不足以很好地理解过程中的每一件事，只有当团队中的成员集中他们的技能和智慧时，才会同时在质量和生产率两方面都有所提高。

模块一　项目质量管理

一、知识点

本模块从项目质量管理的内涵入手，进一步阐述项目质量管理的三个重要过程：项目质量规划、项目质量保证、质量控制。

二、知识点分析

1. 项目质量管理的内涵

项目质量管理过程包括：

（1）质量规划

判断哪些质量标准与本项目相关，并决定应如何达到这些质量标准。在自动化系统项目中，质量标准通常体现在技术规范中，如何验证可交付成果是否达到这些质量标准也在相应的技术规范中加以界定。如何达到这些质量标准取决于整个组织的质量管理体系和项目管理方法，项目经理在此基础上对特定项目进行项目规划。

（2）实施质量保证

开展规划确定的系统的质量活动，确保项目实施满足要求所需的所有过程。

（3）实施质量控制

监控项目及其各个环节的具体结果，判断它们是否符合相关质量标准，并找出消除出现不合标准的情况的方法。

项目质量管理必须考虑项目管理和项目产品两个方面。项目质量管理适用于所有项目，产品质量措施和技术是针对项目生产的具体类型产品。在任何一种情况下，只要两者之一不合质量要求，就会给某个或所有项目利害关系者带来严重的消极后果。如：为满足顾客不合理的进度要求（如自动化系统依赖于被监控对象的安装，因为安装进度的滞后会导致自动化系统的调试时间被压缩），让项目团队超负荷的工作，会使员工身体疲惫，造成消极后果；为赶项目进度目标而匆忙完成所计划的质量检查，会因检验疏漏而造成消极后果。

2. 项目质量规划

就像前面给出的接口规范，质量规划也分布在一个一个的模块规范中，质量保证渗透于这些模块的实施过程中。在自动化系统工程实施中，这是一种非常有效的方法。以下是项目质量计划时应该重点考虑的内容，这些内容能够在制定某个模块的规范时提供参考，即在规范中应该考虑的跟质量相关的内容有哪些。

这些内容包括：

● 工作范围，界定工作的边界和接口；
● 可交付成果及其验收标准；
● 质量保证的各项活动；
● 质量监控。监控质量保证活动是否展开，是否达到预期的质量标准；
● 质量责任。指定由谁进行对某一部分或工作包的质量负责；
● 过程改进计划。

以质量为名义的 ISO 标准和认证，对于自动化系统工程而言，鼓励编制过程定义和过程流程，鼓励对关键过程及其文档进行分析和评估，但在实际工作中，这种强调经常会漏掉将质量融入工作本身这样的关键问题。对关键过程及其文档进行分析和评估，一定要有技术专家和项目管理人员参与，而且一定要将质量活动渗透到关键过程之中，成为关键过程的一个个环节或工作包。

由于以确定客户和项目干系人为中心，多数项目通常有多个客户和干系人，质量计划过程就因此变得更加复杂，大型项目的计划尤其如此。这种复杂性甚至还表现在团队内部成员对主要客户及其是否应该满足其期望的理解存在基本差别。项目通常的情况是，客户是资金的来源，但他经常与实际受益于项目可交付成果的用户不是同一人。如城市地铁的综合监控系统中，客户通常是城市轨道交通建设公司，但最终的用户却是城市轨道交通运营公司。

大型项目的质量计划需要考虑的内容要比上述技术模块中的质量计划更多。大型项目的质量计划还应该考虑客户的非技术的要求和期望、项目战略、项目目标和衡量成功的方法、项目质量系统成本、项目团队及其责任等。

3. 项目质量保证

质量保证是开展计划确定的系统的质量活动，确保项目实施满足要求所需的所有过程。质量保证也为另外一项重要的质量活动，即为过程持续改进活动提供支持。过程持续改进是实现过程质量改进的叠加过程。

过程持续改进的目的在于对组织业务过程进行识别和审查，减少无价值的活动，进而提高过程的效率。过程改进可以从微观过程（如自动化工程人机界面的报警管理）到宏观过程（如整个自动化系统工程项目）。大部分项目经理容易认识到宏观过程的持续改进，如对组织不合理的项目流程提出改进意见，但很少关注微观方面的持续改进，如项目任务（工作包）的合理安排。

质量保证是在工作中形成质量的过程。首先要很好的定义工作，由经过培训可以胜任的员工进行工作，能识别存在的问题并在不需要项目团队外部审核和评估的情况下进行纠正。促进质量保证工作的一个有效的方法是对项目经理和团队成员进行质量工具的培训，以便他们可以在自己的工作中应用这些质量工具（如：质量成本分析、过程分析）。

自动化系统工程的质量保证应该基于这样一种理念，系统质量是设计出来的，质量保证将测试、过程改进、技术标准、系统原形及其他的质量工具和方法集成到早期设计和开发工作中。这些工作是基准进度计划中计划完成的任务，分配给团队成员在其工作范围内的工作，而不仅仅是分配给质量支持办公室的工作。

持续过程改进是确定在相关任务执行过程中，团队既能完成指定的工作，也能评估用于完成工作的过程和程序。还应将经验教训记录成文档并将总结改进的成果应用于后续的项目。

4. 质量控制

实施质量控制指监视项目的具体结果，确定其是否符合相关的质量标准。质量控制应贯穿于项目的始终，质量标准涵盖项目过程和产品目标，项目结果包括项目可交付成果和项目管理结果，如成本和进度绩效。

项目管理团队应当具备质量控制的必要统计知识，以便评估质量控制的成果。理解以下概念有利于项目团队进行质量控制，这些概念包括：

● 预防与检查，前者是保证过程中不出现错误，后者是保证错误不落到顾客手中；

● 属性抽样和变量抽样，前者是关于结果合格或不合格，后者是衡量符合或合格程度；

● 特殊原因和随机原因，前者指异常事件，后者指正常过程差异；

● 允差与控制范围，前者指在允差范围内的结果可以接受，后者指结果在控制范围之内，即该过程处于控制之中。

质量控制包括两项工作：

● 监控具体的项目结果，以确定它们是否与相关质量标准一致；

● 确定消除造成不满意结果的影响因数，这一项工作更加重要。

项目经理应该主动应用质量控制工具和技术，这些质量控制工具和技术如：

● 因果图：因果图又叫鱼骨图，它直观地表示出各项因数如何与各种潜在的问题联系起来；

● 控制图：旨在确定一个过程是否稳定，是否具有可预测的绩效结果。在自动化系统工程中使用控制图的例子是，确定成本偏差或进度偏差是否在可接受的范围之内；

● 流程图：流程图用于帮助分析问题发生的缘由，也可以帮助项目经理确定工作之间的联系及其顺序；

● 帕累托图：帕累托图是按照发生频率大小顺序绘制的直方图，表示有多少结果是由确认类型或范畴的原因所造成的（见图 8.2-1）。

按等级排序的目的是指导如何采取纠正措施，项目团队应首先采取措施纠正造成最多数量缺陷的问题。帕累托图同帕累托法则一样，该法则认为，相对来说数量较小的原因往往造成了绝大多数的问题或者缺陷。此项法则也被称为二八原理，即 80% 的问题是 20% 的原因造成的，二八分析将有助于项目经理明确将预防的重点放在哪里。

以上的帕累托图例子是某自动化公司对 5 个地铁综合监控自动化系统近三年维护的硬件对象统计，其中网络设备的维护占到了 30%，在后续项目的设计中，对该类设备重新选型，更换了供应商。

质量控制过程中掌握的偏差原因和各种类型的经验教训都应形成文档并通过知识管理流程在组织中共享。

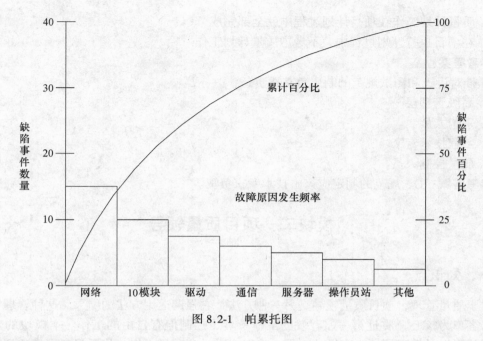

图 8.2-1　帕累托图

三、考试训练

考试要点：掌握项目质量管理三个重要过程的内涵；掌握质量计划需要重点考虑的内容；掌握并应用帕累托法则。

1. 什么是质量规划，一个质量计划重点需要考虑哪些内容?

参考答案：判断哪些质量标准与本项目相关，并决定应如何达到这些质量标准，就是质量规划。一个好的质量计划要重点考虑：工作范围、可交付成果及其验收标准、质量保证的各项活动、质量监控活动、质量责任、过程改进计划。

2. 什么是质量保证?

参考答案：开展规划确定的系统的质量活动，确保项目实施满足要求所需的所有过程就是质量保证。

3. 什么是质量控制?

参考答案：监控项目及其各个环节的具体结果，判断它们是否符合相关质量标准，并找出消除不合标准的方法。

4. 帕累托法则认为：

A. 通常项目任务的 80% 将在整个项目 20% 的周期时间内完成

B. 80% 的项目成本归于 20% 的项目资源

C. 80% 的任务由 20% 的资源完成

D. 20% 的原因导致 80% 的问题

参考答案：D。

5. 下述关于质量计划编制的描述中，哪种是正确的?

A. 在整个项目期间，应该定期进行质量计划工作

B. 进行质量计划的目的是用以编制项目风险计划

C. 质量计划工作在项目计划过程中就全部完成

D. 在项目执行计划过程中，不考虑质量计划工作

参考答案： A。

6. 谁对设计和测试规范的制定负首要责任？

A. 高级管理层

B. 采购人员

C. 工程技术专家

D. 质量控制人员

参考答案： C。规范的制定应该由技术专家负责。

模块二　项目质量领导

一、知识点

对于质量管理，项目质量领导是另一种方法，它强调运用方法的结果。这种管理方法原理是以客户为核心、质量第一、有效的工作节奏、控制但有自由的工作。本模块的内容包括：质量领导是管理层所必需做的工作、将客户融入到项目中来、将质量意识渗透到项目团队中。

二、知识点分析

1. 质量领导是管理层所必需做的工作

有许多专家对质量管理的发展做出了卓越贡献，其中最有影响力的有 W·爱德华·戴明。戴明认为，生产不出合格产品的主要原因是管理层过多地受到"现在"的影响，而没有考虑到将来。他估计有 85% 的质量问题需要管理层从开始就解决并改变流程，仅有 15% 的问题可以被一线工人所控制。例如，一线工人不能为质量低劣的原材料所造成的产品质量问题负责，这往往是因为管理层选择了低价供应商造成的。管理层应该改变采购策略和规范，通过与供应商建立长期的合作关系来降低成本。

为保证质量，生产过程应该接受统计分析和控制，应该对生产过程进行持续改进而不是临阵磨枪。系统异常体现在生产的整个过程中，包括原材料质量低劣、产品设计有问题、工作条件不满足等。这些系统异常超出了一线工人的控制范围，应该由管理层采取必要的行动来解决。

一些特别情况包括一线工人知识的缺乏、工人作业的失误等，可以在车间一级得到识别并解决。工人自身只能解决这一类异常，这类异常也需要管理层通过领导加以解决，但管理层在决定质量工作重点时仍然需要减少系统异常。

戴明主张不能简单地命令工人要好好做，而应该明白地告诉他们合格质量由哪些部分组成的，同时持续的质量改进不仅可能而且必要，为此必须培训工人使用控制图，培训也需要管理层的参与。戴明的这些主张更侧重于管理层和他们所必须做的工作。

2. 将客户融入到项目中来

项目经理应该认识到，组织在客户关系管理方面，重点应放在保持现有客户的基础上寻

求未来的新客户，项目经理应该为保持现有的客户做出努力。一种短视的做法是为了完成项目而完成项目，这绝对不是一个优秀的项目经理的做法。

客户满意是项目管理的核心目标，决定了客户是否将继续或扩展业务。只有客户能够确定什么是客户满意，而客户满意又是基本的质量问题。

项目经理必须了解所有的内部和外部客户，而且必须确定客户的需要和期望。不管是内部客户还是外部客户，其期望是动态变化的，其期望会不断提高和变化。因此识别客户需要和期望要求进行系统、全面和持续的沟通，一种有效的方法就是将客户纳入项目团队，将其作为客户方的项目经理。

在北京地铁 13 号线的综合监控系统实施中，自动化系统供应商通过两方面的努力将客户融入到了项目团队之中，一是坚持每周开一次例会；二是客户的项目负责人可以通过外部浏览器访问供应商内部的基于项目管理 Project 2003&Server 的管理网站。通过这个沟通平台，客户的项目负责人承担了部分项目经理的职责，包括进度计划、质量计划，还有与第三方的必要的沟通，内部项目经理可以更加专注于项目团队的管理，更好的落实质量计划和进度计划。这种与客户的融合方式既增强了客户对项目的责任感，又建立了信任。

项目经理必须充分意识到，需要是不断变化的，需要是多层次的。项目团队必须持续监测客户需要，进行持续评审，以确保提供的产品和服务能够满足客户。客户关系要求沟通，支持和响应，其中沟通是不可或缺的一点。客户应尽可能地参与到生产可交付成果的各项活动中。所有客户关系中，最基本的是诚信，信任可以消除客户与设备供应商之间传统上的冲突。

3. 将质量的意识渗透到项目团队中

项目经理需要激励其团队成员建立质量意识，将质量责任落实到团队的每一位成员。团队的质量意识主要包括以下几个方面：

- 理解质量的概念和含义；
- 个别成员的输出质量对项目整体的影响；
- 谁应该承担哪一个层次的质量责任；
- 如何提高自身工作输出的质量；
- 质量是如何测评的，测评的结果与绩效的关系。

北京地铁 13 号线综合监控系统在团队质量意识方面做了以下工作：

（1）明确质量责任

就是将整个系统以体系结构为中心进行子系统/模块的划分，而后采用"专人负责，协同作战"的组织方式。"专人负责，协同作战"是指每一个人对自己负责的子系统/模块负质量责任，当因为进度等需要别人支持时，该模块的负责人指导其工作，但不因此而转移质量责任。对于协同中的接口问题，采用内部客户方驱动原则，双方共同承担责任。

（2）推行系统思维方法

定期交流所有成员各自承担的任务及其进度，在落实任务时重点落实接口责任。鼓励团队成员将自己的任务放到整个项目中去，提高团队成员在整个项目中的自我成就感的同时，自觉保证输出的质量和工期符合整个项目对其所承担任务的要求。

（3）区分成员，细化任务，使得每一个人有能力胜任所分配的项目任务

角色区分为 A 角和 B 角。A 角，自己能够胜任某一部分设计的工作，而且积极主动，能够承担责任；B 角，在 A 角的指导下，能够配合 A 角承担设计的工作，并在 A 角的指导

下承担具体的工程实施，可能不够主动，但能按步就班地认真完成任务。

（4）将质量结果和绩效挂钩

重点考察项目组整体绩效，即组织的效率，在此基础上考察团队成员的绩效。

三、考试训练

考试要点：掌握什么是质量领导；理解质量领导是管理层所必需做的工作；理解质量是动态的并掌握如何将客户融入到项目中来，从而及时掌握质量要求的变化；理解并掌握如何将质量的意识渗透到项目团队中，掌握团队成员需要有哪些方面的质量意识。

1. 什么是质量领导？

参考答案：质量领导是一种以客户为核心、质量第一的工作方法，这种方法基于系统思考，以减少系统异常为努力重点，以人为本，通过激励和领导使得质量系统的每一个环节通过提高员工的技能和自觉努力得以实现质量目标。

2. 下列哪些做法属于项目质量领导的范畴？

A. 通过质量培训，树立团队成员的质量意识，使得团队成员自觉地为达成项目的质量目标而努力协同工作

B. 将用户对系统功能的期望转化为规范，并结合系统设计和系统实现将规范进一步转化为测试标准，对项目各项成果按测试标准进行测试，确定其是否符合规范的要求

C. 为了减少用户的过多干涉和可能引起的需求变更，项目组尽可能地将用户屏蔽在项目过程之外

D. 明确项目质量责任，并将质量责任分解落实到项目组成员

参考答案：A，D。B属于质量管理的范畴；C不符合质量管理的基本原理。

3. 下列哪一种关于质量的观点是正确的？

A. 大部分的质量问题通常是由一线工人知识的缺乏和工人作业的失误造成的

B. 对于质量工作中的系统异常，管理层需要采取必要的行动加以解决

C. 在质量的持续改进和提高方面，一线工人应该接受更多的培训，而不是管理层

D. 在项目中，用户对质量的要求始终是静态不变的，因此没有必要将客户纳入过程，只要按客户原先的要求做就可以了

参考答案：B。对于A，大部分的质量问题通常由于流程本身存在的问题而导致的，一线工人仅仅是其中的一个环节；对于C，管理层需要接受培训；对于D，质量是用户期望的满足程度，期望是不断变化的，因此质量要求也会随之发生变化。

4. 面对不断变化的客户需求，项目经理可以采取哪些措施，在提高客户满意度的同时还要减少或避免项目组的额外投入？

参考答案：在需求方面，一方面项目经理需要让用户意识到需求的变化需要尽可能早的提出；另外项目经理需要跟用户保持系统的、持续的沟通，确保用户需求的变化及时得到反映。

5. 团队的质量意识主要包括哪些方面的内容？

参考答案：团队成员通常需要有五个方面的质量意识，包括：理解质量的概念和含义、个别成员的输出质量对项目整体的意义、自己的质量责任、如何持续改进自身工作、质量是如何测评的。

第九部分　文档和采购管理

在自动化系统工程中，各个阶段都有大量的文档输出，前面输出的文档往往是后面工作的输入文档，因此加强文档的管理，可以减少文档的错误输入，有助于提高工作的效率。另外，在项目管理方法中文档是有效的沟通平台和项目详细计划的重要组成部分。

采购管理和物流管理也是自动化系统项目管理中不可忽略的重要组成部分，任何项目都不得不面临采购和物流的问题，尤其是大型项目，对采购和物流的管理要求有专业水平。因此项目经理也要熟悉设备的采购及其物流过程，并加强与专门部门的沟通，依托专业部门的资源来完成项目设备的采购和物流。

第一单元　文　档　管　理

模块一　文档管理基础

一、知识点

当问及自动化系统工程项目管理中还存在哪些需要改进的方面时，文档管理通常被列入其中。学习本模块的目的在于让项目经理对文档的管理有一个基本的了解，并重点掌握文档管理所必须具备的一些基本常识和方法。本模块的知识点包括：文档管理的意识、文档管理的目的和文档组织的一般原则。

二、知识点分析

1. 文档管理意识

大部分项目经理认为，管理好文档似乎很简单，但一旦开始管理，却又觉得无从下手，因为文档实在太多。另外一方面，大多数公司本身也并不注重过程文档的管理，项目经理因此也不愿意投入一点精力，尽管这样的投入可能对后续的工作有着事半功倍的作用。

大部分项目经理都认识到文档管理的重要性，虽然他们也会让项目助理或者专门的文档管理员来做这方面的工作，但他们却很少付出努力去指导文档的管理工作，检查文档管理的执行情况。在一般的组织中，项目助理通常还负责其他的一些事物，文档管理仅仅是其工作的一部分，而且项目助理往往在文档管理方面缺乏经验。文档管理员虽然是专职的，但一个文档管理员通常同时管理着多个项目，对某个特定项目投入的时间也并不能保证，往往是被动的接受文档，按照某种组织方式机械地进行分类保管，而不是主动地获取进度输出文档，管理文档往往是事后的。

文档是工程过程的产物，是工程活动的输入或者输出，也就是说，文档是跟项目活动、项目任务紧密相连的项目信息载体。项目经理在布置任务，落实计划时需要将项目任务与输入输出文档相关联，所以在项目的整个生命周期，有经验的项目经理会主动承担起文档管理的责任，当然有些支持性的文档整理工作也可以由项目助理完成。

在文档管理方面，工具也是非常重要的，公司的局域网和一些专用的文档管理工具会大大简化文档管理的流程，提高文档管理的效率。另外一些项目管理软件也具有相当强大的文档管理功能，并且将文档管理和项目任务关联起来。现有的项目管理软件，如 Project 2003 也提供了在项目过程中对文档进行有效管理的工具，项目经理可以通过 Project 2003 Server 提供的项目管理平台，轻松地将项目任务与输入输出文档关联起来，并在项目组中共享文档，同时可以将文档进行结构化管理并在版本方面得以控制。另外也有如 Rational Clearcase 等版本管理软件用于文件的版本控制和管理。

2. 文档管理的目的

文档对取得的教训具有重要的作用，它能保证项目不会犯同样的错误。文档对于知识的重用同样重要，它保证类似项目的效率并增加其成功的可能性。基于以下几个方面的理由，项目经理应该对文档的管理给予足够的重视。

（1）避免愚蠢的错误

在 2004 年的 11 月 18 日，一位项目经理经历了非常黑暗的一天。他所负责的一个项目进行一项关键的阶段性验收，但没有通过。由于业主方组织验收的程序非常复杂，所以业主非常不满。没有通过的原因是项目开发组错误的给出了一个旧版本的程序，而新旧版本只有一个功能上的差异，这个差异在验收前调试的调试大纲中也没有体现，因此调试人员也没有发现。

文档管理很重要的一个目的就是要保证版本得到控制，并且要保证相关文档的一致性。当项目经理下达"修改功能需求"项目任务时，要关联相应的"设计文件"、"功能实现程序"和"现场调试大纲"。版本控制能够保证所有这些文件的版本处于最新的一致对应状态。

（2）便于查询和追溯

文档管理的第二个目的是保证工程在需要使用某个文档时，方便查找。当工程过程需要追溯时，能够追溯到。当工程结束，需要对工程过程文件进行整理，作为项目维护的重要依据。

（3）知识管理的需要

每一个工程既建立在以往企业知识管理的成果之上，又将丰富企业的知识。每一个项目的创新成果都将作为企业的财富，为下一个项目的开展提供技术的可重用模块和项目管理经验。

3. 文档组织的一般原则

自动化工程通常以体系结构为中心进行工作结构分解，这种思维同样也可以应用于文档的组织，软件工程中的对象方法也能很好地指导文档的组织。这两种思维方法与项目阶段相结合，可以对文档进行有效的组织。

（1）文档的结构化

文档的结构化方法在本书的"文档化方法"中已经详细论述。项目经理还要做的就是将结构化的成果体现在文档管理计划中，并让每一位项目组成员理解并执行文档管理计划。

（2）对象原则

对象原则体现在文档的组织中就是体现文档的某种完备性。被划分的结构化模块中，其内容应该完备，能够体现某个对象的所有属性。

三、考试训练

考试要点：通过本模块的学习，树立文档管理的主动意识，将文档管理和项目计划、工程过程紧密结合；了解文档管理的目的；掌握自动化系统工程中文档组织的结构化方法和对象原则。

1. 什么是文档管理的主动意识？

参考答案：在传统的项目文档管理中，通常是项目某一阶段结束后，才对项目的文档进行整理归档；主动的文档管理是在计划时，将项目任务和输出的文档关联起来，当项目任务结束时，文档就同时按计划的结构和内容完成了输出和存档。

2. 以下哪些是文档管理需要达到的目的？

A. 文件的版本得到良好的控制

B. 项目管理方法对知识重用的需要

C. 后续项目维护需要查询原始的工程资料

D. 工程过程中方便应用和查询

参考答案：A，B，C，D。

3. 什么是文档管理的对象原则？

参考答案：对象原则指的是将模块看作是一个对象，文档及其某个文档的内容尽可能完整的体现这个模块的全部属性。

模块二　文档管理案例

一、知识点

在自动化工程中，文档可以根据不同的状态分为两类，通过不同的方式进行分类管理。通过学习本模块的一个文档管理案例，使得项目经理对文档的管理有一个感性的认识。本模块包括依次细化的三个文件夹：一级文件夹、二级文件夹和三级文件夹。其中某一级文件夹是包含相应一级模块所有二级文件夹的最高级文件夹；某二级文件夹包含了该二级模块的所有三级文件夹；某三级文件夹包含了该三级模块的所有文件。

二、知识点分析

在自动化工程中，文档可以分为两类，一类是当前正在生成，而且反复的修改和审核的文件，如，提交第一次设计联络会审核和讨论的初步设计文件，它在提交前正在不断的修改和完善；另一类通常跟项目的里程碑联系密切，作为某个里程碑的输出，是这一阶段的固化文件，如，一联会审核完毕的需求文件。对于前者的版本管理是比较困难的，因为版本多，又因为需要审核等过程，要经过多人之手。因此，前者可以用如 Rational Clearcase 等专门的版本管理工具进行管理，大家工作在同一个平台上。后者可以用 Project Server 的文档管理工具进行管理，文档和项目管理过程作为一个整体进行系统的管理。

两者的结合就可以保证"文档化"方法的顺利实施，下面案例中 Project Server 中存储的文档就是计划中的输入输出文档，是某个里程碑或重要阶段的固化了的输出成果。

1. 一级文件夹

这是某自动化系统的一个文档管理案例，展现的是对里程碑固化文档的管理，管理工具是 Project Server。下图 9.1-1 是结构化中的一级文件夹：

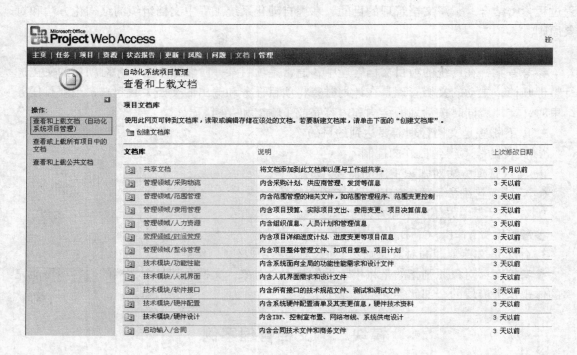

图 9.1-1　结构化文档的一级文件夹

2. 二级文件夹

下图 9.1-2 是一级文件夹"技术模块/硬件设计"中的子文件夹，为一个二级文件夹的案例，包括 4 个子文件夹。

3. 三级文件

下图 9.1-3 是上述二级文件夹中"IBP 盘的设计"中的文件，包括 10 个子文件，这 10 个文件就是用于设计联络阶段做详细计划的文件。

三、考试训练

考试要点：理解并掌握不同状态文档管理的不同重点；通过案例的学习，感性认识文档管理的层次。

1. 通常文档的管理可以分为哪两个过程，不同过程的管理重点在哪里？

参考答案：一个是对动态文档的管理过程，需要加强版本的管理；另一个是对已经固化了的文档的管理，需要考虑与项目整体和项目任务紧密关联。

图 9.1-2 "技术模块/硬件设计"中的子文件夹

图 9.1-3 "IBP 盘的设计"中的文件

第二单元　采购和物流管理

采购管理是项目管理中的一个过程，只有当你从公司外部的某一方采购服务或商品的时候才发生。对于规模比较大的自动化公司或比较大的自动化系统项目，采购和物流需要由非常专业的人员来完成，因为这样做不仅仅将提高采购和物流服务的质量，同时将会降低采购和物流的服务成本。在采购和物流的管理中，对于关键供应商应强调"伙伴"和"双赢"的关系，从长远来看，双方都将获得好处。大部分的项目经理不是这方面的专家，也没有必要成为这方面的专家，但要了解这方面的基本常识，通过计划和控制，确保不要因为采购和物流的问题制约整个系统的进度和质量。

模块一　采　购　管　理

一、知识点

公司进行外部采购时，首先要明确组织的采购流程，制定采购计划。通过学习本模块，可以让项目经理对采购过程有一个初步的掌握。本模块从以下四个方面对采购管理过程进行阐述：采购的组织、采购计划、供应商的选择及管理和采购控制活动。

二、知识点分析

1. 采购的组织

采购组织设计的目的是通过对企业内部资源的整合来提高项目组采购活动的运作效率。采购组织结构不但决定了企业采购流程，同时影响采购价格。

通常项目采购类型分为集中采购、分散采购、混合采购，各种采购类型各有优缺点。项目究竟采用何种采购类型，应根据公司的规模、公司的组织结构、所承担项目的规模等因素来决定。通常情况下采购组织结构的选择应当与项目组织结构和采购规模相适应。

通常规模较大的自动化公司，即使面对多种行业的用户，为便于管理，会针对不同的行业设立面向不同行业解决方案的职能部门。采购采取集中采购，因为同样为自动化系统，即使应用于不同的行业，所采用的硬件设备大致是相同的。集中采购有以下几个方面的优点：

1）易于形成一定的采购规模，从而易于与供应商形成战略伙伴关系

根据帕累托的二八定律，只要对关键的 20％设备的供货厂家形成战略伙伴关系，就可以控制 80％的采购成本，但并不因此降低所提供产品的质量及其伴随服务。

2）采购过程的标准化和信息化

采购需求的合并使得标准化和信息化成为可能，这不仅提高采购的效率和准确性，而且大大地降低采购的运营成本。

3）便于财务控制

因为自动化系统工程公司的硬件采购支出往往占整个公司运营成本的 40％左右，集中

采购，集中支付，有利于对财务现金流进行监控。

4）有效的监督制度

集中采购便于建立监督制度，减少采购过程中采购人员的过失和不当行为。

但集中采购同时有其不可避免的缺点，例如容易造成项目组与采购人员的对立，采购人员对现场情况不了解造成采购误差等。这些缺点需要项目经理对采购过程实施有效控制来进行克服。

2. 采购计划

前面谈到规模较大、项目较多的自动化公司的项目采购通常采用集中采购，采购管理由采购部门负责完成。在这种情况下，采购管理过程中所包括的六个方面，由项目组和采购部门分工合作加以完成。项目组负责提供设备清单并制定清单中设备的最后采购到位的日期，而采购部门根据设备清单和最后到货日期，负责制定采购计划、询价、供应商选择、合同管理、合同收尾。采购计划中包含采购的预算价格，需要提交项目经理批准。

由于制定采购计划需要综合考虑库存成本、资金占用、采购规模等因素，项目组通常将项目配置清单和最后到货日期提交给采购部门即可。项目经理仍然要关注采购过程，确保按时按质量地采购到项目所需要的设备。

采购管理主要涉及六个方面，即采购什么、采购时间、采购数量、向谁采购、如何采购、采购价格。项目组在资源需求计划中必须明确采购什么、采购数量、采购时间，其中采购时间应是采购物资到货的最后期限，具体采购时间应由采购部门综合考虑各方面的成本确定最佳采购时间。

采购部门编制采购计划时需要考虑以下几个方面的因素：

1）制造或购买的决策

如果项目组织能够以较低的成本生产出所需的产品和服务，那么就应自己生产；反之，就应考虑从外部供应商或分包商处以较低的成本采购它们，这样有利于项目组织将主要精力集中于自身的核心能力，把自己擅长的工作做好，从而更好的实现项目的目标。

2）采购方式和合同类型的选择

采购方式既可以是通过询价选定一家供应商或分包商的方式，也可以是采用招投标的方式，这需要考虑何种方式最大限度维护项目组织的利益，同时又能保证项目资源充分而及时地供给，从而不耽误项目的工期。不同类型的合同对项目组织和供应商各有利弊，作为买方的项目组织应根据项目具体情况和所需资源的具体情况权衡使用。

3）采购计划文件的编制和标准化

编制项目采购计划的同时，要考虑对项目采购计划文件进行标准化处理，即将这些计划管理文件按照一定的标准格式给出，便于供应商和分包商理解。

3. 供应商的选择和管理

项目组织开展询价工作的结果是收到供应商提交的报价单和技术文件，项目组应根据相应的标准进行评价工作，从中选择合格的供应商。供应商的选择标准应在项目采购计划制定过程中确定，供应商评价标准既有客观评价标准也有主观评价标准，供应商评价标准通常是项目采购计划文件的一个重要组成部分。

在供应商选择过程中，除了价格外，还需要评价许多因素，价格可能是决定采购的首要因素，但如果供应商无法保证按时交货或没有足够的技术力量提供后续的技术服务，则从长远来看，最低的价格不一定是最低的成本。自动化厂家，尤其是大型的系统集成项目往往需要采购一些技术含量高的产品，所以后续的技术支持一定要作为衡量的因数。表 9.2-1 是供货商评价标准的例子。

表 9.2-1　供应商评价标准

指　标	说　明	权　重
对需求的应答	对买方需求的准确理解,具体的技术方案或产品规格	0.15
企业资质	企业的规模或获得的相关认证	0.1
管理水平	是否具备保证提供最终产品的管理能力	0.1
产品价格	所提供产品的价格	0.3
财务状况	供应商所具备的财力资源和财务能力	0.1
技术水平	生产工具和员工的技术水平	0.15
同类产品业绩	已经向其他买方提供相关产品的业绩	0.1

供应商的建议书通常分为技术部分和商务部分，项目组织可以设置相应的指标分别进行评价。根据综合评价结果列出合格的供应商清单，然后与合格供应商进行谈判，最后选择一个最优供应商与其签署合同，对于某些物资或服务可以最终确定多个供应商。

在完成供应商选择后，还应进一步考虑如何管理供货商，是否建立一套供应商管理体系，为项目的顺利实施和企业未来项目提供保障和储备，便于企业今后项目或类似项目的供应商选择，也可以在非项目时期，对供应商情况进行跟踪，及时更新管理数据，为供应商的选择和决策提供客观数据。

对于自动化公司而言，所承担的项目对物资和服务的需求通常是类似的，因此与供应商建立长期战略合作关系非常必要。首先这类供应商通常会参与到采购方的非核心产品或服务的设计过程中，某些供应商所具有的专业知识能够帮助采购方实现其未来的计划；其次这些供应商可以在各自的领域充当采购方的眼睛或耳朵，帮助采购方寻找可以利用的新机会和新技术，这样双方可以分享收益，降低总费用；最后供应商乐意为采购方承担某些成本支出，例如为采购方提供一定数量的库存或承担包装运输工作，从而降低项目的成本支出。

由于这种合作关系更多的像是一种风险共享的方式，所以合作关系有时会发生迅速的变化，任何一点有损合作的行为都会破坏长时间建立起来的信任关系，而这种信任关系是降低采购成本的重要资源。找到合适的合作伙伴，达成良好的合作协议并使合作顺利展开需要进行许多前期的投资，因此合作双方应珍视合作关系，共同挖掘利益源泉并分享利益，从而创造出真正能够获得"双赢"的合作方案。

4. 采购控制活动

根据帕累托定律，可以发现占全部数量 20% 的物资或服务占用了自动化项目 80% 的物资成本支出，同时在决定项目成败中起到关键作用。因此把这部分物资或服务称为自动化项目的关键性物资或服务。

项目组织在项目实施过程中监控采购部门对关键性物资或服务的采购过程即可有效的控制采购管理。主要的控制活动包括以下几个部分：

1）采购计划的审核

采购部门制定详细计划后，项目组织应对采购计划进行审核，特别是关键物资及服务的价格和供货时间。

2）具体的技术要求

通常采购人员是采购谈判和合同管理的能手，但并不一定是技术方面的专家，因此需要项目组提供详细的技术要求。

3）供应商评价

项目组织不但要对关键物资供应商评价提出具体的技术要求，同时应当参加关键物资供应商的评价工作。

4）严格的进货检验

项目组需要对关键物资实施严格的进货检验工作，确保到货物资的质量。

三、考试训练

考试要点：了解采购过程及其组织，掌握究竟采用什么样的采购类型所取决的因素；掌握采购计划编制需要考虑的因素；掌握供应商选择的一般标准，掌握与关键供应商建立战略合作关系的重要性；掌握采购管理涉及的六个方面。

1. 项目究竟采用什么样的采购类型主要取决于哪几个方面的因素？

参考答案：公司的规模、公司现有的组织结构、所承担项目本身的规模。

2. 采购管理所涉及的六个方面是指哪六个方面？

参考答案：采购什么、采购时间、采购数量、向谁采购、如何采购、采购价格。

3. 制定采购计划重点需要考虑哪几个方面的因素？

参考答案：三个方面的因素：制造还是购买、采购方式和合同类型的选择、采购计划文件的编制和标准化。

4. 集中采购有哪些优点？

参考答案：与供应商建立长期战略合作伙伴关系、降低成本、实现采购过程的标准化、便于财务控制、便于有效的监督。

5. 关于采购，以下论述哪一个是不正确的？

A. 采购价格是评价供应商的惟一标准

B. 对供应商的评价应包括技术、价格、服务等多方面的因数

C. 与供应商和分包商合作时考虑双方的利益

D. 与供应商建立长期良好的合作关系需要较大的前期投入

参考答案：A，价格并不是评价供应商的惟一标准，采购要考虑整个产品生命周期的总费用。

6. 与供应商建立长期的合作关系对项目有哪些好处？

参考答案：与供应商建立长期的合作关系有利于降低项目采购的成本支出；长期合作的供应商所提供的产品或服务质量通常是稳定可靠的，降低了项目的质量风险；关键供应商往往是某些领域的专家，可以为项目设计出谋划策。

模块二　物　流　管　理

一、知识点

通过学习本模块，可以让项目经理对组织的物流管理的过程和重点有一个初步的掌握。

本模块从以下四个方面对物流的管理进行了阐述：采购物资出/入库管理、采购物资储运管理、项目管理平台对采购物资管理提供的支持、物流管理中的第三方存储。

二、知识点分析

在项目知识管理体系（PMBOK）中将项目采购管理划分为六个部分的内容，最终采购管理结束于合同收尾。自动化公司的采购工作主要满足两个方面的需求，一是采购原材料，用于生产由公司自己开发的产品；二是直接采购产品或服务提供给客户。对于一个自动化项目而言，后一种需求是项目经理管理的重点，将采购的产品提供给最终客户视为项目采购的结束。因此，自动化项目采购过程除项目知识管理体系中描述的六个部分内容以外，还应增加三个部分，包括：采购物资入库管理、采购物资出库管理、采购物资储运管理，本部分主要针对这三个部分进行论述。

通常具有一定规模的自动化公司对上述过程都有一套清晰的流程，并应用了企业资源管理软件对这些过程提供信息化支持。

1. 采购物资出/入库管理

项目物资出入库管理活动覆盖了从项目采购物资到货，到物资发货这一整个过程。项目物资出入库管理活动是一个连贯的过程，但通常情况下库存管理是由公司的专业职能部门负责，在整个库存阶段项目组基本上不需要进行管理控制活动，所以又可以将管理活动划分为两个独立的阶段：项目物资入库管理和项目物资出库管理。

项目物资出入库管理活动需要项目组与公司的采购部门及财务部门共同完成，财务部门主要负责按合同约定向供应商付款，这些内容前面章节已经进行了论述，本部分主要论述项目组与采购部门共同进行的活动。

项目物资到货后采购部门应及时填写《检验申请单》，申请公司检验部门进行进货检验，并根据项目组确定的关键物资清单决定是否通知项目组参加检验。对于物资的检验可以采取全检、抽检的方式进行，对于检验不合格的物资，采购部门应及时采取解决措施，解决措施包括更换、修理、退货、索赔等等。对于经过更换或修理的物资，采购部门应再次组织检验，必须保证入库物资为合格品。

对于关键物资，项目组应对检验过程进行跟踪，并对检验报告进行会签，保证物资的质量符合合同要求；对于非关键物资采购部门应提供最终检验报告供项目组审查。

检验合格的物资，即可办理入库手续，同时可以根据与供应商的合同约定通知财务部门向供应商支付合同款。办理完毕入库手续后即表明该物资已经处于可使用状态，当项目总体计划中确定的发货时间到达时，项目组根据发货范围填写《物资领用清单》，经批准后项目组成员在库存管理部门办理出库领用手续，进入包装运输阶段，至此，项目物资出入库管理活动结束。

2. 物资储运管理

项目的物资储运管理包括两个部分：一是项目物资发货前的仓库储存管理；二是项目物资的包装、运输、保险、到货验收的管理。

通常情况下项目物资储存在公司仓库中或由供货商提供仓储，物资存储管理工作依靠公司专门职能人员或供货商仓储专门管理人员完成，项目组在需要出库时办理必要的相关手续即可。

项目物资的包装、运输、保险等管理工作对项目组而言通常是服务的采购，即委托专业的公司来完成这些工作。除通用的采购管理控制方法，项目组对这些工作中应注意以下几个方面的问题：

（1）合适的时候发货

项目合同中会对合同物资发货的时间进行具体的规定，同时会要求项目组提前一个时间段向客户提出供货申请，等待客户批准后进入发货程序。项目组应严格按照合同要求管理发货程序，不适当的时间发货将给项目组或客户带来仓储成本的增加。

（2）按合同的包装要求进行包装

项目物资发货前应以正式文件的方式向客户提供发货通知，项目组应分别将合同号、货物名称、数量、重量、体积、发货地、目的地、运输工具、发货时间、预计到达时间，所发货的单价和总价，以及卸货、转运注意事项通知客户，发货通知中的具体内容应以双方签订的合同为准。

通常对于货物的包装，客户会在合同中有明确的规定。首先，项目组应提供货物运至最终目的地所需的包装，以防货物在运输或转运中损坏；其次，在包装的重量和尺寸方面也有相应的要求；第三，在包装内，必须置入要求的文件，如装箱单、操作维护说明书等；最后包装箱的外部必须标明收货人地址、合同号、发货标记、收货人、目的地等等。

（3）对物资进行投保

通常项目组应按合同要求对项目物资进行投保，项目物资的保险合同收益人为买方，保险的货币应是合同货币或买方可以接受的其他可自由兑换的货币；保险额度应为合同发票金额的100％。

（4）办理到货验收手续

在项目货物到达目的地后，应及时根据合同规定办理到货验收手续。由于通常到货验收手续与阶段性付款有直接的关系，因此应及时办理到货验收手续，客户根据验收结果支付阶段性合同款，有利于保证项目资金及时到位，项目回款的迟滞会造成项目管理成本的增加。

3. 项目管理平台对采购物资管理提供的支持

项目管理平台对物资采购和物流管理提供的支持主要体现在以下几个方面：

● 进行项目物资采购进货检验、入库/出库管理，项目组只要在适当的时候提供检验标准并参与检验即可。对于非关键物资，项目组可以在提交物资计划后，在合同约定的发货时间办理出库手续进行发货即可；

● 采购部门用服务采购的方式负责包装及运输工作，便于控制服务质量，项目组只要参与服务采购的技术谈判，以确保原合同中对包装和运输的要求完整地体现在分包合同中；

● 制作标准格式的发货清单，发货前采用正式文件通知客户物资的具体信息；

● 信息化支持将使得项目组和采购物流管理部门的沟通成本大为降低。通过项目管理平台提供的信息化平台，采购物流的每一项活动对于项目组和采购物流部门都是透明的。另外信息化提供的统计信息也可以为整个公司的物资统一管理提供支持。

4. 物流管理中的第三方存储

对于大宗的采购，如果计划不好，往往需要公司提供足够大的仓储。为了减少公司的仓储压力，项目经理可以考虑供应方的仓库作为货物的存储地点，当需要发货的时候直接从供应方的仓库发货。

但这并不意味着对产品检验环节的缺失，而只是将检验的地点移到了供方所在地，同样需要将所有与包装，运输相关的信息提供给供方，落实并确保这些工作满足客户的要求。

项目经理一定要把握好采购的时间，既不要太提前，占用资金和库存，也不要耽误工期。

三、考试训练

考试要点：了解物资出入库管理活动的流程，掌握在物资出入库管理活动中项目经理的控制重点；了解储运管理，掌握项目物资储运管理中的关键环节；掌握管理平台提供的支持活动中项目组应该完成的工作，以保证部门之间配合是密切的；掌握第三方存储的好处和注意点。

1. 在物资的出入库过程中，项目经理控制的重点应该包括：

A. 入库时的检验，确保到货时产品的质量和数量符合合同及其技术规范书的要求

B. 库存期间，经常检查是否本项目的物资被其他项目错误领用

C. 当采购中出现不合格品时，负责不合格品的更换、修理、退货和索赔等活动

D. 由于物资的领用要与库存部门打交道，所以项目经理必须参与物资领用的全过程

参考答案：A。由于到货产品的功能特点、技术性能和数量等信息掌握在项目组成员手中，因此，该活动应该是出入库管理过程中项目经理控制的重点。B应该是库存管理部门的职责；C应该由采购部门提供支持；D与其他部门打交道并不一定要项目经理参与。

2. 对于项目物资的储运，下列哪些说法是正确的？

A. 物资的包装、运输等工作通常委托给专业的服务公司来完成，采购部门将负责完成这部分工作，项目经理和项目组不必为这些工作付出任何努力

B. 有项目组成员认为合同对包装的要求为过度包装，于是自行设计了一套包装方式，该项目组成员认为只要提供满足在运输过程中不损坏物资的包装就可以了

C. 项目货物到达目的地后，应尽快办理到货验收手续并确保客户在到货验收清单上签字确认

D. 当将物资的包装、运输等工作分包给专业的服务公司时，原合同中与包装、运输相关的条款应完整地体现在分包合同中

参考答案：C、D。对于A，项目经理和项目组需要提供储运设备的清单和要求；对于B，包装一定要符合原合同的要求。

3. 为什么要利用供应商的仓库进行存储？

参考答案：目的在于减少己方的库存压力，减少库存成本。

4. 利用供应商的仓库进行存储，项目经理应该注意什么？

参考答案：项目经理不应该因此忽略最终出库时的检验工作。

5. 项目管理平台提供的信息化支持的重要性体现在什么地方？

参考答案：信息化支持提供了项目物资采购和物流全过程的一个透明支持，减少各部门之间的沟通成本。另外信息化提供的统计信息也可以为整个公司的物资统一管理提供支持。

参 考 文 献

[1] Bruce T Barkley, James H Saylor. Customer driven project management: Building quality into project process [M]. 2nd ed. New York: McGraw-Hill, 2001.

[2] Alexander Laufer J Hoffman. Project management success stories: Lessons of project leaders [M]. Hoboken, New Jersey: John Wiley & Sons, 2000.

[3] Harold Kerzner. Strategic planning for project management: Using a project management maturity model [M]. Hoboken, New Jersey: John Wiley & Sons, 2001.

[4] Harold Kerzner. Project management: A system approach to planning, scheduling and controlling [M]. 7th Ed. Hoboken, New Jersey: John Wiley & Sons, 2001.

[5] Harold Kerzner. Applied project management: Best practices on implementation [M]. Hoboken, New Jersey: John Wiley & Sons, 2000.

[6] James Kouzes, Barry Poser. The leadership challenge [M]. 3rd Ed. Hoboken, New Jersey: John Wiley & Sons, 2002.

[7] 丁贵荣. 项目管理: 项目思维与管理关键 [M]. 北京: 机械工业出版社, 2005.